看不见的嫌疑人

拨开人性的迷雾，真相令人不敢触碰。

姜钦峰 著

海南出版社
HAINAN PUBLISHING HOUSE

图书在版编目（CIP）数据

看不见的嫌疑人 / 姜钦峰著 . -- 海口：海南出版社，2017.10（2019.5 重印）

ISBN 978-7-5443-7540-5

Ⅰ . ①看… Ⅱ . ①姜… Ⅲ . ①长篇小说 – 中国 – 当代 Ⅳ . ① I247.5

中国版本图书馆 CIP 数据核字 (2017) 第 231100 号

看不见的嫌疑人

作　　者：姜钦峰
监　　制：冉子健
策划编辑：冉子健　刘军民　陈　娟
责任编辑：孙　芳　张　雪
执行编辑：朱庭萱
责任印制：杨　程
印刷装订：三河市祥达印刷包装有限公司
读者服务：蔡爱霞
出版发行：海南出版社
总社地址：海口市金盘开发区建设三横路 2 号　　邮编：570216
北京地址：北京市朝阳区红军营南路 15 号瑞普大厦 C 座 1802 室
电　　话：0898-66830929　　010-64828814-602
投稿邮箱：hnbook@263.net
经　　销：全国新华书店经销
出版日期：2017 年 10 月第 1 版　2019 年 5 月第 3 次印刷
开　　本：787mm × 1092mm　1/16
印　　张：17.75
字　　数：246 千字
书　　号：ISBN 978-7-5443-7540-5
定　　价：42.00 元

目 录

楔子　全城戒备 // 001

第一章　雨夜 // 003

第二章　死亡时差 // 018

第三章　风波起 // 056

第四章　抓捕 // 097

第五章　现场重建 // 132

第六章　第三种可能 // 169

第七章　节外生枝 // 201

第八章　抉择 // 218

第九章　风烟俱净 // 256

诸行无常，是生灭法。生灭灭已，寂灭为乐。

——《大般涅槃经》

楔子 | 全城戒备

深灰色思域在黑夜中穿行。

江枫独自驾车，驶入沿江快速道，再过几分钟，穿过东风大桥，就进入了东风市的闹市区。车灯照亮前方，公路两侧是葱茏茂密的绿色植物，树枝开始小幅摆动起来。外面起风了，看样子要变天了。江枫打开了收音机：

中央气象台12月23日22时继续发布台风红色预警：今年第22号台风“海马”的中心，24日早晨5点钟位于广东省惠东县南偏东方向大约230公里的南海东北部海面上，中心附近最大风力14级。

预计，“海马”将以每小时25公里左右的速度向北偏西方向移动，强度变化不大，将于24日下午在广东汕尾到深圳一带沿海登陆。登陆后，“海马”将转向偏北方向移动，强度快速减弱为热带低压。

中央气象台同时发布暴雨黄色预警：预计，24日8时至25日8时，广东中东部、福建西北部和中南部、台湾东南部、江西西部和中南部、安徽中部偏南、江苏中南部、上海、浙江东部沿海等地有大雨；上述部分地区有暴雨或大暴雨，广东东部沿海局地有特大暴雨，并伴有短时强降水。

听到台风消息，江枫颇有点隔岸观火的感觉。东风市是处在内陆中部的省份，与台风中心相隔千里，台风长途跋涉到此，已成强弩之末。此外，“海马”将给东风市送来一场久违的大雨，正好驱散连日笼罩在头顶的雾霾。天空这么脏，是该洗洗了，他想。

手机在响，江枫抬脚松油门减慢车速，右手离开方向盘，把收音机调至静音。他拿起手机，来电显示是刑警大队长万志强。

“万大。”

“嫌疑人身份查清了吗，怎么半天没消息？”

“查清了。我在路上，半个小时就到分局。”

“那就好。路上别赶，慢点开车。”

挂断电话，思域上了东风大桥。江枫再次打开收音机，主持人已播完气象预报，正在连线驻深圳记者：

最新消息：强台风“海马”正面袭击深圳的可能性较大，国家防总已召开防御“海马”异地视频会商会议。随着台风的临近和登陆，深圳市政府决定启动防台风和防汛Ⅰ级应急响应，自24日零时起全市范围内实施停工停市停课，深圳始发的部分长途列车停运。各种应急救灾物资已准备到位，公安、消防、急救等相关部门正严阵以待，确保人民群众的生命财产安全……

山雨欲来风满楼。深圳全市总动员，如临大敌，全城戒备。

千里之外的东风市，夜色宁静。江枫忽然想起，明天就是平安夜，估计要在雨中度过了。

第一章 | 雨　夜

1

“我爱我们的倒霉工作，也爱这千疮百孔的世界！”

林小砚手持麦克风大声朗诵，另外两个女生立刻鼓掌欢呼。

12 月 24 日，平安夜，大歌星 KTV 包厢内一派欢腾。

今晚林小砚请客，丁妍和乐乐是她的大学同学。林小砚采写的报道评上了全省年度十大法制新闻，被两个死党“敲了竹杠”。她们昨天就约好，除非遇上天灾人祸，否则不准请假。

三个人，订了一个中包，说好不醉不归。

丁妍拿起红酒瓶，给乐乐倒满，再往林小砚的杯子里倒。林小砚眼疾手快，先把杯子抢到手里。丁妍拎着酒瓶，绕过茶几，走到林小砚身边：“今天你做东，不喝酒怎么行？”

“饶了我吧，等下我还要开车呢。”林小砚笑着求饶。

“你是东风市‘名记’，堂堂的首席大记者。你不找警察的麻烦，他们谢恩都来不及，哪个吃了豹子胆敢查你呀？”说到“名记”两个字时，丁妍故意提高了音量。

戴黑框眼镜的乐乐上来解围：“算了，别逼她，现在酒驾查得紧，可别让咱们的林大记者在班房里度过一个难忘的平安夜。”

“呸，呸，呸！”丁妍狠狠地剜了她一眼，“瞧你那张烂嘴，就不会说点吉利的。”乐乐被她一顿抢白，脸色尴尬，不知如何反驳。

“都别争了，酒是一定不能喝的。”林小砚给自己的杯子倒满矿泉水，举杯道，“姐妹们，祝我们的友谊地久天长。干杯！”三个酒杯碰在一起，发出清脆的响声。

房间里暖气开得很大，三个人都脱掉了外套。

音乐前奏响起，是 SHE 的《不想长大》，丁妍赶紧拿起麦克风，一脸陶醉地唱起来。丁妍留着干练的短发，除了腰围比毕业前粗了点，演唱风格丝毫未变，无论什么歌从她嘴里出来，都是同一个调调。唱到一半，林小砚已忍无可忍，双手捂住耳朵，表情夸张地大声抗议：“救命啊！切歌，切歌！”

“切你妈的头啊，老娘偏要唱。”丁妍笑骂道，目光又转向电视屏幕，“我不想不想长大……”

一曲终了，丁妍拿着麦克风说：“下面有请今晚的主角，东风‘名记’，iPad 小姐，为大家演唱，掌声鼓励！”说完，丁妍率先鼓起掌来。

这个丁妍，报复来得真快，林小砚暗想。

快到二十五岁的林小砚，有一双会说话的大眼睛，皮肤白皙，五官匀称，一米六五的身高恰到好处。可惜人无完人，胸太平。“iPad”是班上男生偷偷给她起的绰号，着实让她自卑了好一阵。她悄悄试过各种丰胸秘方，肉倒是长了，却没长在胸部，把她惊出一身冷汗，终于死心。

既然不能让胸变大，那就让心灵变得更强大。人不能老跟自己过不去，要学会接纳不完美的自己，干下几碗心灵鸡汤，果然是满满的正能量。世界是平的，胸不平何以平天下？

林小砚唱了两首林忆莲的歌，声若天籁，婉转动人。她在大学就是实力唱将，简直能与原唱媲美。

麦克风大部分时间都在丁妍手中。乐乐不爱唱歌，缩在沙发里聊微信，眼睛专注地盯着手机屏幕，运指如飞。林小砚从乐乐手里抢过手机，硬把麦克风塞给她，乐乐追上去就打。

“你就放过乐乐吧，说不定人家又钓到大帅哥了。”丁妍笑道。

“老房子着火——烧起来没有救。”林小砚摇头叹息。

三个女人一台戏，果然说得没错。林小砚靠在沙发上，心里既兴奋又惆怅。很久没敢这么放肆了，三人是大学同寝室的死党，互相见面，完全不用装。白天上班，大家都装得一本正经，此刻原形毕露，真有说不出的畅快。

林小砚拿出手机看了下时间：“姐妹们，不早了，散了吧。”

“急什么，我还没唱过瘾呢。”丁妍双手紧握麦克风，生怕被人抢走似的。

“明天我要去参加案件发布会，得早点赶过去，遇上堵车就麻烦了。”林小砚笑着解释。

“发生什么大案了？”乐乐立即凑过来问。三人当中，乐乐最热爱八卦，听说有案子，马上来了精神。林小砚常想，乐乐不当记者真是浪费人才。

“听说是一个杀人案。”林小砚轻描淡写道。

“啊，好恐怖！”乐乐满脸兴奋。

丁妍也被吸引过来：“小砚，今天是怎么啦？从没见你工作这么积极过。”

“血口喷人。”林小砚不客气地回敬。

“赶着去见江枫吧？”瞎子都能看出丁妍的不怀好意。

“你的想象真丰富。”林小砚低头把手机塞进包里。

“看着我的眼睛。”丁妍不依不饶，笑得意味深长，“老实交代，明天那个案子是不是江枫办的？”

“多管闲事。”林小砚推了丁妍一掌。

“你不否认，就是承认了。”丁妍笑得更加放肆了，“说起来，我们今天能在这里唱歌，也得感谢人家。你得奖的这篇报道，主办刑警就是江枫，我没记错吧？他是你的命中贵人啊。”丁妍从没见过江枫，只是从林小砚嘴里听过这个名字，却说得活灵活现。

“人家是大侦探，哪瞧得上我这个小记者。”

“宁可错杀，绝不放过！”丁妍继续烧火。

“去！看热闹的不嫌事大。”林小砚披上了外套。

乐乐站了起来，指尖顶了顶黑框眼镜：“得，我懂了，咱就算有天大的事，也不能耽误人家去见男神。”

丁妍恋恋不舍地放下麦克风，抓起了沙发上的外套。

穿过狭长的过道，走到大厅，才发现外面下起了瓢泼大雨。刚才三个人在包厢里疯得起劲，对外面的情况浑然不知。林小砚要先送她们回家，乐乐坚决不同意：“你又不顺路，下这么大的雨，我们打车回去很快就到了。”林小砚看了看天气，便不再坚持。

丁妍脸色微红，步伐已有些凌乱，脑子还算清醒，扶着林小砚的肩膀说：“慢点开，下雨路滑，路上别赶哈。”

“放心，我又没喝酒。”林小砚心里升起一股暖流。

“走啦，拜拜。”林小砚向丁妍和乐乐挥手再见，双手把黑色手袋举过头顶，一头扎进了雨中，向自己的车跑去。寒风刺骨，雨打在脸上，像针扎一样。

车内冷得像冰窖，暖气风速开到最大，吹出来的却是冷风。汽车驶出大门，路面积水反光，能见度很低，林小砚不敢开得太快。几分钟后，温度慢慢升上来，僵硬的手脚开始苏醒。林小砚感到一阵惬意，打开了音乐，是邓紫棋的《泡沫》。

好久没这么疯过了，林小砚意犹未尽，跟着节奏哼唱起来。唱到高潮部分，又调高了音量，脚下的油门随之加大。

汽车驶出市中心，在一个十字路口左转，进入迎宾大道。路面刚铺完柏油，各种道路设施还没装完，宽阔的马路上清冷寂静，车辆稀少，几乎看不到行人。前面右转弯上坡，林小砚深踩油门，准备一鼓作气冲上去，方向盘转的角度偏大了点，车轮越过了中心线。

突然，一个模糊的物体出现在视线内，仿佛从地底下冒出来的怪兽，向自己张牙舞爪地猛扑过来。林小砚睁大了惊恐的双眼，本能地抬脚踩刹车，但是距离太近，为时已晚。

“砰”的一声巨响，仿佛平地炸雷，火星四射，瞬间把黑夜撕成碎片。

浓重的火药味钻入鼻腔，她觉得似曾相识，仿佛在除夕夜从刚燃放过烟花的街道上路过。林小砚张开了嘴，却没来得及喊出声，眼前一黑，头一歪，便失去了知觉。

2

雨仍在沙沙地下，丝毫没有要停下的迹象。

夜幕打开，又重新合拢，路面很快就恢复了宁静。一具女尸侧卧在马路边，鲜红的血从尸体下方汩汩地流出来，被雨水冲刷到路基下面，然后消失不见。

一辆深灰色本田思域向案发地点驶去。

“妈了个巴子，又是车祸！”王三牛坐在副驾驶座，勉强伸开双臂，打了个长长的哈欠，嘴巴张开，半天才合拢，“真搞不懂这帮孙子，难不成都闭着眼睛开车的？半夜都不消停，还让不让人睡觉？”冬天的被窝让人无限留恋，半夜被叫起来确实很不爽，难怪王三牛会恼火。

江枫扶着方向盘笑道：“你小子有没有公德心，还想着睡觉，现场可能有人一睡不起了。”他笑起来嘴角略歪，眼睛依然紧盯前方。

江枫是东风市南湖公安分局刑警。王三牛是他的跟班小弟，入警不到半年，十足的“菜鸟”。案发当晚，正好是江枫这组值班，接到电话便立即赶往现场。

十多分钟后，就看到前方出现亮光。

几辆警车停在马路边，车顶上的警灯闪烁，穿透浓浓的夜幕，格外醒目，似乎在提醒过往的司机，这里刚刚发生过非同寻常的一幕。

接到事故报警后，交警首先到达现场，确认是死亡事故之后，才通知技术员和刑警到场。中心现场已经封锁，只留下一条车道，供来往的车辆通行。两名穿着反光背心的交警站在马路中心线上，指挥来往的车辆小心绕行。

一辆蓝白相间的江铃全顺停在现场，车身上写着“现场勘察”四个大字。发动机并未熄火，车顶上的三盏探照灯同时打开，仿佛多了三个人造小太阳，把周围几十米照得亮如白昼。几名刑事技术员正在开展工作，测量、拍照、提取痕迹物证，而大雨让原本简单的工作变得艰难许多。

江枫靠边停车，习惯性地看了一眼车上的电子钟，时间刚过零点。车门打开，寒风迎面袭来，像刀子一样刺进骨头。王三牛忍不住打了个哆嗦，顿时睡意全消。

两人各撑了一把黑伞，竖起衣领，微弓着身子，并肩向人群走去。

“江枫，我就知道，轮到你值班肯定要出事。”穿着雨衣的唐法医解下口罩，笑着同江枫打招呼。唐法医鼻梁上架着近视眼镜，透出一股学究气，快五十岁的人，个头不高，看上去比实际年龄显年轻。

“这可不能怪我。”江枫笑道，“早知道会发案，今晚我就睡在马路上了。”为什么在这种悲剧的场合中，老是开这种不合时宜的玩笑？江枫也曾觉得奇怪，也许是在潜意识中需要缓解焦虑情绪吧。

后来听心理专家解释，他就释然了。有人做过统计，一个警察在任职的头三年看到的人生悲剧，比普通人一辈子看到的还要多得多。普通人在四十岁之前，极少有机会见到尸体，而警察早已司空见惯。如果一个警察看见尸体就悲痛欲绝，道德上也许是正确的，职业水准却值得怀疑。

“什么情况？”江枫把目光移向肇事车辆。

“两车迎面相撞，一死一伤。”唐法医瘦削的脸上波澜不惊。

江枫环视四周，满地狼藉。一辆红色本田飞度趴在路边，车头的前半部分几乎没有了，靠驾驶室这边的车门已脱落，左前轮不知去向，玻璃碎片和各种零配件散落一地。黏稠的机油在地上缓慢地蜿蜒前行，像一条条黑色的怪蛇。

在飞度前方十多米远的地方，一辆银色大众宝来横在马路中央，车头被撞得稀烂，引擎盖高高卷起。

江枫向路边的尸体走去。离飞度车三四米远的地方，地上躺着一具女尸，呈侧卧姿势，两手伸直，腿部弯曲，就像一个熟睡的婴儿。女尸头部血肉模糊，散乱的头发被雨水打湿，紧贴在脸上，看不清容貌，尸体周围的雨水已被染成红色。江枫推测，可能是在两车相撞的瞬间，巨大的冲击力把她从驾驶室里甩了出去，当场死亡。

除了战场，最惨烈的就是交通事故现场，眼前的景象并未让江枫感到惊讶。从两辆车的损伤程度来看，死者应该是飞度车上的司机。宝来的车头虽然被撞坏，驾驶室却并未发生严重变形，看样子司机不至于丧命。

“宝来司机呢？”江枫转身问身边的唐法医。

“也是个女的，命大，只受了点轻伤，已被交警的弟兄控制起来，送到武警医院包扎去了。”唐法医说。

江枫心里有底了。像这种交通肇事案，事实清楚，因果关系明显，只要肇事司机没有逃逸，按部就班照法律程序办就行了。但是无论多么简单的案件，一定要到现场看看，这是他多年办案形成的习惯，不到现场走走，总觉得心里不踏实。

事故地点位于迎宾大道海安化工厂门口路段。江枫对此地并不陌生，这不到二百米的路段，被称为东风市的百慕大三角。“Z”字形弯道，连续两个小角度急转弯，已经极为凶险，再加上一个陡坡，简直就是鬼门关。尤其是在下雨天的晚上，视线不良，极易引发交通事故。

交警部门向市政府打过好几次报告，请求把弯道拉直，陡坡削平。政府答应了拨款，组织各相关部门开过几次协调会，也派人到实地考察过，但是征地问题迟迟无法解决，只好拖着。

马路边上立着一块反光警示牌：“危险路段，请小心驾驶。此处已发生三起车祸，累计死亡四人！”

第五条人命，这块牌子又要改了，江枫看着警示牌，心中暗想。

大雨滂沱，在探照灯照射下，雨线像牛绳一样粗。唐法医抹了把脸上的雨水，抬头看了看天，把一个年轻警察叫到身边："运尸车怎么还没到？得赶紧把尸体运走，现场条件太恶劣了，等会儿雨下大了更麻烦。"

"已经在路上，估计快到了。"

"估计，估计是多久？"唐法医瞪着眼睛说，"打电话，再催！"这种鬼天气，冻得人都没办法心平气和地说话。

年轻警察不敢再争辩，拿出手机，再次拨打电话。

十多分钟后，殡仪馆的运尸车到了，在交警引导下，开到尸体旁边。车门打开，下来一名五十多岁的男子，骨瘦如柴，脸黑如锅底。唐法医背后叫他"黑无常"。

黑无常背手站立，瞟了一眼地上的尸体："车钱谁付？先说好再动手，别到时候又扯皮。"

"先记分局的账，死者家属没到。"唐法医赔着笑脸说。

"你们公安局就是个'老赖'，上半年的账还没跟我结清。"

"放心，我们那么大的单位，少不了你一分钱。"

"那也不能老拖着啊，现在农民工的工资都不准拖欠了。"黑无常翻着白眼说。

"行，明天一上班我就去找局长反映，抓紧落实。"唐法医早已习惯了黑无常的傲慢无礼，跟这种人谈什么理想道德、社会责任屁用都没有，供求关系决定社会地位，谁叫人家是垄断行业。

"告诉你们局长，下次再拖欠运费就别叫我了。"黑无常拿出钥匙，很不情愿地打开车厢后门，唐法医指挥两个年轻警察把尸体抬进了车厢。

唐法医上了自己的警车，跟着运尸车往殡仪馆方向开去，法医解剖室设在殡仪馆内，他要对尸体做进一步检验。

"王三牛，上车。"江枫向停在路边的思域走去。交警和技术科的同事会清理现场，他必须尽快赶去医院，找到肇事司机做讯问笔录。

王三牛听到江枫喊他，急忙跑过去，突然脚下一滑，摔了个狗啃屎，爬起来才发现是踩到一块砖头。王三牛钻进车里，骂道："妈了个巴子，这鬼地方真他娘的邪门，用脚走路都会出事故。"刚才那一跤摔得不轻，把手掌都擦破了。

江枫抽出两张纸巾给他擦手："谁叫你走路不长眼睛，拉不出屎怨茅坑。"

"老大，哪天跟领导提提，像这样屁大点的案子，以后就别让咱们上了。"

"怎么，嫌案子小，配不上你？"

"这种案子老简单了，直接给交警办不就得了，让我们刑警上，简直是'大炮打苍蝇'。"王三牛大言不惭。

"看不出来啊，王三牛，你小子身上毛都没长全，才破了几个案子，就敢'背着手撒尿'了。"江枫揶揄道，"你以为你是谁，大侦探福尔摩斯啊？"

王三牛刚来不到半年，不了解内情。南湖区的交通肇事案，原来都是由交警部门负责侦办，但是近两三年，接连发生好几起逃逸案，均未破案。抓不到肇事司机，死者家属就反复上访，弄得局领导压力很大。后来局里研究决定，今后凡是发生致人死亡的交通事故，全部交由刑警大队主办，交警协助。

江枫系上安全带，脚尖轻点油门，汽车发出一声低吼，向武警医院疾驶而去。

"今天是圣诞节，打算跟谁过？"王三牛擦干净手，换了个轻松的话题。

"还能有谁，陪我老妈呗。"

"我觉得那个女记者对你有点意思，可以约一下。"王三牛嘻嘻笑道。

"哪个女记者？"江枫问。

"还有哪个，《东风都市报》的林记者。"

"林小砚？"江枫扭头看他一眼，"开什么玩笑，她不找我麻烦就谢天谢地了。"

"谁跟你开玩笑。"

“那你是怎么看出来的？”江枫忽然觉得有点意思。

“眼神。”王三牛认真地说。

“眼神？”

“我注意过好几次了，她看你的眼神，跟看别人不一样。”

“我怎么没看出来？”

“这方面我能当你的师傅，相信我。”王三牛信心满满。

汽车开进武警医院大门，两人下车，直奔外科急诊室。两名穿警服的交警把守在门口，江枫问：“人在哪？”其中一个交警认识江枫，伸手朝里面指了指：“在里面，刚包扎完伤口。”

江枫推开玻璃门，目光在室内搜索。一名扎着马尾辫的年轻女子，低头坐在蓝色塑料椅子上，双手平放在膝盖上。那名女子听见开门声，同时抬头向门口张望。四目相对，江枫不禁目瞪口呆，一颗心仿佛就要跳出胸膛。

3

“江警官！”

“林记者！”

林小砚和江枫几乎同时喊出对方的名字。

除了尸体之外，案发现场通常还会出现三种人：警察、记者、围观群众。江枫最不愿跟记者打交道，因为对记者说的每一句话，都有可能出现在第二天的报纸上。记者和警察就变成了攻守关系，林小砚每次出现在案发现场，总是缠着江枫不放，令他头痛不已。

两人虽然经常见面，却并无私交。媒体记者面对警察多半处于强势地位，林小砚伶牙俐齿，偶尔还会嚣张跋扈，好几次逼得江枫下不了台。江枫并不讨厌她，但必须谨慎地保持距离，最好是老死不相往来。

江枫刚才走在路上还在庆幸，林小砚今天居然没到案发现场，难得耳根清净，这可是少有的事，但他做梦也没想到，竟然在这里见到林小砚，真是冤家路窄!

“江警官，你要帮帮我。”林小砚头上缠着白色绷带，脸色苍白，惊魂未定的样子，忽然看见江枫推门进来，仿佛落水的人看见一根圆木。

“你怎么会在这里？”江枫已经猜到是怎么回事，但还是想再确认一次。

“我撞到人了。”林小砚带着哭腔。

“什么时间？”江枫问。

“11 点 40 左右。”

“宝来车是你开的？”

“是我开的。”林小砚点点头。

“你撞死人了。”事情已经清楚了，江枫觉得没必要隐瞒。

“车子买了全保，赔多少钱都行，不够我去借。”

“现在不是赔不赔钱的问题。”

“那怎么办？”林小砚满脸惊恐，像一只待宰的羔羊。

“交通肇事致人死亡，只要负主要责任以上的，就要负刑事责任。”江枫表情严肃。

“啊！”林小砚仿佛被人敲了一棍。

“你要有心理准备，可能会坐牢。”

“那会判几年？”

“交通肇事是过失犯罪，如果没有逃逸等加重情节，最高可以判处三年有期徒刑。”话一出口，江枫就有点后悔，刚才取的是最高值，如果说“三年以下有期徒刑或者拘役”，给人的心理冲击可能会小一点。

林小砚果然崩溃，哇地哭出声来：“我不是故意的，也算犯法吗？”

江枫说：“如果你是故意撞人，那就不是交通肇事了，而是故意杀人。”

二十七岁的江枫，已经有五年的办案经验。一米七五的身高，夹在人群中并不是特别显眼，目光却很锐利，瘦削的脸庞棱角分明，短发，麦色皮肤，仿佛刚从密林中探险归来。整个人看上去干净利落，透出年轻男子特有的朝气。

五年前，江枫从警察学院毕业，以全市第一名的成绩考入南湖分局。当年同一批招进来的新民警全部下基层，被分配到各个派出所。江枫拿着介绍信去派出所报到，走到半路上，却被刑警大队长万志强劫了道，带回了刑警大队。上班第一天，江枫就真切体会到了命运难料。现在，该轮到林小砚发此感慨了，他想。

江枫又问了林小砚几个问题，大致了解了事发经过。这时，他的手机响了，来电显示是唐法医的名字。江枫走到门外接电话："喂。"

"江枫，你在哪？"电话里传来唐法医低沉的声音。

"我在医院，刚见到嫌疑人。"

"能到殡仪馆来一趟吗？"

"现在？"江枫把手机交到右手，腾出左手看表，时针刚跨过凌晨两点。

"越快越好，最好是马上过来。"

"什么事，这么急？"江枫皱了下眉头。

"尸体好像有点不对劲。"

4

天上仿佛被人捅了个大窟窿，雨越下越大。

王三牛留在医院给嫌疑人做笔录，江枫独自驾车向殡仪馆驶去。黄豆大的雨点狠狠敲打着车身，叮当作响，像密集的鼓点。雨刮器调到了最高档，前后雾灯和双闪全部打开，路面能见度依旧很低。

江枫双眼紧盯前方，全神贯注地开车，越往前走就越荒凉，沿途几乎见不到灯光。终于，他看到一丝微弱的亮光，殡仪馆的大门逐渐清晰起来。平常只要半小时的路程，足足开了一个小时。

穿过大门，一条笔直的水泥主路往里延伸，马路两边是成排的柏树。影影绰绰的树影在狂风中摇摆，稀稀拉拉的路灯有气无力地亮着，仿佛随时会被大雨浇灭。夜半三更，狂风暴雨，让这座空旷寂静的大院越发显得阴气森森。

以前办案常来这里，江枫轻车熟路，连续拐了几个弯，直接把车子开到了法医解剖室门口。江枫打开车门，冒着大雨，几个箭步冲了上去。

开门的是唐法医，他身上穿着淡绿色手术服，尖瘦的脸被口罩遮得严严实实，只露出两个黑眼珠。室内亮如白昼，温暖如春，墙角的立式空调呼呼地往外冒着热气。江枫活动几下手脚，感觉又回到了人间。

这个法医解剖室，是分局花了七十万元新建的，半年前才投入使用。整个法医解剖室建筑面积约八十平方米，分为解剖室、监控室、家属观察室、卫生间四个功能区。作为核心功能区，解剖室内干净整洁，空气清新，如果不是门口挂着“法医解剖室”的牌子，很容易让人误认为是医院的手术室。

这要归功于那张先进的解剖床，它带有喷淋系统和风帘吸气功能，能自动冲洗血污，然后从床底下集中排走，同时驱除尸体异味。解剖床顶部除了安装有十二孔无影灯，还有数码摄像头，可以全程拍摄解剖过程。

唐法医从墙角取下一条干毛巾，递给江枫：“赶快擦把脸吧。”

“谢谢！”江枫接过毛巾，刚要往脸上擦，手抬到半空中突然停下，擦了擦手就放下了。进过这间房的死人可能比活人还多，天知道这条毛巾有没有给死人用过，江枫冷不丁想到。

“雨下得太大，刚才我还在担心你来不了。”唐法医并未注意到江枫手上的动作。

“你的命令，天上下枪子儿也要来。”江枫笑道。

“交通事故时间查清了吗？”唐法医突然问。

“已经问清了，据肇事司机交代，事故发生在 11 点 40 分左右。”

“你过来。”唐法医走到解剖床前，打开无影灯，然后揭开白布，一具裸体女尸赫然映入眼帘。死者身高约一米六，体形微胖，长发，头部由于碰撞而变形，血肉模糊，面部已经难以辨认。

唐法医说："死者头部受损严重，这是在事故中发生剧烈碰撞所致，与其他交通事故导致的重度颅脑损伤的死亡特征相符。"

江枫点了点头，没说话，知道他的话头才刚开始。

"但是有一点很奇怪。"唐法医像是自言自语。

"哪里？"

"你看，尸体已经全身僵硬。"

"这么快！"江枫顿时感到事态严重。正常情况下，人死之后，尸体会在二到三个小时后开始部分僵硬，八到十二个小时后尸僵才会发展至全身。

"你再看这里。"唐法医把尸体侧翻，指着女尸臀部一块暗紫红色斑痕说，"尸斑已发展到扩散期，这个过程最快也要八到十个小时。"

"你想说明什么？"江枫问。

"通过尸僵和尸斑情况来看，我推断死者的死亡时间是在昨天，也就是24日下午3点至6点之间。"

"什么？"江枫怀疑自己听错了，觉得有必要再确认一次。

"我的意思是说，她是昨天下午死的。"唐法医指着女尸说。

"交通事故是在晚上11点40左右发生的，你到了现场的。"江枫提醒道。

"所以我才催你赶紧过来，是不是把案发时间搞错了。"唐法医不紧不慢地说，似乎早料到江枫会有此反应。

"不可能。"江枫斩钉截铁地说，"就算调查有误差，也不会差得这么离谱吧？"

"尸体不会骗人。"唐法医看着江枫的眼睛说，"人心隔肚皮，活人我拿不准，我干了三十年法医，死人从没看走过眼。"

江枫不再说话。唐法医性格沉稳，拿不准的事从不轻易开口。这是人命关天的大事，涉及到关键证据，更不可能信口开河。江枫快速做了个心算题，如果唐法医的推测正确，死者至少在交通事故发生前六小时就已经死了。

在这短短的几个小时之内，接连发生了太多匪夷所思的事情，他想吹吹风，让混乱的思路理出点头绪。江枫走到窗前，推开一条缝，抱起胳膊凝视窗外。

窗外是无边无际的黑暗，像一个巨大黑洞，仿佛要吞噬一切。狂风怒吼，一阵紧似一阵，一声比一声凄厉，仿佛一个冤魂正在向他哭诉。

江枫越想越觉得没道理，情不自禁地摇头，不可能，绝不可能！尽管这些年他破案无数，见多识广，此刻也不由得毛骨悚然，后背发凉。

死人怎么会开车？

第二章 | 死亡时差

1

12 月 25 日。

南湖公安分局 1 号会议室，主席台蓝色背景墙正中央悬挂警徽，警徽左右两侧分别写着四个白色大字，左为“忠诚、为民”，右为“公正、廉洁”，上面新挂了一条红色横幅——“东风市公安局南湖分局侦破 12 · 21 抢劫杀人案新闻发布会”。

四天前，东风市第一纺织厂职工宿舍发生一起命案，一对退休的老年夫妻被人杀死在自家客厅里。江枫赶到现场，通过分析现场搏斗痕迹，发现犯罪嫌疑人左手掌心受了刀伤，并推断嫌犯是个左撇子。根据这一特征，警方迅速在全市各大医院和诊所布控，当天就将嫌犯抓获。通过指纹比对，还带破了另外三起入室盗窃案。

刑警大队长万志强穿着崭新的警服，背着手在会场来回走动，仔细检查每一个细节。

再过几天，一年一度的全省刑侦工作会议将在南湖分局召开，对于他这个刑警大队长的工作能力无疑是最大的肯定，更是他巨大的荣耀。还有不到半年时间，分管刑侦的黄副局长就要退居二线了，留下来的空缺要有人填上。大家嘴上不说，眼睛都死死盯着，掂量自己的分量，暗暗使劲。万志强是最具竞争力的人选之一，自然要全力冲击。

这个案子破得漂亮，为了开好这次新闻发布会，万志强着实花了不少心思，发动所有关系，把能请到的媒体都请来了。明天，破案的消息将在省市各大报纸占据大幅版面，为他竞争副局长增加一块重要砝码。

他妈的，这份大礼来得太及时了，等这阵子忙完了，得好好犒劳犒劳江枫这小子，万志强暗想。当初为了抢江枫，差点与派出所所长闹翻，局长亲自出面调解，答应给派出所补两个人，才将此事平息。五年过去，万志强越发庆幸自己当年慧眼识珠——江枫天生就是干刑警的料。

上午 10 点，省市各路记者悉数到齐。

万志强端坐于主席台中央，红光满面，精神抖擞。江枫和王三牛分坐两侧，脸上都有些疲惫。台下坐着省市十几家电视台和报社的记者，都已架好了长枪短炮。万志强表情庄严，清了清嗓子，操着生硬的普通话，对着稿子念起来。稿子很短，只是简要通报案情，不到五分钟就念完了。

放下稿纸，万志强满面春风道："各位大记者，我还有个会要参加，先走一步。我身边这位江警官是侦破本案的首要功臣，你们想了解具体案情，可以采访他。大家都很辛苦，中午我们在食堂准备了工作餐，等采访结束，各位一定要吃完饭再走。"万志强双手抱拳，起身离席，步履轻盈地走出会议室。

接下来是自由采访环节，气氛就轻松多了。

记者们蜂拥而上，立即把江枫围在中间："江警官，请问您当时是如何发现犯罪线索的？"面对长枪短炮，江枫浑身不自在："对不起，我真说不好，大家还是采访我的同事王警官吧。"记者们见此情景，只好放下江枫，又把王三牛围了起来。王三牛也不推辞，稍微整理上衣和领带，开始整理思路，组织语言。

王三牛定了定神，朗声说道："警情就是命令，接到报案后，我局立即启动命案侦破机制，相关人员第一时间赶赴现场……"王三牛毫不怯场，面对镜头侃侃而谈，铿锵有力。

看着王三牛口若悬河，一本正经的样子，江枫暗自佩服。王三牛是个粗壮的小鲜肉，个头不高，黑皮肤，板寸头，敦实得像一枚炮弹。别看他平日里油腔滑调，吊儿郎当，倒是能应付大场面，官话一套一套的，不当领导简直是浪费。

王三牛的真名其实不叫王三牛。爹妈原本给他起了个响亮的名字——王犇。名字起得很有力量，可是这个“犇”字实在太生僻，十个人倒有九个不认识。局里举行新民警座谈会时，李局长念名单，念到他的名字顿时卡住了：“王……那个什么？”

他很有经验地站起来，高声道：“报告局长，我叫王犇。”

座谈会气氛本来就比较轻松，李局长也不觉得尴尬，反倒觉得这个年轻人有意思，自我解嘲道：“不就是三头牛嘛，搞得神神秘秘的，你这个名字就不接地气，以后怎么密切联系群众？依我看，还是叫王三牛得了。”下面顿时哄堂大笑。

局长就是水平高，王三牛确实比王犇好听易记，朗朗上口。从那以后，大家都喊他王三牛，真名反而没人叫了。

新闻发布会大约持续了一个小时，所有环节圆满完成，没一个记者留下来吃饭，都赶着回去发稿去了。

把记者送走后，江枫向大队长万志强的办公室走去。

为了调查昨晚的交通事故，江枫和王三牛都通宵未眠，今天早上两人又分头行动，去死者的家里和工作单位调查走访。经过初步调查，死者的基本情况和社会关系已大致查清：

从飞度车上找到的证件显示，死者名叫李莉芳，三十二岁，曾在东风市第二医院工作。通过查询李莉芳的户籍资料，得知李莉芳的丈夫名叫雷仁，两人有一个九岁的女儿，名叫雷子慧。

早上天亮之后，江枫按照户籍地址找到了李莉芳家里，却扑了个空，她家里居然空无一人。王三牛去了李莉芳的工作单位，倒是小有收获：李莉芳是市第二医院普外二科护士长，她的丈夫雷仁原来也是这家医院的医生，几年前因为打架斗殴被判刑，然后被医院开除了，没有人知道他的联系方式。王三牛从一个护士那里问到了李莉芳娘家的电话，已经和李莉芳的母亲联系上了。

肇事司机林小砚，二十四岁，《东风都市报》记者。林小砚本来是要参加今天上午的新闻发布会的，一夜之间，竟成了犯罪嫌疑人，人生真是难料！江枫心里感叹着就已走到大队长办公室门口。

万志强的办公室不算大，一张办公桌、一把大班椅、一张单人床，就占去了大部分空间。桌面上凌乱不堪，各种文件胡乱堆在桌上，仿佛刚被小偷洗劫过。两部座机电话紧挨在一起，黑色那部是公安局内线电话，红色的是外线电话。电脑也是两台：台式机连公安内网，上面贴着黄色小标签："公安内网，严禁与外网相连！"；另外一台是笔记本，接互联网。

"他妈的，有这种事，死人怎么会开车？"万志强是炮兵出身，身材高大，声若洪钟。"他妈的"是他的口头禅，不代表特定的感情色彩，有时表示愤怒，有时表示开心，有时表示厌恶，有时表示喜欢。

"这个案子确实有点蹊跷。"江枫毫不掩饰内心的疑问。

"现场有监控吗？"

"原来是装了监控摄像头的，这次路面改造全拆了，新的还没装起来。"

"死者身份查清了没有？"

"已经查清了，"江枫翻开笔记本，"死者名叫李莉芳，三十二岁，是市第二医院的护士长。"

"死者家属呢，联系上了没有？"

"死者的丈夫名叫雷仁，目前还联系不上，不过已经跟死者的母亲联系上了，下午就会过来认尸。"

"哦。"万志强微微点头，还算满意，"嫌疑人什么情况？"

"嫌疑人名叫林小砚。她是《东风都市报》记者，跑政法口的，经常到我们这采访，您应该见过。人已经被我们控制了，现在还在审讯室。"

"记者？"万志强立刻坐直了。见没见过倒没关系，关键是记者的身份太敏感，倘若稍有不慎，让媒体抓住小辫子，麻烦就大了。一起简单的交通肇事案，本来是个"小儿科"，没想到会弄出这么多状况，他不得不打起十二分精神。

“他妈的，老唐不会看花眼了吧？”万志强侧过身子，伸手按下红色座机的免提键，拨通了唐法医的手机。

“喂，老唐。”

“万大。”

“忙什么呢？”

“我在办公室。”

“能到我这来一趟吗？”

“好，马上过来。”

挂断电话，万志强拉开抽屉，拿出一包烟，熟练地拆开。点上一根烟，他重重地靠在大班椅上，眼睛盯着天花板，眉头紧锁。

一根烟没抽完，唐法医敲门进来。

万志强扔给他一根烟，指了指江枫右边的空椅子，示意他坐下。唐法医把烟点着：“万大，你是问昨晚的交通事故吧？”进门看见江枫，唐法医心里已经明白了大半。

“你觉得死人会开车吗？”万志强单刀直入。

“不会。”唐法医回答得很干脆。

“那你凭什么说李莉芳是在事故前六小时死亡的？”

“根据尸体特征，我认为李莉芳的死亡时间应该在24日下午3点至6点之间。”

“事故是24日晚上11点40左右发生的，怎么解释？”

“没办法解释，我只对尸体负责。”唐法医吐出一口烟。

万志强的眉头再次拧紧，目光移向江枫：“你有什么意见？”

江枫说：“就目前情况来看，事故时间和死亡时间都存疑，必须重新调查核实。”

“也只能如此了。”万志强把烟头掐灭，“那个女记者打算怎么处理？”

江枫说：“根据交警对事故现场的勘查，认定林小砚负本次事故主要责任。李莉芳的死亡时间虽然有疑点，但是目前并没有确凿证据能够排除她不是死于交通事故，因此，对林小砚应先以涉嫌交通肇事罪刑事拘留，万一证据出现变动再依法处理。”

万志强点点头，站了起来，右手叉腰，左手搭在光头上，按顺时针方向转动，仿佛把玩一件心爱的古董。接着，他做了三点指示：

一、江枫继续调查相关证人，重点是查明交通事故发生的准确时间；

二、唐法医去联系省厅法医专家，进一步确定李莉芳的死亡时间；

三、对嫌疑人林小砚以涉嫌交通肇事罪先行拘留。

从大队长办公室出来，已过了中午12点。江枫直接去了警官食堂，局里的伙食很简单，两荤一素，免费供应。昨晚熬了一夜，加上心里有事，江枫食欲全无，胡乱扒了几口饭，就进了办公室。

李莉芳的父母下午会过来认尸，江枫必须亲自接待，一想到要面对死者的父母，他就感到头疼。

2

“我宣布，第六届南方国际心脏病学术会议现在开幕。首先，我谨代表全院干部职工，向远道而来的国内外著名专家、莅临大会的各位领导以及参会代表，表示热烈欢迎和衷心感谢！”

一位女领导端坐主席台正中央，正在热情洋溢地致欢迎辞。声音尖细高亢，极具穿透力和煽动力，让人想起新闻联播里的女主播。

话音刚落，报告厅里响起热烈的掌声。

林建国坐在台下，猛地被掌声惊醒，条件反射般跟随众人鼓起掌来。林建国是东风市第二医院的常务副院长，作为院领导和技术骨干，这是他第二次代表本院参加这个学术会议。昨晚没睡好，到现在他还没完全恢复过来。

会议在上海市海悦国际酒店举行。主办方为了响应上级“厉行节约，精减会议”的号召，原定五天的会议被压缩为三天，议程安排得相当紧凑，第一天上午的会议就开到了中午 12 点半。

林建国走出会场，打开手机，十几个未接电话弹了出来，都标记成醒目的红色。有三个是院长范永胜打来的，他先给范永胜回了电话。

“喂。”

“老林啊，你总算开机了。”范永胜仿佛如释重负。

“开了一上午的会，刚刚才散会，开机就给你回电话了。”林建国边走边解释。

“出大事了！”

“什么事？”林建国停住脚步。

“李莉芳死了。”

“昨天人还好好的，你不是开玩笑吧？”

“这种事怎么能开玩笑。”范永胜语气严肃。

“到底怎么回事？”

“出了车祸！”

“车祸？”林建国握紧了手机。

“今天早上警察到了咱们医院，来核实死者身份，李莉芳的身份证还在警察手里，说是从死者车上找到的。”

“什么时间的事？”林建国的口气依然是难以置信。

“听警察说，昨天晚上 11 点多钟，李莉芳开车在迎宾大道和另一辆车迎面相撞，当场死亡。”

“啊。”

“唉！活蹦乱跳的一个人，说没就没了。”范永胜叹息一声，“你恐怕要赶回来，院里出了这么大的事，没你不行啊。”

“我去向会务组请假，马上订返程车票。”

“火车太慢了，看有没有最快的航班，院里也不缺那几个钱，订好机票给我发个短信，我叫人去机场接你。”

“好。”

挂断电话，林建国加快脚步，向会务组房间走去。

李莉芳是医院的护士长，出了这么大的事，林建国必须马上回去处理善后工作。按说作为单位副职，院里出了天大的事都跟他没有半毛钱关系，上面有一把手顶着。林建国偏偏是那种责任心特别强的人，单位的大事小事从不推脱，因此全院职工都信任他、尊敬他。

相比之下，范永胜这个院长就当得潇洒多了。他的弟弟是东风市有名的房地产开发商，前些年东风市房地产行情刚起来时，范永胜把房子抵押给银行，贷了一笔款，加上自己多年的积蓄，全投到弟弟的公司入股，搞房地产开发。坊间传闻，范永胜现在的身价至少上千万。范永胜既不管事也不恋权，大事小事都交给林建国去处理，专心当自己的陶朱公去了。

最近两年，东风市第二医院实际是林建国在主持工作，这是公开的秘密。还剩不到半年，范永胜就要退二线了，更不想惹事上身。

林建国向会务组请完假，到总台订了下午 2 点半的机票。

下午 1 点，离飞机起飞还有一个半小时，时间还来得及。林建国在宾馆门口拦了一辆出租车，向机场驶去。中午时段交通还算畅通，他斜靠在汽车后座，尽量把腿伸直，强迫自己闭目养神。院里出了这么大的事，回去肯定有一人摊子事等着他去处理，必须抓紧时间恢复体力。

出租车在市区转了四十多分钟，然后驶上机场高速。林建国被手机铃声吵醒，是一个陌生的座机号码，区号显示是东风市。林建国犹豫了一下，接通了电话：“喂。”

“请问是林建国吗？”一个带东北口音的年轻人问。

“我是。哪位？”

“你好，我叫王犇，刑警队的。”

“你好，王警官。”人还没上飞机，警察的电话就打过来了，范永胜把事情甩得也太快了，林建国心里闪过一丝不满。

“叫我小王吧。是这样的，有一个交通肇事的案子要通知你。”警察很客气。

“是李莉芳的案子吗？”

“你知道了？”警察有点意外。

“一个多小时前我才听说，医院同事告诉我的。”林建国解释道。

“医院，同事？”警察稍微停顿了下，“你在第二医院工作？”

“我是东风市第二医院的常务副院长。”林建国突然觉得奇怪，“你不是从医院问到我的电话的吗？”

“不是。”

“李莉芳是我院职工，你们需要了解什么情况都可以找我，院方会全力配合警方办案。”林建国摆出公事公办的口吻。

“林院长，是这样的……”警察欲言又止，似乎在考虑下面该怎么措辞。

“我现在还在上海，正赶飞机，几个小时后就到，有什么事见面再详谈吧。”出租车已驶入机场收费站，林建国想尽快结束谈话。

“不必了，就两句话。”警察加快了语速。

“你说吧。”

“我打电话是正式通知你：你的女儿林小砚，因涉嫌交通肇事罪今天已被刑事拘留。按照法律规定，警方必须在24小时内通知嫌疑人家属。你的电话是林小砚告诉我们的，但她没说你在哪工作，我也是刚刚才弄明白。”

警察的口气相当客气，林建国听来却如五雷轰顶：“警官，你刚才不是说李莉芳的案子吗？”

“没错，她们两个都是本案当事人，昨晚开车撞死李莉芳的肇事司机，就是你的女儿林小砚。”

手机从林建国手里滑落。

飞机连续爬升后进入平流层。透过舷窗向外眺望，远处的白云安静地飘浮在空中，机舱内平稳得如同坐在自家的客厅。林建国却感觉置身于惊涛骇浪之中，仿佛随时会被风暴吞没。

3

白布掀开一角，露出冰冷的尸体。

两个老人手挽着手，缓缓走上前，眼神里充满恐惧。女的叫韩秀英，男的叫李水根，他们是死者李莉芳的父母。

韩秀英脸色苍白如纸，每上前一步，身体就颤抖得更厉害，如果不是李水根在旁边搀扶着，她随时都有可能倒下。短短十多米的距离，仿佛隔着千山万水，终于走到尸体跟前。韩秀英定睛一看，只觉得天旋地转，全身一软，躺在了地上。

“我的儿啊！”韩秀英半天才缓过一口气，失声痛哭，痛不欲生。李水根颓然坐在地上，用枯藤般的双手捂住脸，呜呜地哭泣，两行浑浊的泪水蜿蜒而下。

韩秀英和李水根住在乡下，中午接到电话从家里动身，坐了两个小时的车才赶到南湖分局。为了防止他们在路上发生意外，江枫在电话里只是含糊地说，李莉芳遇到车祸，要他们尽快赶过来。两人到了分局，直接被江枫带上车，一路开进殡仪馆，才意识到大事不好。

“老天爷，你瞎了眼，芳芳还这么年轻，为什么不带我去啊！”韩秀英披头散发，躺在地上打滚，呼天抢地。李水根停止了哭泣，目光呆滞地坐在地上，仿佛一下被人抽走了脊梁骨。

死去的人已经彻底解脱，而活着人依然要承受无尽的煎熬，只有等待时间去慢慢抚平伤口。

江枫站在一旁，脸色凝重，一言不发。白发人送黑发人，世上最残忍的事莫过于此。此刻，他作为旁观者，对死者亲人的任何安慰都显得苍白无力，而且虚伪。

从警以来，江枫记不清办过多少命案，尸体见多了，渐渐就麻木了。在他的眼里，那些失去生命的躯体，与别的物证没什么两样。他一度以为自己变得铁石心肠，可是每当死者亲人来认尸时，那种撕心裂肺的痛，总让他无法超脱事外。江枫害怕见到这种场面，却又无法躲避，这就是警察的工作。

唐法医走上前，拉起白布，重新把尸体盖上，然后向江枫递了个眼神。

江枫把两个失魂落魄的老人扶到座位上，对韩秀英说："人死不能复生，保重身体要紧。"

"我女儿是怎么死的？"韩秀英用衣袖擦了擦眼泪。

"具体情况是这样的，昨天晚上11点40分左右，在迎宾大道发生了一起交通事故，两车相撞，其中一人不幸遇难。今天把二老请来，就是想请你们帮我们确认受害人的身份。"江枫极力避免说出"死者"两个字。

"是我的女儿李莉芳。"韩秀英非常肯定地点头，又好像突然想起了什么重要的事情，"警察同志，是谁撞死了我的女儿，人抓到没有？"

"肇事司机已经拘留了，事故原因正在调查之中。"

"这不是明摆着的事吗，人都没了，还用调查？"

江枫从她的眼神里看出了愤怒和不信任。"请你们放心，警方一定会依法办案，绝不会放过一个坏人，也不会冤枉一个好人。"江枫憎恨套话，却常常言不由衷。

死者身份已经确认无误，江枫把两个老人带上车，往分局开去。

回到办公室，江枫给韩秀英和李水根倒了杯水，有几个问题他还想进一步了解。

"李莉芳的丈夫是叫雷仁吗？"

"是他。"提到雷仁，韩秀英脸上有厌恶的表情。

"能帮我们找到雷仁吗？"江枫解释道，"今天早上我去了他们家，没找到人，有些法律手续还需要他来办。"

“鬼知道他死哪去了。”

“把雷仁的手机号码告诉我也行。”

“我们都没他的号码。”

从韩秀英的口气中，江枫明显感觉到这家人的关系不正常，便干脆挑明了说：“李莉芳夫妻关系是不是不好？”

“唉！”韩秀英重重地叹息一声，“都怪我，当初就不该同意芳芳嫁给他。”

“我听说雷仁原来和李莉芳是同事，都在第二医院工作。”

“他们是在医院谈恋爱结婚的，后来雷仁跟人打架坐了牢，被医院开除了，出来之后就不务正业，整天在外面鬼混。别说我们，就是我女儿也经常找不到他。我们家芳芳真可怜，嫁错了人，现在又出了这种事……”话没说完，韩秀英的眼泪又出来了。

江枫大致明白了，看来想找到雷仁还不容易。

“李莉芳好像还有个女儿吧？”

“这孩子很聪明。”韩秀英又叹了口气，“她爸爸长期不回家，妈妈又经常要上夜班，没时间照顾她，所以这孩子就一直和爷爷奶奶在一起生活。”

李水根坐在旁边，略显木讷，始终没有说过一句话。看来他们家的事都是韩秀英说了算，江枫暗自猜测。

江枫叫来技术员，用口腔试纸采集了韩秀英的唾液，用来与死者作DNA比对。外面天色渐暗，已经没有回乡下的班车了。考虑到李水根和韩秀英悲伤过度，目前情绪还不稳定，怕在路上发生意外，江枫特意安排王三牛开车把他们送回家。

上车之前，韩秀英突然拉住江枫的手，扑通跪在地上：“警察同志，求求你，一定要枪毙那个司机。她害死了我的女儿，我要她偿命！”

江枫毫无防备，手忙脚乱地把她搀扶起来：“老人家，千万别这样，请相信我们，一定会依法办案。”

目送两个老人离去，江枫的心情一下子沉重起来。

晚上9点多，江枫才回到家。

开门的是母亲。看见比自己高出一个头的儿子出现在眼前，母亲满脸欣喜，仿佛贵客登门，赶紧拿来一双棉拖鞋。

“儿子，吃饭了没有，饿不饿，想吃什么？妈给你做去。”母亲永远是这样，每次看见儿子回家，都像久别重逢，生怕他在外面挨饿受冻，那几句话不说出口，似乎就放心不下。

“妈，我不饿，在局里吃过了。”江枫心里暖暖的。

“跟你说过多少遍了，尽量少在食堂吃，饭菜不好，又不卫生。”

“昨天发了个案子，在局里加班。”江枫换上拖鞋，顺手把包放在鞋柜上。

“就你们最忙，没日没夜。公安局又不是我们家开的，干活别太卖命，老实人吃亏。”在母亲眼里，儿子永远是长不大的孩子。

“妈，我知道，你都说过两百多遍了。”

“哎哟，我的傻儿子，瞧你身上都脏成什么样了。快脱下来洗洗，让别人看见，还以为咱家没水了。”她不由分说，麻利地把江枫身上的外套扒了下来。

家里只有他们母子两个，在江枫很小的时候，父亲就与母亲离了婚，把这套房子留给了他们。

母亲早已习惯了江枫杂乱无章的作息方式，三五天见不着人属于正常，十天半月不回来也不奇怪，有时深更半夜接到电话，从被窝里爬起来，套上衣服就走。他何时回家，几点钟出门，母亲都不会感到丝毫意外。

江枫走进客厅。电视里正在播抗日剧，一个女游击队员被十几个鬼子包围，羊入虎口，眼看就要惨遭凌辱。情节紧张，江枫不由得多看了一眼。

女游击队员毫无惧色，长啸一声，突然小宇宙爆发，赤手空拳迎战鬼子，眨眼的工夫，十几个鬼子全被撂倒，跪地求饶。

江枫皱了皱眉，现在的抗日神剧，走的都是魔幻现实主义风格。

洗澡上床，江枫打开电视，看《熊出没》。这个爱好已延续了多年，只要看到熊大和熊二，他就觉得世界很美好。看完两集《熊出没》，心情放松不少。他又拿起床头上的《曾文正公全集》翻开，睡前阅读是每天的必修课，就像洗脸刷牙一样。书捧在手里，却怎么也看不进去，许多事情白天忙得根本没工夫去想，这时候人完全静下来，思维反而更加活跃。

江枫目光落在书本上，满脑子却是林小砚的影子，仿佛又看到那双惊惶无助的眼睛。在医院刚见到林小砚时，有那么几秒钟，江枫觉得很是扬眉吐气，心想你也有今天。可是，很快就被那双无助的眼睛打败了，人家都那样了，你还幸灾乐祸，有意思吗？江枫忽然觉得应该保护她，却又无能为力。

那具冰冷的女尸，也时不时地跳出来，在眼前晃动。

人死之后，尸体不可能立即发展到全身僵硬，这是基本常识。唐法医的分析是有道理的，李莉芳的死亡时间很可能是在24日下午6点之前，而交通事故发生的时间却是在晚上11点40分，前后相差近六个小时。

这怎么解释？

一般来说，发生交通事故之后，肇事者发现撞死了人，都会高度紧张，要么立即报警，要么驾车逃逸。有的人逃了几个小时后，渐渐平静下来，心理就会发生变化。有的是受到良心谴责；有的是觉得无处可逃，警察迟早会查到自己头上来，与其被警察抓到罪加一等，不如主动认罪，于是又返回事故现场报警，或者直接去公安局投案自首。

大千世界，无奇不有，有时也会遇到不按常理出牌的。江枫刚参加工作不久，曾听队里的前辈讲过一宗离奇的交通肇事案。

大约是在十年前的冬天，一个长途司机凌晨开着大货车赶路，因为赶着要交货，他已经连开了八个小时。凌晨三四点钟是最难熬的，司机注意力不集中，一不留神撞倒了马路上的女清洁工。司机吓得魂飞魄散，下车一看，人已经没气了。此时夜深人静，司机见四处无人，灵机一动，把尸体和扫帚一起搬上车带走了。

死者家属发现人不见了，发动亲戚朋友四处寻找，找了好几天，活不见人死不见尸，于是报警。半个月后，警方发现线索，顺藤摸瓜找到了肇事司机家里。司机天天都在心惊肉跳，晚上做噩梦，一看到警察上门，反而全身放松了，也不隐瞒，便一五一十地供述了全部作案经过。听完供述，办案警察也觉得头皮发麻，从没办过这么诡异的案子。

货车司机趁天亮之前，把尸体直接拖到殡仪馆去了，谎称是自己的老娘，要求立即火化。那时殡仪馆管理比较混乱，加上司机出手大方，也就没人多问。再说，听过见义勇为、舍己救人的，哪听过出钱帮别人火化尸体的活雷锋呢？反正收钱办事，很快就把尸体火化了。司机郑重其事地把骨灰带走，走到半路，找了个没人的地方，将骨灰撒到了路边的菜地里。

那天下午下起了暴雨，连下了三天，什么痕迹都冲得干干净净了。大半天工夫，一个大活人就这么消失得无影无踪。

破案之后，司机被判了七年，殡仪馆的几个工作人员也受了处分。事情到此并未了结，死者家属找不到骨灰，想祭奠亲人都没办法，悲痛欲绝，又向法院提起民事诉讼，要求司机赔偿祭奠权……

林小砚这起案子同样扑朔迷离。

有没有这种可能：林小砚其实是昨天下午撞死了人，出于某种动机，故意拖延到深夜才报警，然后谎称是晚上发生的车祸。

如果这种假设成立的话，所有问题都解释得通了。

一阵困意袭来，江枫感到眼皮越来越重，他努力想理出点头绪，脑子里的问号却越来越多。林小砚为什么要撒谎，到底想隐瞒什么？

4

12 月 26 日。

坐在水泥地上，望着头顶五米高的围墙，林小砚不禁想起了“坐井观天”。

林小砚对这个看守所并不陌生，以前常来这里采访犯人，做梦也没想到，有一天自己会成为阶下囚。坐牢不见得全是坏事，失去了自由，却变成了时间的富翁。告别了手机，远离了微信朋友圈，不必起早贪黑赶稿子，再也不用担心半夜被主任叫起来跑现场，她终于有大把的时间与自己独处。

“一个女孩子在外面抛头露面总不太好。”大学毕业前夕，林小砚提出想去报社应聘记者时，母亲陈慧君明确表示反对。她希望女儿未来能成为一名公务员或者教师，当公司职员也行。总之，最重要的是稳定，在母亲的眼里，稳定压倒一切。

林小砚最害怕的恰恰就是稳定。每天准时打卡上班，见一样的人，说一样的话，做一样的事，按照一成不变的轨迹转圈圈，周而复始。这种人生与闹钟有什么区别？一眼就能看到退休后的样子，想想都觉得恐怖。她又去游说父亲，在她的生活经验里，父亲是个有求必应的活菩萨。果然，林建国同意了。

林建国和妻子陈慧君商量：“既然孩子喜欢，就让她去长长见识吧，年轻人出去闯一闯，就算吃点苦头也不是坏事，等她碰了壁自然会回头的。”陈慧君虽然一百个不情愿，却也不再坚持了，家里的大事向来都是林建国做主。

林小砚如愿以偿，成为《东风都市报》的一名记者。那年，中央电视台一档美食节目火遍大江南北，受到各路吃货热捧。报社闻风而动，趁势开辟了美食版面，把还是新人的林小砚派去负责。林小砚本来就是个吃货，加上文笔优美，这下简直如鱼得水，把一个美食栏目办得风生水起，令领导和同事们刮目相看。

如果不是两年前遇到那个女孩，林小砚依然是一个美食记者，很可能还会写出一部美食专著。

一年前的夏天，报社得到一条线索，一个偏远县的乡村发生了一起蹊跷的少女怀孕事件。王主任觉得此事有料可挖，刚好跑那条线的男记者请假做痔疮手术去了，王主任正在考虑替代人选，林小砚就稀里糊涂闯了进去。

林小砚本来是要到十六楼的，却鬼使神差地在十五楼下了电梯，敲错了门。“对不起，走错了。”她刚想退出去，却被王主任叫住：“没错，你来得正好。”

“哦。”林小砚还没反应过来，就领到了新任务。

那个女孩叫燕子，十三岁，和五十多岁的父亲一起生活，母亲五年前跟一个跑江湖算命的跑了。燕子上体育课时，被老师发现已怀孕数月，因此退学。她整天把自己关在家里，任凭家人打骂，也不肯说出孩子的父亲是谁。在那个闭塞的小山村，此事成了大新闻，流言四起，村民自发地当起了侦探，有人开始怀疑是她的父亲让她怀孕。

林小砚在那间破屋里见到燕子时，她已经有四个多月身孕。愚昧的老父亲为了证明自己的清白，竟决定让燕子把孩子生下来，再作鉴定。燕子这么小，如果把孩子生下来，她的一生就彻底毁了。不管孩子的父亲是谁，都必须阻止这个荒唐的决定，林小砚心想。

林小砚搬了一条长凳，坐在床前与燕子单独交谈。

“我是来帮助你的。”

燕子瞟了她一眼，一言不发。

“我知道你受了很多委屈，你就把我当成你的姐姐，说说你的委屈……”

燕子开始抽泣。

以前写美食报道时，从不会遇到这种情况，林小砚不想轻易放弃，磨了一个多小时，燕子终于开口。原来是村里两个老头趁她一个人在家时，多次强奸她，她既害怕又害羞，不敢告诉任何人，她也不知道肚子里的孩子是谁的。老父亲因为她而蒙上不白之冤，对她充满怨恨，非打即骂。她更不敢说出真相，怕没人相信。

临走之前，林小砚把自己带的面包、饼干等全给了燕子，自己饿着肚子连夜赶回报社。

第二天，这篇报道作为头版头条，整版刊发。见报当日，当地警方迅速反应，把那两个强奸犯抓获归案。此后，林小砚又采写了几篇后续报道，还策划了一场献爱心募捐活动，把燕子接到市医院，把孩子打掉了。

林小砚没想到，这次采访改变了一个小女孩一生的命运，挽救了一个破碎的家庭，还将两个恶棍绳之以法。这给了她当美食记者所永远无法获得的成就感。

这次采访也改变了林小砚的命运。当王主任问她有没有兴趣跑政法口时，她欣然答应了。

怎样才能成为一个好记者？林小砚常常思考这个问题。选择了这个职业，就意味着要面对很多难题。在深入现场的过程中，她常常遭受别人的白眼，遇到过各种困难，甚至是危险。当这些渐渐融入生命中，增加的不仅仅是阅历，还有对心灵的净化和对生命的感悟。这让她更加坚信，当初的选择是对的。

第一次见到江枫，是在一个凶杀案现场。

江枫有隼般锐利的眼神，宽阔的肩膀，笑起来嘴角略歪。棱角分明的脸庞上总是波澜不惊，让人很难窥探到他的内心世界。每次在案发现场见面，林小砚总想多挖点料，回去好把稿子写得生动翔实，抓人眼球。江枫却装聋作哑，一问三不知，顾左右而言他。钉子碰多了，两人之间的冲突在所难免。

她不得不承认，对帅气的江枫有那么一两次犯过花痴，还悄悄打听过他有没有女朋友。江枫却很少正眼看她，偶尔有眼神接触，眼神里却总是充满戒备。他似乎对记者怀有很深的成见，林小砚慢慢就死心了。

“林小砚，提审。”门外有人大声喊道，把她从思绪中拉回现实。

“到！”林小砚迅速从水泥地上站起来。

来提审的警察会是江枫吗？她边走边想。

不到十五平方米的提审室，中间被黑色的铁栏杆隔成两半。四面墙壁用浅灰色的软性材料包裹，有点像高档宾馆的装修风格，软包是用来防止犯人头撞墙的，隔音效果也很好。

江枫和王三牛并肩坐在长椅上，面前是米黄色的长条桌，上面摆着台式电脑和激光打印机，是供审讯人员做笔录用的。

等了不到十分钟，门外传来金属撞击声，对面的铁门打开，林小砚走进提审室，看守民警在外面将铁门反锁后离开了。林小砚手上戴着手铐，身上罩一件黄色马甲，胸前是三位数的阿拉伯数字编号，背后印着“一看”两个字，表示是东风市第一看守所。

“还好吧？”看见林小砚进来，江枫淡淡地笑了笑，他想让气氛尽量轻松些。

“都到这里了，有什么好不好。”林小砚勉强挤出笑容。

“请坐。”江枫示意她坐下。

两个人对面而坐，相距不到一米，却分属两个世界。江枫心里五味杂陈，定了定神说：“前天晚上的交通事故，有些细节我们还要重新核实一下。”

王三牛打开桌上的电脑，调出笔录制作软件，准备记录。

“从哪里说起？”林小砚双手平放在膝盖上。

“24 日晚上，你是几点到的大歌星 KTV ？”江枫问。

“8 点多。”

“几个人？”

“丁妍、韩乐乐，加上我总共就三个人。她们都是我的大学同学，那天是平安夜，我约她们出来唱歌。我最先到，丁妍和韩乐乐晚十多分钟到。”

“在哪间包厢？”

“好像是 105 包厢。”林小砚目光凝视上方，努力回忆，“我记得不是很准，要问丁妍她们才能确定。”

“你们唱到几点钟结束？”

“大约 11 点钟，我们就从 KTV 出来了。”

“这中间你有没有单独离开过包厢？”

“上洗手间算吗？”林小砚问。

“也算。”江枫迟疑道。

“我好像上过两次洗手间，其余时间都在包厢里。”

“上洗手间用了多长时间？”

“这个也要说？”林小砚用惊奇的眼神看江枫。

“嗯。我们要把每一个细节都尽量弄清楚。”江枫手指抓了下鼻子，有点尴尬。

“洗手间离包厢很近，每次不会超过五分钟。”

“那天晚上你喝酒了吗？”

“没有。丁妍和韩乐乐喝了点红酒，我要开车，不敢喝。”

江枫点了点头：“也就是说，24日晚上大约从8点到11点这个时间段，你都在大歌星包厢里唱歌，和你一起唱歌的有你的同学丁妍和韩乐乐，一共三个人。对吧？”

“是这样的。”林小砚点头。

“从KTV出来之后，你是怎么离开的？”

“当时外面在下雨，我先开车回家，丁妍和乐乐是打车回去的。”

“你开的是什么车？”

“是我自己的车，银色大众宝来。”

“车上有几个人？

“就我一个人。”

“请你把事故的经过再讲一遍，越详细越好。”

“我也不知道怎么撞上去的……”林小砚突然双手捂住脸，低声抽泣起来。

江枫递给她一张纸巾。林小砚擦干眼泪，继续说道：“当时下着大雨，视线不好，我不敢开太快，时速保持在四十公里左右。走到迎宾大道那个弯道时，我正准备上坡，对面突然冒出一辆车，从坡上冲下来，等我发现踩刹车时已经来不及了。”

“那是几点钟？”江枫身体前倾，目光忽然锐利起来。

“当时我昏过去了，没注意时间。醒来后我就下车查看，发现那个女司机被甩到了车外，已经死了，我就用手机打 110 报警。过了十多分钟，交警就来了。后来我看手机，报警电话是 11 点 50 分打的，我估计撞车的时间是在 11 点 40 分左右。”

“你确定那个人已经死了吗？”

“那个人躺在地上不会动，地上流了一大摊血，我不敢靠得太近，看了一眼就回到车上去了。”回想起那一幕，林小砚依然感到恐惧。

“从大歌星 KTV 到事发地点的行车路线你还记得吗？”

“我想想。”林小砚低头回忆了一下，说出了几条路的名字。

“能确定吗？”江枫问。

“错不了，这条路线到我家最近，走过好几次了。”林小砚非常肯定地回答。

“可不可以画一张路线图？”

“我分不清楚东南西北，怕画不准。”林小砚露出为难的表情。

“没关系，只要画出大致的示意图，标明你走过的每条道路的名称就行。”江枫向她投去鼓励的眼神。

王三牛从打印机纸盒里抽出一张 A4 纸，连同一支圆珠笔，一起递给林小砚。不到十分钟，路线图就画好了。

江枫把纸折好，装进包里：“你再仔细回忆一下当天晚上的情况，有没有漏掉什么重要细节，或者有没有你觉得反常的地方？”

“反常……好像没什么反常的事。”林小砚低头沉思，忽然抬起头，“两车相撞时，我闻到车里有很浓的火药味，很像有人放了烟花的那种气味。”

“这不奇怪，”江枫说，“当安全气囊传感器接收到碰撞信息时，气体发生器会自动点火，瞬间产生大量气体给气囊充气，使安全气囊弹出，所以你会闻到火药味。”不愧是女司机，连这点基本常识都不懂，江枫暗自摇头。

“24 日下午你在哪里？”江枫冷不丁问。

“整个下午我都在报社写稿，晚上在报社食堂吃完晚饭，我就开车去了大歌星 KTV。”

江枫有点失望，这意味着报社的同事都可以证明她当日下午的去向。

“请把丁妍和韩乐乐的手机号码告诉我。”

林小砚说出了两个号码，江枫记在本子上。

“你还有什么需要补充的吗？”

“没有了。”林小砚摇摇头。

“今天就到这里吧。”

王三牛把打印出来的笔录纸递给林小砚：“你核对一下内容，如果没有异议，就在下面签字按手印。”林小砚接过笔录纸，从头到尾看了一遍，在每张笔录纸上都签了名，然后食指蘸上印泥摁手印。

江枫抽出两张纸巾，递给林小砚：“在里面还缺什么生活用品吗？”

“就是没什么吃的。”林小砚低头擦拭指尖上的红印。

“先忍忍吧。”江枫不禁莞尔，嘴角歪向一边，“昨天上午我们已经电话通知了你爸，你的私人物品我们会替你妥善保管，见到他我会如数转交。”

“谢谢！”

“对了，你爸在哪工作？”江枫忽然想起这个问题。

“市第二医院，他是副院长。”

“你认识一个叫李莉芳的人吗？”

“不认识。”

“她是这次事故中的死者。”

“人都死了，认不认识有什么关系。”林小砚摆出无所谓的样子。

“你爸认识。”江枫说，“她是第二医院的护士长，你爸的部下。”

“啊！”林小砚果然吓了一跳。

收拾好材料，江枫站起来：“这里的刘副所长是我在警院的同学，我跟他打过招呼了，在法律允许的范围之内，他会尽量关照你。”

“谢谢你，江警官。”林小砚直视江枫，苍白的脸上绽放出一丝笑容。

“不客气，保重！”江枫向门口走去。

“江警官。”林小砚突然在背后喊了一声。

“还有事吗？”江枫停住脚步，转身问道。

“我会被判刑吗？”

江枫想了想，笑道：“别担心，事情也许没你想得那么坏。哦对了，能告诉我几件关于丁妍的隐私吗，越见不得人的越好。”

林小砚用奇怪的眼神看着他，仿佛动物园里的大猩猩跑出来了。

从看守所出来，时间还早，江枫决定马上去见丁妍。

王三牛拨通丁妍的手机：“喂，你好，我是刑警队的……”

一句话没说完，电话就被挂断了。

王三牛再拨：“我真是刑警队的……”

“骗子，去死吧！”电话又被挂断。

王三牛傻了，举着手机不知所措。江枫拿过他的手机，第三次拨打丁妍的号码。

“你们这些骗子烦不烦？”丁妍快要崩溃了，几乎是在咆哮，“老娘没杀人贩毒，不收包裹，银行卡里也没钱。”

江枫不理她，只管说自己的：“你叫丁妍，你读高中时给物理老师写过情诗，大二偷看过教授电脑里的日本动作片……”

“谁告诉你的？”

“林小砚。”

“你是谁？”

“刑警队的。”

丁妍终于相信，这两个人真是刑警队的。

“费老鼻子劲了！骗子真他妈可恶，见一个抓一个！”王三牛恶狠狠地咒骂。

江枫笑道：“怪不得人家谨慎，如今接到自称是公检法的陌生电话，十有八九是骗子。你那东北口音，一听就是外地人，更像骗子。”江枫就接到过两次这样的电话，对方自称是刑警队的，在他的邮包里发现毒品。江枫说他就在刑警队，让对方来找他吧。他常把这事当成笑话讲。

见面地点约在英伦国际教育，是丁妍工作的地方。跟着手机导航，半个小时后，两人就看见了英伦国际教育的招牌。

培训公司在二楼。下午 4 点，里面还有学生在上课，看起来规模不是很大，却布置得相当精致，走进去就感受到浓厚的学习氛围。穿过走廊，走到顶就是丁妍的办公室，很整洁，一件多余的东西都没有。

“看见蟑螂我都腿发软，居然会有警察找我。”看完两人的证件，丁妍自嘲道，眼神里依然充满戒备。她穿一身藏青色职业套装，短发，给人干练的印象。

“是这样的，我们刚见过林小砚，想找你再核实一点情况。你的手机号，也是林小砚告诉我们的。”江枫不想浪费时间，干脆开门见山。

“林小砚出什么事了？”丁妍神情紧张。

“发生了交通事故。”江枫说。

“交通事故？”丁妍脸上露出难以置信的表情。

“是的。”江枫点头道。

“人没事吧？”

“受了点轻伤，没大碍。”

“真是万幸，人没事就好，我打个电话问问她。”丁妍拿起办公桌上的白色苹果手机。

“不用打了。”江枫制止道，“林小砚在看守所拘留，接不到任何电话。”

“啊！”丁妍放下手机，直直地看着江枫，“什么时候出的事？”

“前天晚上，平安夜。”

“难怪这两天没她的消息，朋友圈也没更新。”丁妍终于明白这两个警察的来意，最后一点戒心也解除了，“你们想知道什么？”

江枫拿出本子和笔，放在膝盖上：“你和林小砚是什么关系？”

“我们是大学同学，毕业后林小砚去当了记者，我不愿受人管束，就自主创业，办了这家培训机构，主要是面向中小学生。”

“24日晚上，你和谁在一起？”

“那天晚上我和林小砚、乐乐三个人在大歌星KTV唱歌。林小砚写的一篇报道评上了全省年度十大法制新闻，是我叫她请客的。”

“是那起拐卖儿童的案子吗？”江枫心里咯噔一下。

“是的。我看了报道，那个案子的主办警官就是你。”

江枫突然沉默，感觉自己也成了罪人。

“唉！都怪我，不去唱歌就什么事都没有了。”丁妍自责起来。

“其实你也不用过多自责，谁都不希望发生这种事情。”江枫安慰道，“麻烦你把那天晚上唱歌的经过再说一遍。”

由于事隔不久，记忆还很清晰。丁妍稍微整理思路，就把当晚唱歌的情况原原本本地说了一遍，和林小砚说的一致，并且很肯定地说林小砚中途没有离开过。说完，丁妍再次叹息：“出门时我还叫她别开太快，没想到真出事了，都怪我。”

江枫问：“刚才你说，你们唱完歌从包厢出来，是林小砚最先开车走的。她是几点钟离开的，准确时间记得吗？”

“当时没看表，我只记得，我们从包厢出来时是11点左右。”

该问的都问清楚了，江枫和王三牛交换眼神后合上了笔记本。

“谢谢你的配合，你提供的线索非常重要。”江枫站起来。

“应该的。”

“能麻烦你给韩乐乐打个电话吗？我们想现在就去见她。”江枫不想再被人当成骗子反复质问，让丁妍当中间人是个不错的主意。

丁妍迟疑了一下，拿起手机拨通了一个号码：“喂，乐乐，有两个警察在我这，他们说想见你……”丁妍解释了几分钟后，让江枫接电话。江枫在电话里和韩乐乐约好见面时间和地点。

“打搅了，以后可能还会再来麻烦你。”江枫拿出一张名片，起身告辞。

天黑之前，江枫和王三牛在一家咖啡厅见到了韩乐乐。戴黑框眼镜的韩乐乐性格比较内向，话语不多，由于事先从丁妍那里得到了消息，她显得比较平静，交谈的过程也比较顺利。韩乐乐的证词与丁妍完全一致。

"两个证人的证词都与林小砚的叙述完全吻合，看样子林小砚的确没撒谎。"从咖啡厅出来，王三牛提出了自己的看法。

"现在下结论还为时过早。"江枫抬头看了看，天色将晚。

"为什么？"

"有个地方我们还没去。"

"哪里？"

"KTV。"

5

夜幕降临，城市的魅力才完全释放出来。晚上 8 点多，街道上车水马龙，两旁高高低低的建筑霓虹闪烁。对于习惯夜生活的人来说，一天中最美好的时光才刚刚开始。

"老大，跟了你这么久，还没听过你唱歌。"王三牛开车，江枫坐在副驾驶位置。

"想听吗？"江枫问。

"非常想。"王三牛重重地点头。

"要不今晚你请客？"

"没问题啊。"

"不过你要做好充分的心理准备，别人唱歌要钱，我唱歌是要命的。"话刚出口，江枫就想起林小砚，不禁暗自苦笑。她唱歌真是要了别人的命。

前面是红灯。江枫打开了收音机，里面正在播报新闻："奥迪最新款无人驾驶汽车顺利通过五百英里测试，车载计算机会自动分析路况，选择最优路径行驶，并确保汽车行驶在车道正中。这款汽车行驶得非常顺畅，与前车保持安全距离，变换车道也很熟练，还会礼貌地超过速度更慢的汽车。该公司声称，这款车将在三至五年内正式投产……”

“真恐怖！”王三牛扶着方向盘感叹，“将来走在路上，你会发现对面开来的车里是空的，连个人影都没有，满大街都是这样的‘幽灵车’。”

“无人驾驶技术一旦成熟，会让一大批人丢掉饭碗，这才是最恐怖的。”江枫说。

“没错。”王三牛点头道，“首先司机这个职业会消失，将来小学生都能驾车去上学了，然后汽车自动回家；以后不用考驾照，驾校直接倒闭；交通事故大幅减少，保险公司会倒掉一批；交警也有失业的风险。”

“可能还会影响酒店业。”江枫说。

“怎么讲？”王三牛反应不过来。

“你想，假如以后我们出差办案，只要吃完晚饭出发，在车上美美地睡一觉，第二天早上就到了。办完事，又在车上睡一觉就回来了。一个晚上跑一千公里很轻松，而且不存在疲劳驾驶的隐患，安全高效，根本用不着住酒店。”

“你觉得这一天真会到来吗？”

“咱俩三生有幸，平安夜就见识过了。”江枫又想起此行的目的。

十多分钟后，“大歌星”三个霓虹灯拼成的大字就出现在眼前。

大歌星是东风市最有名的KTV，有一个独立的大院，只有一个大门供车辆进出。门口设有保安岗亭和自动发卡机，所有进院停放的车辆都要计时收费。

王三牛在岗亭前停车，降下车窗，伸出左手按动了一个绿色按钮，自动发卡机吐出一张计费卡，红白相间的栏杆徐徐升起。

车子开进大院，马上有穿着制服的保安过来引导停车。找到空位停好车，江枫斜背着棕色小挎包，向KTV大厅走去，王三牛紧随其后。

推开玻璃旋转门，眼前顿时明亮起来。大厅内装饰得金碧辉煌，两排身材高挑的迎宾小姐分列左右，看见客人进门，立即齐刷刷地弯腰鞠躬："晚上好，欢迎光临！"个个娇艳欲滴，声若银铃，王三牛只觉得全身骨头酥麻，眼角余光在左右两排高耸的胸脯上来回跳跃，情不自禁咽了一下口水。

一个长裙美女笑盈盈地迎了上来："请问两位有预订吗？"

"警察，请问谁是这里的负责人？"江枫出示了证件。

"哦。"长裙美女愣了一下，笑容立即凝固，"请稍等，我马上去叫。"警察找上门，准没好事，她心想。

不到两分钟，一个风姿绰约的中年女人走过来。她接过江枫递过来的警察证，迅速扫了一眼，立刻笑成了一朵花："二位警官，快请坐。"她又回过头，高声吩咐远处的服务生上茶。

江枫和王三牛在沙发上坐下，服务生端上来两杯大麦茶。

"我姓魏，是这里的大堂经理。我们老总今天刚好不在，两位警官有什么吩咐，直接跟我说就行。"魏经理笑靥如花，在他们对面坐下。两个陌生警察突然登门，她不知道出了什么事，不得不小心戒备。现如今，但凡上了点规模的娱乐场所，要说没点"黄赌毒"什么的社会丑恶现象，鬼都不信。

"魏经理，你好！"江枫拿出笔记本，"我们正在调查一起打架斗殴的案子，案发时间是12月24日晚上，当事人说是在大歌星唱完歌之后才与人发生冲突的，所以来你这调取当晚的监控录像，核实当事人说的是否属实。"

"哦。"魏经理应了一声。

"这起案子跟你们没有任何关系。"江枫补充道。

"没问题，两位警官请稍等，我把保安部经理叫过来。"魏经理暗暗松了口气，一颗悬着的心终于落地。

"那就麻烦你了。"江枫点头致意。

"不麻烦，协助警方办案是我们的应尽责任嘛，一定全力配合。"魏经理拿出手机，打通了一个电话，“赵经理，到我这来一下。对，现在就过来。”

喝完一杯茶，江枫就看见一个三十多岁的男子快步向他们走来。瘦高个，板寸头，走路时上身挺直，江枫猜他可能是退伍军人。

“这是我们保安部的赵经理。”魏经理指着瘦高个介绍道。

“你好！”

“你好！”

握手完毕，江枫再次说明来意。赵经理说：“应该能找到，我把资料拷过来，还是你们跟我去监控室？”

“我们去监控室吧。”江枫站起来。

两人跟随赵经理走出大厅，穿过停车场，左拐走了十多米，就到了一楼监控室。里面非常开阔，起码有四十平方米，进去就能看到整面墙上的显示器，靠门的墙角装有消防监控器，另一面墙上挂着安全制度牌和值班表。一个年轻保安坐在监控台前，手里拿着对讲机，着装整齐。

“你们这的监控设施很齐全。”江枫左右看看，忍不住赞叹。

“安全是头等大事，我们监控室二十四小时都有人值班。”赵经理介绍道。自己的工作能得到警察的认可，他觉得很受鼓舞。

赵经理走到监控主机前，拿起鼠标亲自操作，由于时间段比较清楚，很快就找到了林小砚的宝来车。通过高清摄像头，可以看清楚每一部进出车辆的车牌号码。监控显示：24 日晚 8 点零 5 分，林小砚驾驶的大众宝来从大门口驶入，然后于 11 点零 3 分驶出。

把视频资料拷进 U 盘后，江枫和王三牛返回 KTV 大厅，向魏经理告辞。

“时间还早呢，唱会儿歌再走吧，包厢都安排好了。”魏经理追到门口，热情挽留。

“谢谢！”江枫笑道，“我们还有事，以后有情况可能还会再来麻烦你。”

“千万别说什么麻不麻烦的，有事只管吩咐就是。我从小就崇拜警察，最喜欢结交公安朋友了。”魏经理拿出两张名片，分别递给江枫和王三牛，“这是我的名片，一回生二回熟，下次有空带朋友过来玩，免单。”

走出KTV大厅，江枫和王三牛回到车上，并不急于发动车子。思域车头朝外，斜对着KTV大厅门口，两人坐在车上，正好可以欣赏外面进进出出的美女。

江枫说：“我讲个段子吧，想不想听？”车内空间狭小，两个人在那干坐不说话会很尴尬。

“想。”王三牛表情雀跃。

“一个犯人在监狱里收到老婆来信。老婆在信里诉苦：你进了班房，咱家的几亩地没人翻，公婆干不动，我还要看孩子，真是愁死人。犯人很快就回了信：千万别翻，地里埋着枪呢！”

王三牛说：“这人就是个傻子，不知道犯人通信都要检查的吗？”

“别打岔，听我说完。”江枫接着说，“不久后，犯人又收到妻子的来信：一帮警察把咱家的地翻了好几遍，快累吐血也没找见呀，枪藏哪儿了？”

王三牛觉得有点意思，也跟着问：“枪藏哪儿了？”

江枫说：“犯人回信：没枪，那些傻子把地翻好了，你赶紧种地吧，其他的忙我也帮不上了。”

王三牛这才发现上当，使劲挠了两下后脑勺：“闹了半天，我才是傻子啊。”

江枫忍俊不禁：“是你自己承认的，我没说。”

“我也整一个，保证比你这个精彩。”王三牛刚才不小心着了他的道，心里很不服气，极力想扳回一局。

“哦，说来听听。”江枫看着他说。

“老简单了，就一个问题：看守所的女犯人最怕得罪什么人？”

“看守所权力最大的人是所长。”江枫略加思索道，“所以，答案肯定不是看守所长。不然就不叫段子了。”

“聪明！”王三牛竖起了大拇指。

“管教民警？”江枫试探道。

“错！”

“牢头狱霸？”

“错！”

“猜不到。”江枫笑着摇头。

“别放弃，再猜猜，给你最后一次机会。”王三牛满脸得意。

“快说，不准卖关子。”江枫显然被吊起了胃口。

王三牛缓缓吐出两个字：“厨——师。”

“厨师？”江枫眉头微皱，百思不得其解，“有什么说法？”

王三牛说：“得罪了看守所长或者管教民警，大不了关几天禁闭，倘若得罪了厨师，那可不是闹着玩的，后果老严重了！”他还想卖关子，冷不丁发现江枫双目圆睁，正狠狠地瞪着自己，吓得赶紧坦白：“厨师不高兴，就会把黄瓜切碎了送进女号子。”

江枫立时愣住，足足过了三秒钟，脑子才转过弯来，当场笑趴下。

两人在车上说说笑笑，顺便看看门口的美女，评头论足，并不觉得长夜难熬。

“嘀——嘀——嘀”，手机屏幕闪动，闹钟响起，发出清脆的铃声，由弱渐强。江枫抓起手机，时间到了 11 点。

江枫向前挥动手臂，做了个“走”的动作。王三牛转动钥匙，轻点油门，思域悄然驶出大门。

刚才调取的监控录像显示，24 日晚林小砚驾驶宝来车于 11 点零 3 分驶出大歌星大门口。江枫决定做一次侦查实验，按照林小砚当晚的行驶路线，重新走一遍。

王三牛开车，江枫坐在副驾驶座，手拿“地图”指挥汽车行进路线。这张地图是林小砚昨天画的行车路线图。

案发当晚，天上正下着大雨，路面视线很差，车速不会太快。王三牛把车速控制在时速四十公里左右，尽量还原林小砚当晚开车的过程。

市中心红绿灯较多，车子走走停停，上了迎宾大道，路面才畅通起来。到达海安化工厂门口路段，王三牛靠边停车，前面就是发生事故的弯道。江枫拿出手机，时间显示为 11 点 45 分。

两人下车，四周空旷，寒风直过。汽车并未熄火，车灯发出两道耀眼的光柱，笔直向前延伸，像两支利箭穿透夜幕。

“差不多了。”王三牛冷得直哆嗦，说话都带着颤音，“24 日晚的车祸时间是 11 点 40 分左右，只相差几分钟，属正常误差范围。”

江枫微微点头：“林小砚交代的案发时间，同我们的实验结果基本吻合。”

王三牛说：“看来林小砚没有撒谎。”

江枫说：“根据唐法医推断，李莉芳的死亡时间是 24 日下午 3 点至 6 点之间，事故发生的时间却是晚上 11 点 40 分左右，前后至少相差六个小时。怎么解释？”

王三牛答不上来，围着车子转了两圈，突然灵光一闪：“也许林小砚当日下午就跟李莉芳撞车了，她开车逃离了现场，继续跑去唱歌，唱完歌之后，再回到现场报警。为了掩盖逃逸情节，她只能谎称车祸是晚上发生的。这样就解释得通了。”

王三牛满以为刚才的推理会让江枫刮目相看，没想到江枫脸上却异常平静。“刚开始，我也有过这种怀疑，现在基本可以排除了。”江枫说。

王三牛问：“你有什么新发现？”

江枫说：“刚才在监控室调取监控录像时，我特别注意了林小砚的车况，她从大歌星大门口出去时，车头部位没有任何碰撞痕迹。这可以证明，当晚 11 点之前，林小砚的车没有发生过碰撞。退一万步说，就算事故是下午发生的，李莉芳的车都撞烂了，已经严重影响交通，不可能没人看见。按说早该有人报警了，第一个报警电话却是林小砚打的。”

“既然林小砚没有撒谎，那就是李莉芳在撒谎了。”王三牛使劲挠了挠后脑勺。

“你见过死人撒谎吗？”

“这个真没见过。”王三牛讪笑道。

两人同时陷入沉默。夜幕深沉，呼呼的北风从耳际穿过。王三牛穿得单薄，双臂紧紧抱在胸前，像风中的寒号鸟，瑟瑟发抖。

“王三牛，你相信世上有鬼吗？”江枫冷不丁问。

“鬼才信！”王三牛嘟囔道。

“我信！”江枫冷冷说道。

6

早晨上班，江枫在食堂吃完早餐，直接去二楼找唐法医。走到办公室门口，敲了几下门，没人应答。门没上锁，江枫轻轻推开门，发现里面没人，电脑显示器还亮着，便转身去了刑事技术实验室。

二楼整层都被用作刑事技术室，分为办公区和实验区。推开实验区的玻璃大门，里面宽敞明亮，纤尘不染。走廊两侧共有五六间功能不同的实验室，江枫走到最里面那间。门是开的，身穿白大褂的唐法医背对门口，正对着一台显微镜全神贯注地观察一小块骨头，似乎没注意到有人进来。

江枫轻轻敲了两下门：“唐法医，一大早就在忙？”

“不好意思，江枫，等我几分钟，我先把手上的事情处理一下。”唐法医听出是江枫的声音，并未转身。

江枫拉过一把椅子坐下，环顾四周。他很少走进刑事实验区，即便是大白天，仍感觉这里阴森森的。

里面有一个不锈钢操作台，上面摆放着砧板和各种刀具，居然还有一个高压锅，墙角并排摆着两台乳白色的三门冰箱。不明就里的人，会以为走进了新装修的厨房。江枫当然清楚，冰箱里装的可不是什么鸡鸭鱼肉，心里暗自祈祷，中午食堂最好别有肥肠、排骨之类的。

唐法医把两根人腿骨装进物证袋，打开冰箱门，放进冷藏室。他脱掉手套，走到水池边低头洗手："找我什么事？"

"还不是平安夜那起交通事故。"江枫苦笑。

"查得怎么样，有什么进展没有？"唐法医扭头看江枫，似乎急于知道答案。

"进展不大。"江枫说，"不过事故时间已经确定了，就是当晚11点40分左右。"

"这么说，李莉芳的死因非常可疑，死亡原因查清了吗？"唐法医脸上看不到任何意外，仿佛早在预料之中。

"查清了死因，我还找你干吗？"江枫一脸无奈。

"你想让我干什么？"唐法医关掉水龙头，拿起一条干毛巾擦手。

"解剖尸体。"

"技术上没有任何问题，尸体随时可以解剖。"唐法医顿了顿，"不过，你知道的，交通肇事案一般只做尸表检验。如果要解剖，死者家属那边恐怕阻力会很大。"

"先不管那么多，你做好准备，家属那边的工作我去做。"江枫站起来。

从刑事技术室出来，江枫开车去李莉芳的父母家。

开了一个多小时，江枫边走边问，终于找到韩秀英住的村庄。村子规模挺大，却冷冷清清，见不到什么人，房子盖得杂乱无章，大部分都是铁将军把门。农村人口越来越少了，难怪城市房价飞涨，江枫不禁想。穿过一条狭窄的小巷，就看到韩秀英家那幢灰色的二层小楼。

乡下民风淳朴，白天没有关大门的习惯。江枫刚走进厅堂，就看到一张憔悴的脸，眼神空洞，是李莉芳的父亲李水根，老伴韩秀英在他身后。他们仍沉浸在丧失亲人的悲痛之中，两天时间，仿佛苍老了十岁。

"你好，我是刑警队的江枫。"江枫暗暗给自己鼓劲。他知道，自己即将要面对的，不亚于一场战斗。

“警察同志，坐下说话吧。”江枫没穿警服，李水根略微迟疑一下，才认出这个年轻人是两天前见过的警察。

“房子真大，比城里强多了。”江枫在一条长凳上坐下，左右看了看，室内陈设简陋，只有几件旧家具，墙上贴着伟人头像，大致能看出主人的家境。

“大有什么用，又不值钱。”李水根说。

“有件事，我想和二老商量商量。”江枫切入正题。

“什么事？”李水根警惕起来。

“情况是这样的，通过我们这两天的调查，发现李莉芳的死因存在一些疑点。所以，我们下一步准备对尸体进行解剖，希望……”

话没说完就被韩秀英打断：“不行，你们想都别想。”由于悲伤过度，韩秀英的嗓子已经嘶哑，声音不大，却无比坚决，绝无商量的余地。

江枫说：“作为父母，你们的心情我十分理解，可是……”

“我女儿死得这么惨，还要被你们开膛破肚，人死了都不能留个全尸，你们是不是爹妈生的？”韩秀英越来越激动，上前一步，手指几乎指到江枫的鼻尖上。

李水根一把拉住韩秀英：“老太婆，先听人家把话说完。”

“芳芳，你命真苦啊，人走了都不得清静。”韩秀英一屁股坐在地上，号啕大哭起来。

韩秀英的情绪完全失控，江枫只好暂时沉默，这时候说什么，她都听不进去了。李水根还算清醒：“警察同志，事故已经很清楚了，司机也抓到了，还会有什么疑点？”

“我们现在怀疑，李莉芳的死因可能没那么简单。”

“什么？”李水根不由得睁大了眼睛，“你们有什么凭据？”

“目前还没有掌握确凿证据，我们只是初步怀疑。”江枫忽然体会到了被人审问的滋味。

“难道我女儿不是被车撞死的，那是怎么死的？”李水根追问。

“所以必须尽快对尸体进行解剖，只有通过法医鉴定，才能彻底查明死因，希望你们能尽量配合警方。”江枫无法明确回答他的问题，只能含糊其辞。

李水根沉默了半晌说：“我们要再考虑考虑。”

“有什么好谈的？”韩秀英又咆哮起来，“你们公安局怎么办案，我管不了。谁敢动我女儿，我跟他拼了这条老命！”

江枫狼狈不堪，几乎是逃出来的。

下午 4 点，刑警大队长万志强的办公室烟雾腾腾，像着了火一样。里面坐了四个人，就有三杆烟枪，轮流冒烟。房间本来就不大，江枫被熏得几乎睁不开眼睛。

“江枫，你先说。”万志强扔掉一个烟头，又接上了一根。

江枫拿出笔记本：“我们调取了 24 日晚上的接警记录，报警人是林小砚。昨晚我们又去大歌星 KTV 调取了监控视频资料，并做了侦查实验，按照林小砚当晚的行车路线重走了一遍。目前，所有人证和物证都可以证实，这起交通事故是发生在 24 日晚上 11 点 40 分左右。”

万志强面无表情，目光移到唐法医脸上：“老唐，死亡时间确定了吗？”

“已经确定了，李莉芳的死亡时间应在 24 日下午 3 点至 6 点之间。”唐法医拿出一份法医鉴定报告，递给万志强，“我联系了省厅两名法医，进行了重新鉴定，对李莉芳的死亡时间推断一致。”

万志强接过报告，直接翻到最后一页，逐字看完了最后一句鉴定结论。落款有三个人的签名和印章，除了唐法医的名字外，另外两个他也熟悉，都是法医界的权威。万志强眉头微蹙，眼睛看着江枫：“下一步你打算怎么做？”

“必须尽快解剖尸体。”江枫直截了当说出了自己的想法，“李莉芳是下午死的，而交通事故是晚上发生的，只有尽快查明李莉芳的真正死因，我们才能确定下一步的侦查方向。”

万志强微微点头：“死者家属什么态度，同意解剖吗？”

“情况不妙。”江枫脸上有些沮丧，“今天上午我去做了工作，死者的父母坚决反对，看来只有强行解剖了。”

“我看还是要慎重。”唐法医扶了下眼镜说，“那天家属来认尸时，我见过死者的父母，老头还好说话，那个老太婆就难说了，很难缠。如果我们强行解剖，万一死者家属闹起来怎么办？”

万志强喷出一团浓烟，仰靠在椅背上，两眼盯着天花板，眉头紧锁。

唐法医的担心不是没有道理，现在家属动不动就上访闹事，堵门堵路。万一事情闹大了，上面的人才不管你什么原因，稳定压倒一切。最后板子打下来，还得打在他这个大队长身上。

万志强是转业军人出身，从最基层的侦察员干起，一步一个脚印，升到大队长的位置。在外人看来，刑警大队长威风凛凛，风光无限，个中滋味只有他自己知道。才四十多岁的他，头发都快掉光了，队里警员背后都叫他“光头强”。前几年还能勉强“靠地方支持中央”，这两年连“地方也沦陷了”，他干脆剃成了光头，像个胖大和尚。弟兄们私下里开玩笑，假如全局民警排演一部《水浒传》，鲁智深这个角色非他莫属。

“刑事诉讼法不是有明确规定吗？公安机关有权对尸体进行解剖，不需要家属同意。”王三牛在旁边干坐了半天，终于守到插话的机会。

“你懂个屁！”万志强身体坐直，目光从天花板移到王三牛的鼻子上。王三牛吓得一缩脖子，不敢吭声。万志强心想，要是每件事都能按法律程序办，警察就好当了，老子头上还能多留几根头发。

“他妈的，就这么定了，马上解剖。”万志强从椅子上站起来，左手搭在光头上，按顺时针方向转动，仿佛把玩一件心爱的古董。江枫知道他要下命令了。

“江枫，你负责调查取证。老唐，死人归你管，活人交给我。一个老太婆，还能翻天？”万志强双手叉腰，信心十足，“他妈的，强哥不发威当我是病猫！”

江枫回到办公室，还没到晚饭时间。他打开了“12 · 24”交通肇事案卷宗，翻到《呈请刑事拘留报告》：

犯罪嫌疑人林小砚，女，二十四岁，《东风都市报》记者，12月25日因涉嫌交通肇事罪被刑事拘留，现关押在东风市第一看守所。

经依法侦查查明：

12月24日晚23时40分许，犯罪嫌疑人林小砚驾驶大众宝来小汽车，由南往北行驶至迎宾大道海安化工厂门口路段时越过中心线，与对面由北往南驶来的红色本田飞度小汽车发生碰撞。事故造成飞度司机李莉芳当场死亡，宝来司机林小砚受轻微伤。林小砚血液中未检出酒精成分。

经鉴定：林小砚负本次事故主要责任，李莉芳负次要责任。

……

到目前为止，肇事双方的社会关系均已调查清楚。林小砚的父亲林建国，是东风市第二医院常务副院长。死者李莉芳是东风市第二医院普外二科护士长，而李莉芳的丈夫雷仁也曾在该院工作，夫妻两人都曾是林建国的部下。林小砚、李莉芳、雷仁，这三个人都与林建国有着密切关系。

江枫拿起铅笔，在林建国的名字上画了个圈。

第三章 | 风波起

1

患者已在手术台上就位，麻醉顺利完成，开刀部位也已消毒完毕。

“手术开始！”身穿浅绿色手术服的林建国声音低沉有力，目光在其他医护人员脸上依次扫过，这种目光有宗教领袖般的威仪，能带给大家以信心和平静。作为主刀医生，他是这个团队的绝对核心，不仅要让自己保持最佳状态，还必须提升整个团队的士气。

行过注目礼，林建国做了一次深呼吸，全神贯注投入到手术中。

冠状动脉搭桥术，顾名思义，就是取病人身体其他部位的血管或者血管替代品，将狭窄冠状动脉的远端和主动脉连接起来，让血液绕过狭窄部分，到达缺血的部位，从而改善心肌血液供应，提高患者生活质量，延长寿命。手术的过程，是在充满动脉血的主动脉根部和缺血心肌之间建立起一条畅通的路径，就像在心脏上架起一座桥梁，因此被形象地称为“搭桥”。

正在进行的是非体外循环冠状动脉搭桥术，即不使用人工心肺机，医生在患者心脏保持跳动的情况下所进行的手术，一般称为 OPCAB。与传统的体外循环术相比，非体外循环术可以避免心肌缺血、再灌注损伤，减少各种并发症，减小手术创伤，降低医疗费用。其不利的方面，就是麻醉风险大，特别是对主刀医生的技术要求高。

手术的第一阶段，是从患者的左臂取下一段桡动脉，用来作为桥血管。胸腔内壁虽然也有动脉可供使用，但考虑到患者有糖尿病，若取用乳内动脉，术后有可能引发纵隔炎。从桡动脉取血管是最佳方案，桡动脉粗壮，结实耐用。

顺利取下桡动脉，然后执行固定吻合术及血管吻合。助手在他的额头上轻轻擦汗，他却浑然不知，全身的意念都已集中到眼睛和手上，心无旁骛。虽然所有程序早就了然于胸，动作也已完全熟练，林建国仍不敢有丝毫松懈。患者将生命托付给了自己，哪怕一个细微的疏忽，都是不可原谅的。

止血后，插入导管，将胸骨复位，缝合筋膜、皮下组织、表皮。四个小时后，手术结束，一切顺利。患者生命体征平稳，移到重症监护室，转入术后观察。

“密切监视血压和心电图，有情况随时叫我。”对护士交代完毕，林建国才发现腋下全湿了。

换下手术服，林建国穿过长长的走廊，向电梯间走去。今天这段路显得比以往更长，他感觉全身有点虚脱，似乎墙壁都在摇晃。若在几年前，连续做两台这种强度的手术，下了班还能出去踢一场球。

岁月不饶人！大约从半年前，林建国明显感觉到身体衰老的速度在加快，常常发出这种感叹。还有两年就五十了，年过半百，每次想到这四个字，就会让他感到既沮丧又无奈。转念，他又安慰自己，也许是今天过于紧张吧。

这种手术他已记不清做过多少例，从未出过半点差错，“林一刀”绝非浪得虚名。这次的患者有点特殊，是个八十一岁的老人。人活到这个岁数，全身各脏器储备功能明显下降，合并高血压、糖尿病、呼吸功能不全和肾功能不全的比比皆是，就像一部开了十五年的老车，不出问题的零部件拿着放大镜都难找。

老人住进这家医院之前，已连续被三家医院婉拒。虽然院方给出的理由各不相同，真正的原因，其实大家心知肚明。高龄患者手术风险极高，容易出现肾功能衰竭、呼吸衰竭、感染以及神经精神并发症。现在医患关系势如水火，多一事不如少一事，哪个医生愿意冒这样的风险？

给老人做完全面检查，林建国只说了四个字："尽快手术。"他当然也可以搬出一大堆令人望而生畏的专业词汇，说出一百种不宜手术的借口，但他做不到。

当林建国决定亲自为老人做手术后，老人和家属千恩万谢。林建国淡淡地笑了笑，类似的话，他听过无数次，却从没觉得自己有多么伟大。医生每天的工作任务就是治病救人，不过是职责所在。

十五年前，林建国抢救过一个重度烧伤的消防战士。消防战士很年轻，只有十九岁，在病房里痛苦的嚎叫声，至今让他印象深刻。从那天起，他开始对电视报纸的舆论宣传产生了怀疑。没有人是钢铁铸成的，即便是盖世英雄，也是血肉之躯，一样会怕痛怕死。

当那些年轻的消防员冲进火场时，内心一定是怀着巨大的恐惧，没有人比他们更了解火场的危险。他们不是无所畏惧，而是心怀恐惧依然向前，正因为如此，英雄才更值得崇敬。

驱使他们向前的，无非是那四个字：职责所在！

每个人来到世上，都肩负着自己的使命。消防员的使命是灭火救人，警察的使命是除暴安良，医生的使命是救死扶伤。从披上白大褂的第一天起，他就知道，自己没有选择患者的权力。谁让你干了医生这行呢，拿着手术刀不好好给人治病，难道去杀猪吗？想到这，他就笑了，顿时释然。

老人姓黄，退休老干部。林建国喊他"黄老"，黄老则叫他"小林子"。刚开始，林建国听得有点别扭，慢慢就习惯了。有一天他突然发现，心里其实是喜欢这个称呼的，不论男女，人总是希望自己年轻。

确定手术日期后，林建国就经常找黄老聊天，不厌其烦地介绍手术原理和过程，尽量减轻老人对手术的疑虑和恐惧。他把这种术前交流看成是手术的一部分，几次长谈之后，黄老明显比刚进院时乐观多了，对手术充满信心。

黄老是个乐观通达的老人，思路清晰，健谈而且风趣。

每次见面，话题都是从病情开始的，然后就跑题跑不停，最后必然转移到水利话题。黄老干了一辈子水利工作，当过十几年水利局局长，回忆的闸门打开，往事就如滚滚洪水喷涌而出。

“三千人集体劳动的场面，你见过吗？”黄老似乎又回到了那个火红的年代，浑浊的眼睛里放射出异样的光芒。五十年前他率领三千人修筑大堤，那时没有机械，修堤筑坝全靠人力，都是一担一担的泥土挑上去。

“那一定很壮观。”林建国马上附和，尽量想象人山人海，红旗招展的场景。

“那时我才三十出头，就要领导三千人。”

“黄老，您真厉害！”

“队伍不好带啊。”黄老轻轻摇头，脸上却有得意之色。

“您一定有办法，正好给我传授一下管理经验。”医院职工不到三百人，管理却是越来越难，林建国忽然想到，说不定能跟黄老学点东西。

“办法肯定是有的，刚到指挥部，我就提出了一个口号。”黄老看着他，故意卖个关子。

“什么口号？”林建国又向黄老靠近了点，好奇心被激发起来了。

“不能少一个人，也不能多一个人。”黄老竖起一根手指。

“不能少一个人，这我明白，是要确保安全生产。”林建国皱着眉头问，“不能多一个人，我就搞不懂了，什么意思？”

黄老开心地笑了，脸上层峦叠嶂的皱纹全都舒展开来，似乎早就料到有此一问。

“上堤的全是青壮劳动力，大部分是未婚的，冬天扔进水里都滋滋作响。这些青年男女每天在一起劳动，互相搭手帮忙，很容易滋生感情。小林子，你想啊，要是有一对小青年对上眼了，两个人一激动，一下没把握好尺度，把女的肚子搞大了，不就多出一个人吗？”

林建国忍俊不禁，笑道：“您把干柴烈火放一起，还不许着火，防不胜防啊。”

“防不住也要防，谈恋爱是绝对不允许的。”黄老果断地挥动右手，脸上露出坚毅的表情，似乎又找回了当年做领导的感觉，“男的还好，要是女的出了问题，我怎么向她的父母交差啊？”

“黄老，我要向您学习，绝不向困难低头。”

“下定决心，不怕牺牲，排除万难，去争取胜利！”黄老握紧了拳头。

“说得好！下定决心，排除万难，去争取胜利！”林建国故意把“不怕牺牲”四个字漏掉了。

手术前一天下午，最后一次术前交流，照例跑题跑不停。交谈结束，林建国正准备起身告辞，黄老忽然把他拉住：“小林子，还有几句话，我想跟你单独聊聊。”

黄老把身边的女儿叫到门外去，然后从枕头下摸出一张纸条：“小林子，明天我就要进手术室了，这张条子本来是打算交给我女儿的，后来想想，还是麻烦你帮我保管吧。”

“行，没问题！”林建国回答得很干脆，接过纸条，不由得呆住，竟是一份遗嘱：假如我在手术中发生意外，不准找林医生的麻烦，谁不听话，就是不孝！落款是黄老的签名和日期，郑重其事。

当了一辈子医生，做过的手术无数，还是第一次遇到这种事。那是一份沉甸甸的信任，更是他从医以来得到的最大奖赏，他愣在原地，居然有点手足无措，眼眶湿润。

黄老倚在床头，拍了拍他的肩膀，爽朗笑道：“小林子，明天就辛苦你啦。好好干，我觉得你行！”

林建国上前一步，紧紧握住黄老枯藤般的双手：“黄老，我向您保证，一定还您一颗健康的心脏！”他从不说“我一定尽力而为”，患者听到这句话，会理解为凶多吉少。

“好！”黄老大声说了个“好”字，马上又压低声音道，“我以前提拔过的一个老部下现在当上厅级干部了，上次来我家看我，送了我一罐顶级大红袍，只有二两，他知道我爱喝茶，再三叮嘱我要留着自己喝。我也没舍得打开，一直存在冰箱里保鲜，等我出了院请你喝茶。”

“说话要算数，我最讨厌言而无信的人。”

“一言既出！”

“驷马难追！”

二人击掌相约，愉快告别。走出病房，林建国就把纸条撕了，这东西留在手里不吉利。这杯茶喝定了，他下定决心。

谢天谢地，今天的手术比想象的要顺利得多，事先考虑到各种可能会出现的不利状况，一概没有发生。再过几个小时，黄老就会醒来，想象老人睁开眼睛大梦初醒的样子，林建国脚下的步伐也轻盈起来。

清脆的电梯铃声响起，电梯轿门打开，语音提示“十八楼到了”。

医院领导办公室都设在十八楼。东面第一间是院长范永胜，第二间是常务副院长林建国，其他领导办公室按照职位高低，从东往西依次排过去，一一对应，丝毫不乱。

走进办公室，林建国给自己泡了杯绿茶，水温太高，还要凉一凉。他尽量将两腿伸直，以最放松的姿势斜靠在椅子上，目光落在办公桌上的相框上。那是他们家的全家福，照片里的林小砚一脸喜悦。

从上海回来后，林建国就一直心神不宁，只有在做手术时，才能全神贯注，暂时忘掉这些烦恼。疲惫再次袭来，他双目微闭，想打个小盹，思绪却无法停止。

怎会发生这种事情？现在想起来，都觉得匪夷所思。

林建国拿出手机看日历，今天是 12 月 28 日，小砚被拘留的第四天。前天，他专门去了趟看守所，想见见女儿，却被告知不能会见。他只好把换洗衣物留在门卫室，失望而归。

此时，小砚肯定心急如焚，伤心绝望。拿了这么多年的手术刀，林建国记不清自己到底从死神手里抢回过多少人，现在女儿身陷囹圄，他这个做父亲的却束手无策，甚至连当面说句安慰的话都做不到，一种深深的负罪感弥漫全身。

妇产科赵主任的丈夫在南湖分局刑警队，他打电话咨询过赵主任的丈夫。交通肇事罪属于过失犯罪，不算重罪，像小砚这种情况，量刑一般不会超过三年。如果能与死者家属达成谅解，积极主动进行民事赔偿，可以争取判缓刑。这让他看到了一线曙光。

麻烦的是，肇事司机是自己的女儿，死者李莉芳是自己的部下，处理起来一定非常棘手。无论他提出哪种和解方案，别人都会认为他袒护女儿，李莉芳的家属会答应吗？林建国拿了一辈子手术刀，从不惧怕死神，与活人打交道却毫无自信。一想到这，他就心乱如麻。

碧绿的茶叶吸饱了水，心满意足地缓缓下沉。他端起茶杯，嘴唇刚碰到杯沿，就听到清脆的敲门声。

“请进。”林建国迅速调整好坐姿，换成工作时惯用的表情。

一个身穿藏蓝色夹克的小伙子推门进来，二十七八岁的样子，中等身高，偏瘦，肩膀却很宽，有健康的麦色皮肤，显得干净利落。他手里拎着一个黑色真皮手袋，女款，显得有点滑稽。林建国觉得这个手袋有点面熟，似乎在哪见过。

“林院长，您好！我是刑警队的江枫。”说话时已掏出了证件，他笑起来嘴角略歪，目光却很锐利。

“你好！”

礼节性地握手后，江枫在办公桌对面的椅子上坐下。林建国拿出纸杯，给他泡了杯绿茶。江枫略微欠身，双手扶住纸杯：“打搅您了。”

“江警官，有什么事吗？”

“您是林小砚的父亲？”

“是的。”

江枫把手袋放到桌上：“这是林小砚的手袋，她让我转交给您，里面有她的手机和私人物品，麻烦您清点一下。”

林建国拉开拉链看了一眼，把手袋放在一边：“是小砚的包。谢谢你，江警官。”

“不客气。”江枫道，“林小砚的案子您应该知道了，我是这件案子的主办警员。”

“真想不到会出这种事情。”林建国轻轻叹息。

“说起来，我和林小砚还是熟人。”

“你们认识？”林建国有点意外。

“一年前就认识，我办的好几个案子都是她采访报道的，发生这种事情我也深感遗憾。”

“这孩子，从小到大没吃过什么苦头，关在里面肯定要急死。我现在什么都帮不上，连面都见不上。”

“没办法，这是法律规定，刑事拘留的犯罪嫌疑人是不能会见家属的，请您理解。”江枫端起纸杯，浅浅地抿了一口，水还有点烫。

“都这样了，不理解也要理解。”林建国苦笑道，感觉紧绷的神经放松了许多，第一次与警察面对面交谈，原来并没有传说中的那么难打交道。

“李莉芳平时在单位表现如何？”江枫话锋一转。

“小李是个好同志，两年前才提拔为普外二科护士长。她工作认真负责，业务素质高，人缘也不错，跟其他同事相处得都挺融洽。”

“她的家庭情况呢？”江枫问。

“职工的家务事，我们平时也不会去打听，多少知道一点点，也是道听途说，怕说不准。”对面坐的毕竟是警察，林建国觉得还是谨慎为好。

“没关系，咱们就是随便聊聊。”江枫大度地笑了笑，“听说她和丈夫感情不好？”

“这事全院的人都知道。”

江枫迎着他的目光，颔首微笑，似乎在说“继续说下去”。

“李莉芳的丈夫叫雷仁，以前也是我们院里的医生。这人不务正业，吃喝嫖赌样样俱全，喜欢结交一些不三不四的朋友。也不知道李莉芳当初怎么就看上了他，结婚之后生了一个女儿。”谈起雷仁，林建国并不掩饰内心的厌恶。

“男人不坏，女人不爱。”江枫摇了摇头。

“也许是吧。”林建国喝了口茶，清了清嗓子，继续说道，“好像是在五年前，具体时间记不准了。雷仁在外面打架斗殴，坐了两年牢，被医院开除了公职。出狱之后，他不思悔改，反而变本加厉，还喜欢上了赌博，赢了钱还好，输了钱就回家问老婆要钱，不给钱就打。有一次，雷仁追到医院里来要钱，是我把他赶走的。从那次以后，李莉芳就断断续续告诉过我一些情况。”

“都到这种地步了，为什么不离婚？”

“李莉芳早就提出要离婚，但是家里只有一套房子，双方都想争，财产分割谈不拢。这几年房子越涨越贵，就更没办法分了，所以婚也没离成。”

江枫若有所思：“林院长，您再想想，在事故发生之前，李莉芳有没有什么反常的地方？”

“反常？我没看出来。”林建国果断地摇头。

“林院长，您也喜欢踢球？”江枫显然是看到了挂在墙上的集体照。林建国身穿蓝白条纹的球衣，站在队伍正中央，左臂戴着队长袖标，抱一个足球在腰间。在整个队伍中，他是年龄最大的一个，但是精神饱满，虎虎生威，气势丝毫不输给旁边的年轻人。

林建国呵呵笑道：“年轻时踢前锋，年纪大了，不敢像以前那么拼了，改踢后卫了。”

“我在大学校队就是踢前锋的，自从参加工作就没时间了，几年都没碰过足球了。”江枫脸上不无惆怅。

“全市卫生系统组织了足球联赛，每个月会有一两场比赛。有的单位人少，允许引进外援，妇幼保健院缺前锋，要不我介绍你加入。下次打比赛，正好，你攻我防。”谈起足球，林建国的情绪明显高涨，气氛也轻松了许多。

“我肯定不是您的对手。”江枫笑道。

"江警官谦虚了。"明知道是恭维，林建国还是觉得很悦耳，"踢球除了锻炼身体、帮助减压，更重要的是，我喜欢跟年轻人在一起，觉得自己也年轻了不少。"

"您看上去一点都不老。"

"老了。"

江枫看了一眼手表，起身告辞："不好意思，打搅您这么长时间，以后可能还会再来麻烦您。"

"哪的话，是我们家的事给你添麻烦了。江警官，拜托你多关照小砚。"想想觉得此话不妥，他又补充了一句，"当然是在法律许可的范围之内。"

"林院长，您放心，我会尽力的。"江枫表情诚恳，完全不像客套话。

第一次见到江枫，林建国开始相信，原来世上真有"眼缘"这回事。这个年轻人举止稳重，每一句话都很得体，他的警察身份，完全没让自己感受到任何压力。如果院里的医生也有这种沟通能力，医患关系绝不会像现在这么紧张。

只是有一点让林建国觉得奇怪，江枫明明是来查案的，但他似乎对交通事故不大关注，倒是对李莉芳的家庭情况表现出浓厚兴趣。他到底是来调查交通事故，还是别有所图，这对小砚是好事还是坏事？想来想去，林建国还是琢磨不透。也许这就是警察的行事风格吧，他想。

2

12 月 31 日。

案发第五天，尸检结果出来了。唐法医通知江枫去拿报告，江枫从法医室拿到《法医鉴定报告》，直接冲进了万志强的办公室："万大，有发现！"万志强看完报告，不禁脸色凝重。他坐下来，点上一根烟，不声不响地抽完，然后一拍桌子："他妈的，这下有事干了，立即报告李老板。"

他说的“李老板”就是李局长，南湖分局一把手。

晚上8点，局长会议室灯火通明。李局长的办公区域超大，有独立的办公室、会议室、休息室，三个功能区相对独立，又连成一片。

为防止泄露案情，参加会议的只有四个人：李局长、万志强、江枫、唐法医。这种会议没什么套话可说的，李局长简单说了两句开场白，然后直奔主题。

唐法医首先汇报，他打开笔记本电脑和投影仪，大屏幕上显示出案发现场照片。

“12月24日晚，我接到指挥中心指令，迎宾大道海安化工厂门口路段发生一起交通事故，一人当场死亡。我马上带领几个弟兄赶到案发地点，进行现场勘查，死者是一名女性司机，名叫李莉芳。当时风雨交加，现场条件十分恶劣，无法做进一步检验，勘查完现场，我就通知运尸车把尸体运回了殡仪馆。”

唐法医看了一眼李局长，李局长脸上没有任何表情。唐法医按动手中的遥控笔，大屏幕上出现一具女尸照片。

“当晚在法医解剖室进行尸表检验时，我突然发现尸体已经全身僵硬。通常情况下，人死之后，大约要过十个小时才会全身僵硬，这起交通事故却是当晚11点40分左右发生的，明显有矛盾。为慎重起见，我又联系了几位省厅专家进行联合鉴定，大家对李莉芳死亡时间推断一致——应为12月24日下午3点至6点之间。”

李局长个子不高，头顶微秃，五十多岁。他只是凝神倾听，一言不发，眉头却拧成了一把锁。李局长是政工干部出身，没当过一天刑警，对侦查破案完全是门外汉，这成了他从警生涯的一大遗憾。警队流传一句话——没有当过刑警就不算真正的警察。既然他能升到局长的位置，自有过人之处，懂得如何扬长避短。在这种专业性极强的案情分析会上，尽量多听少说，老老实实地当听众。

唐法医手指顶了下镜框，继续说道：“一般的交通肇事案，通常只对死者进行尸表检验，但是考虑到以上疑点，我们对尸体进行了解剖检验，发现死者体内的胰岛素数超过300个单位，人体正常值为5到25个单位。死者体内的胰岛素严重超标，C肽值却正常。”

“胰岛素？”李局长忍不住打断，“是糖尿病人注射的胰岛素吗？”

“是的。”唐法医打开文件夹，抽出一份文件，递给李局长，“这是《法医鉴定报告》。”

李局长拿起报告，随便翻了翻就合上了，里面那些专业术语，对他不啻天书。他看不懂，也没兴趣，有下属向他报告结论就够了。李局长挥了下手：“你们接着说。”

江枫接着汇报：“本案的肇事司机名叫林小砚，是《东风都市报》记者；死者名叫李莉芳，是市第二医院普外二科护士长。据林小砚陈述，案发当晚她和两个同学在大歌星KTV唱歌，唱完歌后独自驾车回家，大约在11点40分左右与死者李莉芳的车相撞。事故发生后，她用手机打110报了警。为了查证林小砚说的是否属实，我们找了相关证人调查，并做了一次侦查实验，按照林小砚交代的出发时间和行车路线，开车重走了一遍。调查和实验的结果都可以证明，交通事故发生的时间的确是在晚上11点40分左右，林小砚没有撒谎。”

李局长清了清嗓子，慢条斯理地说：“刚才唐法医说，死者是下午3点至6点死的，你却说交通事故发生在晚上11点多钟。你们两个到底谁正确？”就算李局长再外行，这时也听出苗头不对了。

“他们两个说的都正确，均已查证属实。”万志强插了一句，“他妈的，这个案子古怪得很，要不然也不会惊动李老板你啊。”万志强拿出一根烟，放到鼻尖下用力吸了几下。

“人都死了怎么会开车？”李局长觉得脑子有点乱。

“这正是本案的关键。”江枫接过李局长的问题，他早料到会有此一问，“李莉芳死亡在前，交通事故发生在后，前后至少相差六个小时。由此可以推断，李莉芳并非死于交通事故。”

“说下去。”万志强眼睛直视江枫。

“我怀疑是谋杀。”江枫直截了当地说出了自己的想法。

“谋杀？”李局长的脸色凝重起来，“凶器是什么？”

“胰岛素！”江枫清晰地吐出三个字。

胰岛素是一种蛋白质激素，作用在于分解血液中的糖而形成糖原、蛋白质等物质。糖尿病患者为了保持血糖浓度正常，需要定时注射胰岛素，这是一种不可缺少的救命药。但如果注射胰岛素过量，血液中的糖分会迅速消耗，当血糖降到50～60mg/100ml时开始出现症状，表现为饥饿、眩晕、软弱、四肢麻木及头痛。当胰岛素继续增加，血糖会进一步降低，影响中枢神经系统，出现发音障碍、复视、神志昏迷和不同程度的惊厥，如不及时抢救即可致死。

胰岛素既能救人性命，也可以杀人于无形。

目前有案可查的全世界第一起胰岛素杀人案件，发生在英国。

1957年5月4日，英国约克郡发生一起意外死亡事件。三十岁的伊丽莎白死在自家的浴缸中，报警人是死者的丈夫——三十八岁的肯尼斯·巴洛。据巴洛陈述，当晚伊丽莎白进浴室洗浴，过了许久里面都没动静，他感到不正常，进去查看，发现妻子已溺死在浴缸里面。

赶到现场的验尸官却感觉此事蹊跷，巴洛的陈述疑点重重，与现场情况有许多出入。伊丽莎白平时身体健康，为何会突然晕倒在浴缸里溺亡？尸检结果却未发现异常，死者口鼻处有出血，肺部有溺液，硅藻试验证明那确实是浴缸里的水，体表也看不出挣扎时留下的约束伤或抵抗伤，血液中也没有发现常见的安眠酮或安定类药物的成分。这的确非常奇怪。

最后，英国西北法庭科学实验室的艾伦·卡利博士揭开了谜底。他在死者臀部发现了四个细小的针眼，左右两边各两个。似乎有人给死者注射过某种药物，才导致了她丧失反抗能力。通过提取针眼附近的组织进行筛查试验，终于找到了杀害伊丽莎白的元凶——胰岛素。

死者身上四个针眼都在臀部，不可能是自己注射的。而且死者不是医护人员，也无糖尿病史，平时根本没有机会接触到胰岛素。很显然，死者是被别人注射了过量胰岛素，陷入昏迷后被扔进浴缸，在失去反抗能力的情况下被淹死。巧合的是，死者的丈夫巴洛曾经是一名注册护士。

警方搜集了大量证据，认定巴洛就是本案凶手。尽管巴洛始终没有认罪，法官仍以故意杀人罪判处他终身监禁。

李莉芳死于过量注射胰岛素，而她生前并无糖尿病史，可以确定为他杀。专案会上，李局长亲自拍板，将本案立为故意杀人案侦查，为了不打草惊蛇，对外仍称为“12 · 24”交通肇事案。案件定性的改变，意味着林小砚涉嫌交通肇事罪的可能性极小，应立即变更强制措施为取保候审。当然，为慎重起见，在本案未侦破之前，不能中止对林小砚的调查。

查明了李莉芳的真实死因，侦查方向也就清楚了。江枫信步走出分局大楼，只见夜空如洗，明月高挂。心情瞬间明朗起来，仿佛翻过了崇山峻岭，终于看见辽阔的平原。虽然还有许多未知谜题等他去解开，但他信心十足。

3

1 月 1 日，元旦。

天气预报说今天是个大晴天，早晨起来，却发现有轻度雾霾。白色的云层很厚实，层层叠叠，连绵不断，仿佛给天空盖上了无数床棉被。太阳被捂得严严实实，发不出光和热，很委屈的样子。

看守所的午饭很早，上午 11 点准时开饭。室友们已进入午睡时间，林小砚躺在床上，眯着眼睛，半睡半醒。

自从当了记者，林小砚就知道，“名记”这个雅号是甩不掉了。她还认真比较过，发现名妓和“名记”这两个职业其实有不少相似之处：起得比鸡早，睡得比狗晚，随时等候电话召唤，工作对象每天变换，而且拿的都是计件工资。两者最大的不同，就是收入待遇太悬殊。

记者也是吃青春饭的行当，年龄再大点就跑不动了，要么转到管理岗位，要么趁早转行。再过几个月，报社要公开竞聘新闻中心副主任，林小砚本来已下定决心，这次无论如何要搏一下。若能竞聘成功，以后就不用这么辛苦，每天起早贪黑到处赶场子了。

这下好了，连竞聘也省掉了。交通肇事罪最多判三年，出来还年轻，记者是干不成了，当一个美食作家也不错，她安慰自己。

中午 12 点刚过，门外传来铁栓拉动的响声。每间监房的铁门上都有个小窗，外面装有铁栓，大部分时间都是紧闭的，只有提审犯人或送饭时才会打开。小窗打开，光线射进来，马上被一张阴沉的黑脸挡住。

“林小砚，谁是林小砚？”

林小砚躺在床上，听到有人喊自己的名字，一下从床上弹了起来，趿拉上拖鞋，三步并着两步跑到小窗前：“警官，找我吗？”

“你是林小砚？”黑脸警察目光锐利，透出不容置疑的权威。

“是我，我就是林小砚。”

“收拾衣服和随身物品，马上出来！”

“警官，什么事啊？”

黑脸警察满脸不耐烦：“问那么多干吗，出来就知道了。别磨蹭，快点！”他最痛恨午睡时被人叫醒，心情很不爽。

不到三分钟，林小砚就收拾好了衣物。人到了这里，生活标准都降到了最低限度，东西并不多。铁门打开，林小砚右手夹着几件衣服，左手拎两个塑料袋，紧跟在黑脸警察身后，七弯八拐，连续穿过几道铁门。

她心里七上八下，不知道命运的下一个出口又将通向何方。

最后一扇铁门打开，黑脸警察停下脚步，侧身让开路，并无出门的意思。他右手扶住门框，伸出左手示意林小砚出去：“外面有人等你。”

林小砚看了他一眼，确认没有听错，抬腿迈过铁门。穿过三四米长的狭窄通道，再往左转，眼前豁然开朗。她清楚地记得，这是看守所的接待大厅。七天前，她被关进来时，就是先在这里登记身份的。

由于是中午，大厅里只有看守所的值班民警和江枫两个人。江枫斜背着棕色小挎包，两腿交叉，斜倚在柜台上，手里拿着一张纸。看见林小砚出来，他快步迎了上去。

“林小砚，你现在恢复自由了。”江枫小声说道，嘴角略歪，掀起一抹笑容。

林小砚怔住，直直地看着江枫。她不是没有预感，当管教民警通知她收拾行李时，脑海里就闪过一个念头，难道放我出去？转瞬间，她就不敢再往下想，强行把这个念头压下去。她不敢往好处想，怕接受不了绝望。

“你自由了。”江枫再次提醒。

“真的？”林小砚不敢相信这是真的，脸上依然是谨慎的表情。

江枫扬起手里的文件：“这是《取保候审决定书》，签完字你就可以回家了。”

林小砚放下行李，接过江枫手里的文件，目光迅速扫过上面的内容。那一张薄薄的A4纸，对于她是如此沉重，以至于双手颤抖起来。直到这一刻，她终于相信，自己真的自由了。眼泪扑簌而下，再也止不住，像年久失修的水龙头。

江枫机械地向她宣读取保候审规定：“取保候审期间，必须遵守以下规定：不得以任何形式干扰证人作证，不得毁灭、伪造证据或者串供，在传讯的时候应及时到案，未经公安机关批准不得离开居住地。”

林小砚在《取保候审决定书》上签名，右手食指在名字上按上红色手印。江枫把文件收回，对折叠好，装进挎包。

“现在去哪？”林小砚茫然问道，突如其来的自由让她不知所措。

“吃饭。”江枫说。

“我吃过了。”

“我还没吃。”

办理取保候审的程序十分繁琐，除了需要法制部门审核，还要找一串领导签字。办完全部法律手续，已接近中午，王三牛叫江枫吃完饭再去放人，他想也没多想，开车直接就奔看守所来了。只要能让林小砚早一秒钟出来，他都觉得意义重大。

这时候，江枫的肚子已经在咕咕作响。

中午 1 点多，香樟花园咖啡厅里人不多。两人选了个靠窗的卡座坐下，窗外是个小花园，大部分草木都已枯萎，几棵樟树却苍翠欲滴。咖啡厅的名字就是由此得来的吧，江枫心想。

江枫看着窗外的景色，忽然冒出一个问题：“樟树会落叶吗？”

“樟树四季常青，应该不会落叶吧，冬天都长得这么精神。”林小砚从未想过这个问题，随口猜测。

服务员拿着菜单走过来。江枫点了黑椒牛柳饭，林小砚吃过了午饭，只要了一杯菊花茶。

林小砚说：“江警官，这次多亏你了，真不知道该怎么谢你才好。我为我以前对你的粗暴言行表示郑重道歉，你大人不记小人过，宰相肚里能撑船。”

“别，千万别这么说，承受不起。”林小砚态度诚恳得像个小学生，江枫反倒觉得很不适应，忍不住笑了。

“我是认真的。”

“好吧，我郑重接受你的道歉。”

“江警官……”

江枫马上制止：“叫名字吧，都是老朋友了。”

“江枫，我还会被判刑吗？”林小砚轻轻地叹息一声，眼睛里流露出深深的忧虑。

“案子还在调查，现在不好说。你也别太担心，凡事往好处想，就会越来越好。”江枫含糊其辞。林小砚知道警方的办案纪律，也不再纠缠这个问题。

不到五分钟，服务员端上来黑椒牛柳饭和菊花茶。江枫抄起筷子，狼吞虎咽起来。

林小砚双手捧着玻璃茶杯，看着他吃饭：“有时候我会想，如果你不是警察，说不定我们会成为好朋友。”

“如果你不做记者，其实也蛮可爱的。”江枫抬头看她一眼。

“是吗？”林小砚的眼睛瞬间明亮起来。

“其实，每次见到你我就想躲起来。”江枫没头没脑地冒出一句话。他说的是大实话，“防火防盗防记者”，这句话虽然不能公开印在警务手册上，却是警队不成文的规矩。

“啊！我有那么讨厌吗？”林小砚突然觉得人生很失败，仿佛被人吊起来抽打。

“不是讨厌，是害怕。”江枫纠正。

“我又不会吃人，打又打不过你们，怕我干什么？”

“怕你们在报纸上乱写，什么警察打人啦，破案不力啦……反正写错了也不用负责任，老百姓都乐意信你们。我们这些小警察可就惨了，累得跟狗一样，还要蒙受不白之冤，十张嘴都说不清。”江枫大倒苦水。

“如果你们警方能积极配合采访，向记者提供充分翔实的材料，我相信没有哪个记者愿意胡编乱造。”林小砚为自己辩解。

“这你就有所不知了。”江枫放下筷子，“警察赶到现场后，首要任务是救人、控制险情，接下来要考虑如何尽快破案，抓捕嫌疑犯。警察又不是神仙，能未卜先知，没破案之前，我们也不知道哪些内容必须保密，哪些内容是可以公开的。最保险的做法，就是尽可能隐藏所有案件细节。万一走漏消息，嫌犯逃跑了怎么办？”

“所以，你们见到记者能躲就躲，躲不开就想办法拖延，敷衍了事？”

江枫没有反驳，算是默认。

林小砚说："警察有警察的任务，记者也有记者的任务，记者的任务就是写稿，尽量向读者呈现客观事实，就要想方设法挖掘更多细节和内幕。"

"写点别的不行吗，干吗非要写案子？"

"没办法，广大人民群众就好这口。读者是上帝，报纸要发行量，就得满足读者的胃口。"

"万恶的发行量！"江枫喃喃自语。

"这不是重点。"林小砚咬住吸管，吸了一口菊花茶，"假如你是记者，接到线索，深更半夜赶到现场，回来告诉主任，警方什么都不肯透露，写不出稿子。主任会怎么想？"

"我觉得主任会理解的。"

"那好，一次两次主任会体谅你，第三次会怎么看你？"

"可能会认为我无能。"江枫渐渐有点明白了。

林小砚说："记者出去采访，除了汽车要烧油，人力和时间也是计入成本的，如果派出去的记者每次都空手而归，报社早就倒闭了。大多数时候，我们并不想刺探案情，就是想写一篇稿子回去交差，跟中学生写作文的动机没太大区别。警察无可奉告的话，我们就只好采访围观群众了，看戏的人不怕事大，多半是连猜带蒙的，与事实有点小出入是在所难免的。"

江枫不禁点头。干了这么多年警察，还是头一回与记者如此坦诚地沟通，以前觉得记者难缠，总是小心地保持距离，敬而远之，没想到记者也不好干。在此之前，江枫和许多同事一样，坚信警察和记者就是天敌，现在这种想法开始动摇。同一件事情，如果能够换位思考，站在对方的视角看一看，以前想不明白的事情，一下就豁然开朗。

林小砚也没想到，那些对记者傲慢无礼的警察，其实有难言的苦衷，破案追凶显然比采写一篇惊心动魄的稿子重要得多。如果自己是警察，也会对记者守口如瓶的。在外人看来，警察和记者都是挺风光的职业，外表威风凛凛，内心其实一样彷徨。

“都是苦命的人。”林小砚苦笑道。

“理解万岁。”江枫回应。

江枫吃饭速度很快，风卷残云一般，连最后一根青菜也没放过。林小砚按了下桌上的服务铃，服务员过来把餐盘撤掉，重新清理完桌面，又给江枫上了一杯柠檬水。

“江枫，改天我请你吃饭。”林小砚尴尬笑道，摊开双手，表示两手空空。从看守所里出来时，她身上仅有的财产就是几件换洗衣服。

“好啊。”

“其实我早就想对你做个专访，一直没有机会。”

“想都别想。”江枫答得很干脆。

“为什么？”

“看见记者我就想躲，害怕。”

“现在还怕？”

“似乎好点了。”

林小砚抿嘴一笑：“你为什么会当警察？”

江枫说：“小时候觉得警察特神气，最大的梦想就是当警察，所以高考时我就报了警察学院。毕业之后，顺理成章就当了警察。”

“真好，梦想成真，羡慕你。”

“我还羡慕你呢，无冕之王，见官大三级。”

“我有什么好羡慕的，苦逼记者，起得比鸡早，睡得比狗晚。”

“你呢？”江枫问。

“我什么？”林小砚不明就里。

“说下你的梦想。”

“我的梦想，这个嘛……”林小砚欲言又止，“算了，还是不说吧。”

“不带这么吊胃口的。”江枫使出了激将法。

“说出来怕你笑话。”林小砚说。

“我妈从小就告诉我，永远不要嘲笑别人的梦想。”江枫鼓励道。

“好吧。”林小砚深吸一口气，仿佛下了巨大的决心，“你要先保证，我说出来，不准笑话我。”

“保证不笑。”江枫爽快答应，端起水杯，专注地看着她。

林小砚眼珠转动，斜视上方，仿佛在回忆一件很遥远的往事：“小时候，我有一个大大的梦想，长大了要当洒水车司机。每天开着洒水车在大街上晃悠，一路喷着水唱着歌，大喇叭里放着《兰花草》，要多神气有多神气。看哪个不顺眼，我就超车过去，放水喷他。”

江枫嘴里含着柠檬水，两眼直直地瞪着她，五官开始扭曲。到底没忍住，“噗”地喷出一口水，溅了一地。

“你怎么先洒水了？”林小砚问。

江枫拿起纸巾擦嘴：“特权思想很严重啊，幸亏你没当警察，看见不顺眼的直接就抓上车了，局长迟早要被你连累。”

林小砚佯嗔：“说了不准笑话我的。”说完，自己也忍不住笑了。

“好……好……不笑……我不笑……”江枫努力平复急促的呼吸，嘴上说着“不笑”，脸上的肌肉却不受控制，笑得上气不接下气。

“这个梦想一直藏在心底，从不敢告诉任何人，你是第一个知道我秘密的人。”林小砚白皙的瓜子脸上略带羞涩，与往常那个飞扬跋扈的记者判若两人。

“谢谢你让我分享你的秘密，我的职业就是打探别人的秘密。”

“可惜这个梦想永远不会实现了，人长大了，再也不会有这么纯粹的梦想了。”林小砚凝视江枫，明眸如水，“你说，成长是不是一场灾难？”

“梦想还是要有的，万一实现了呢？”江枫若有所思。

林小砚把目光移向窗外。窗外的香樟树郁郁葱葱，一阵风吹来，树叶翻舞。此时雾霾已散尽，太阳终于冲破厚厚的云层，兴高采烈地奔向大地。午后轻俏的阳光越过香樟树梢，穿过落地玻璃，欣欣然闯了进来。

新年第一缕阳光，照亮她的脸庞。

4

在范永胜接任院长之前，东风市第二医院本来有两个大门：东门和南门。

有一段时间院里老出医疗事故，有些事故简直匪夷所思，病人左脚病变，医生竟给右脚开刀。一出事，病人家属就堵门闹事，有的甚至追打医生，把前任方院长弄得焦头烂额。

方院长坚信是医院的风水出了问题，托熟人找了一个颇有名气的大师前来指点。在大师的指点下，方院长把东边的围墙拆掉，新开了一个大门，意喻着“紫气东来”。说来也怪，自从新开了东门之后，果然平安无事，半年没出过医疗事故，也没人闹事。医生护士们的安全感大幅提升，没想到顾此失彼，方院长却出事了。方院长因为采购药品收取巨额回扣，被检察院请去喝咖啡，一去不复返。

方院长进去之后，范永胜从副院长升为院长。“新官上任三把火”，范永胜烧的第一把火，就是请大师来看风水，他老怀疑方院长出事跟那个新开的东门有关系。大师手拿罗盘，围着医院四周来回转了几圈，最后在东门前停下，问范永胜：“为什么把大门修成这种模样，谁出的主意？”

“是前任方院长请来的一个师傅。”范永胜是人精，把原来的大师改成了“师傅”。

“此人该杀！”大师脸色凝重。

“啊！”范永胜吓了一跳，看来自己的猜测是对的。

“赶紧封掉，越快越好！”

“哪里不对？”

大师指着大门左侧的门卫室说：“你看这间门卫室，是扁平的长方体形状，外墙漆成深灰色，像不像一副棺材？”

“真像！”范永胜豁然开朗。

“有一副棺材也就算了，左右两边还各竖一根白色圆柱，头顶偏做成尖尖的，像不像两根蜡烛？”大师摸着山羊胡须说。

范永胜连连点头称是，不由得惊出一身冷汗。门口摆着一副棺材，还插着两根白烛，不出人命才怪。幸亏有大师指点，不然哪天自己翘了辫子，怎么死的都不知道。

范永胜重谢了大师。第二天就找来施工队，把东门拆掉，筑围墙封死，只留下一个南门。对外宣称的理由很充分：最近院内老丢电动车，群众反映强烈，为了加强大院内治安管理，必须减少出入口。

此时，东风市第二医院的南门已变成了露天灵堂。

二三十个农民模样的人聚集在门口，大部分是老人和妇女，有的席地而坐，有的站在旁边闷声抽烟，脸上的表情漠然，既无悲戚，也看不到愤怒。地上有一个旧脸盆改装的火盆，几个老妇人围着火盆默默地烧纸钱。

火盆边上跪着一个女孩，低头肃穆，十来岁的样子，手里端着一个大相框，是一个年轻女人的遗像。大门两侧摆满了花圈，一条七八米长的白色横幅格外醒目，上面写着一行黑色大字：“医院草菅人命，还我公道！”

医院大门正对着街道，马路上来来往往的行人自然会扭头观看，也只是看一眼而已，顶多放慢一下脚步，这样的场景，早就不是什么稀奇事。不过大多数人还是乐于见到这种场面的，从他们脸上喜悦的表情就看得出来。如今的医院真他妈黑，谁要是进去住上十天半月，弄不好就有倾家荡产的风险，奥迪进去奥拓出来，姚明进去潘长江出来。侥幸不死，出来也得被扒掉好几层皮。路人对事情真相毫无兴趣，只要看见医院倒霉，心里就有说不出的舒坦，暗想，这帮孙子，有人治治他们也好。

韩秀英手里拿着手机，恨不得当场把它摔烂。她站在人群中，大口喘着粗气，额头上几缕白发散落下来，五官因为愤怒而扭曲。作为这次行动的总策划，韩秀英预感到事情没有想象的那么顺利。

两天前，韩秀英收到警方的正式通知：李莉芳死亡案因证据不足，嫌疑人林小砚已被取保候审，警方仍在对此案进行调查。抓进去的人都可以放出来，韩秀英怎么也无法接受这个事实。人是被车撞死的，肇事司机已被当场抓获，人家自己都承认了，怎么可能证据不足？唯一的解释，就是副院长林建国动用关系做了手脚，警方才会徇私枉法，私放嫌犯。

退一万步讲，就算警察说的是真的，天知道他们什么时候能破案，如果永远证据不足，女儿岂不是白死了？李莉芳本身就是医院的职工，嫌疑人又是副院长的女儿，就算这个案子破不了，也必须让医院赔钱。小打小闹没有用，必须把事情闹大，越大越好。小闹小解决，大闹大解决。理清了思路，韩秀英连夜召集人手，请了几辆面包车，拉了二三十个人过来，围堵医院大门。

韩秀英没什么文化，却极有心计。她搜集了本地各大报纸和电视台的热线电话，早上领着队伍一到医院门口，就拿出电话本子，照着本子上的号码一个一个打过去，邀请记者来现场采访。只要舆论炒起来，不愁没人来接头。万万没想到，十几个电话打出去，对方的答复不是派不出人，就是要看情况再说。日头老高了，竟连一个记者的影子都没见着，她的心凉了半截。

韩秀英只知其一，不知其二。像这种群体性事件，不是记者想报就能报出来的。明知道上不了版面的新闻，谁愿意白跑一趟，浪费时间和精力不说，汽车出门是要烧油的，油钱谁出？韩秀英在心里咒骂记者，这些狗屁记者，平日里一个个装得正义凛然，现在指望他们的时候，全都死光了！深深的挫败感，让她怒火中烧。但她决不会轻易认输，记者不来就堵门堵路，只要把事情搞大，上面就会有人重视。上面越重视，自己手里的筹码就越多。

门口拥堵混乱，车辆无法进出，只有行人可以勉强出入。一个早晨来上班的护士，小心翼翼地从人缝里挤进去，顺便瞥了一眼女孩手里的遗像，忽然觉得眼熟。定睛一瞧，不由得大惊失色，妈呀，这不是护士长李莉芳嘛！听说她几天前出车祸死了，家属怎么闹到医院来了？

接到院长范永胜的电话时，林建国正在上班的路上。

“老林，你在哪？”范永胜开着黑色奥迪，左手扶方向盘，右手拿着手机。奥迪跟随在车流中，缓慢前进。

“我在地铁上。”林建国瞥了一眼车厢里的电子钟，时间显示为7点50分，心头闪过一丝不祥的预感。没什么要紧的事，范永胜通常不会这么早打电话过来。

“李莉芳的家属带了一伙人过来，把医院大门堵住了。”

“来了多少人？”猜测得到证实，林建国心里反而踏实了。

“怕是有二三十个吧，我也是刚接到电话，听说还烧纸钱，拉横幅，动静闹得很大。”

“我马上就到。”林建国说。

电话里沉默了几秒钟，范永胜似乎在斟酌，下面应该怎么措辞：“老林啊，今天你就别上班了，我看还是暂时避一避好。”

“躲得过初一，躲不过十五。”林建国苦笑，“该来的迟早要来。”

“好汉不吃眼前亏。家属现在情绪很激动，明显是冲你来的。这帮人跟我无冤无仇，不就是要钱嘛，还不至于把我怎么样。老林，你听我的没错，我先去顶一阵再说。”潜台词是说，你来就不一样了，弄不好要挨打。这几年医闹越来越多，范永胜和林建国都知道病人家属的厉害，被扯破衣服，身上抓几道伤痕，都是领教过的。

“范院长，我明白你的好意。既然他们是冲我来的，那么我就更要去了。”林建国心意已决。

范永胜见林建国执意要来，也就不好多说什么了：“好吧，那你小心点，我正往医院赶，很快就到。”范永胜叹了口气，放下手机，加快车速往医院赶去。

范永胜能当上院长，又在商界混得开，靠的绝不仅仅是运气和马屁功夫。他处理事情不喜欢讲原则，对人却讲义气。遇到这种棘手的事情，处理起来吃力不讨好，还容易惹祸上身，别的院领导见了这种事情，都像躲瘟疫一样，唯恐避之不及。范永胜此时却挺身而出，林建国心里充满感激。

韩秀英站在医院门口，心里有说不出的沮丧。带着大队人马闹了半天，没想到医院高挂免战牌，人全躲起来了，竟没一个人出来接头。更可恨的是，那些记者也跟商量好了似的，全都闭门不出。此时，她就像一个蓄满了力量的拳击运动员，正准备一拳把对方击倒在地，不料对方突然跑掉了，她有种若有所失的感觉。

韩秀英找不到出气的对象，只好将满腹怨气发泄在老伴身上，把李水根狠狠地数落了一番。

林建国刚一出现，韩秀英立刻又满血复活，精神百倍地摆出战斗姿态。林建国走进人群，韩秀英立刻冲了上来，李水根紧随其后，其他亲属也跟过来，把林建国团团围在中间。韩秀英一手叉腰，一手指着林建国的脸："姓林的，不要以为躲起来就没事。"

"我不是来了吗？"林建国早有心理准备，心平气和道。

"今天你必须给我们一个说法。"

"院里职工发生这种事情，我们也很悲痛。你们家属的心情我完全理解，但是这么闹解决不了任何问题。"

"我们闹什么了？"韩秀英尖声质问，"你女儿撞死人犯了法都可以放出来，我女儿死了，还不准烧纸？"

"我不是这个意思。"

"那是什么意思？"韩秀英咄咄逼人。

"你们有什么诉求，可以通过法律途径解决。"

"你还有脸说法律？"李水根挤上前说，"你女儿撞死了人，关进去又放出来，谁不知道是你搞的鬼？今天必须给个说法。"韩秀英与李水根对视一眼，对老伴刚才的表现表示赞赏。

"如果你们对我个人有什么怀疑，可以向警方报案，也可以向纪委举报。这里是医院，是治病救人的地方，请你们不要妨碍病人看病。"林建国不亢不卑，沉着应对。

韩秀英一时语塞，哪肯善罢甘休，又使出惯用的招数。她一屁股坐在地上，号啕大哭起来，对着马路高声叫喊："大家快来看啊，院长的女儿撞死了人不犯法，哪有天理啊，老百姓没有活路啊。”她这一嗓子喊出来，果然起了效果。其余二三十个亲属见状，也围上来帮腔，你一言我一语，纷纷指责。一些过路的人也被她的喊声吸引过来，踮起脚尖，伸长了脖子往里面看，想一探究竟。

林建国被围在人群中间，脸色铁青。这时候，他就是有十张嘴也不够用，最好的办法就是保持沉默。正在僵持时，范永胜到了。

范永胜挤进人群中间，一看情形，心里就明白了八九分，蹲下来对韩秀英说：“大姐，我是院长，一把手，你先起来，有什么事情跟我说。”韩秀英坐在地上瞪了他一眼：“呸！什么狗屁院长，你们这些贪官，没一个好东西。”

范永胜上来就遭到一顿痛骂，脸上红一阵白一阵。但他毕竟是见过大场面的人，装着没听见，也不跟这些人斗嘴，回头对林建国说：“林院长，你等下还有一台手术要做，病人家属催得很急，你先去手术室准备。”

林建国心领神会，范永胜是在为自己找借口脱身。看现在的情形，自己留在这里只会激化矛盾，不如暂时避一下，也许有助于事态缓和。

林建国刚要转身离开，韩秀英忽然从地上爬起来，一把揪住他腰间的皮带，尖声叫道：“姓林的，你不能走，当着大家的面把事情说清楚，做贼心虚吧？”

林建国想尽快脱离是非之地，伸出手去剥开韩秀英的手。没想到韩秀英趁势在他手上用力一抓，尖利的指甲刺破皮肤，林建国的右手背上立即现出几道血痕，火辣辣地疼。

韩秀英一抓得手，趁势往地上一躺，伸手把自己的头发扯乱，嘴里不停地大叫：“打人啦！当官的打人啦！我老太婆今天就死在这里算了。”

人群中顿时一阵骚乱，亲属们纷纷上前，把林建国揪住，有的揪住衣领，有的扯住皮带。范永胜还算冷静，眼看群情激愤，场面就要失控，趁那些人的注意力都在林建国身上时，他悄悄从人群中溜了出来，跑到没人的角落，赶紧拿出手机打电话叫人。

这时候，人群中不知谁喊了一句："这个畜生，连老人都敢打，打死他！"林建国刚想张嘴辩解，头上就挨了几拳。他这才感到惊慌，心里有点后悔没听范永胜的忠告。现在想脱身，为时已晚。

正在此时，猛听到有人断喝一声："警察，不准打人！"

喊话的人是江枫。他在上班的路上时接到指挥中心电话，掉转车头就往医院来了。

那些人听到"警察"两个字，都停了下来，目光顺着声音传来的方向去搜寻，却发现是一个身穿便衣的年轻人，胆子马上又壮了起来。

一个阴阳怪气的声音说："警察有什么了不起，吓唬谁啊？"

另一个声音说："谁知道你是真警察还是假警察，证件拿出来看看。"

人群中又是一阵骚动。江枫伸手想去摸警察证，却发现挎包扔在车上，刚才下车匆忙，手机和证件都放在包里。

江枫心里暗暗叫苦，目光向四周扫视一圈，突然眼前一亮，用手指着头顶斜上方，大声说道："你们看清楚，这里装了监控探头，你们的一举一动都会被拍下来，谁敢行凶打人，依法处理，一个都跑不掉！"

众人顺着他手指的方向抬头一看，果然看到一个半球形的玻璃物体，有半个足球那么大，明显不像路灯。那些人果然忌惮起来，嘴上虽不服软，揪住林建国的手却纷纷缩了回去。林建国整理了下衣服，用感激的目光看着江枫，仿佛劫后余生。

韩秀英坐在地上沉默不语，气焰明显不如刚才嚣张。看到自己的人纷纷退缩，她知道大势已去，也不敢造次。

江枫估计了下眼前的形势。现在的力量对比是 1 ∶ 30，万一骚乱起来，自己就算有三头六臂也吃不消。这种时候，比的就是气势，只要在气势上把对方压倒，接下来的事情就好办了。

江枫清了清嗓子，口气比刚才缓和了些："如果你们觉得自己有理，就更不能乱来，到时候有理变成没理，吃哑巴亏。退一万步说，即使有理也不能打人，打人就是犯法。现在人多嘴杂，就算院领导想跟你们谈，也没法谈。”

范永胜经验丰富，马上配合，高声说道：“你们选出三个代表，到我办公室来谈，就算有天大的事，也有解决办法。”范永胜是久经沙场的“老司机”，信心十足，这些年与患者家属谈判，都快成谈判专家了。

正在僵持时，警笛大作，几辆闪着警灯的警车呼啸而至，王三牛领着十几个全副武装的弟兄从车上下来。援军已到，江枫松了口气，刚才给他们来了个下马威，现在得给这些人一个台阶下：“好了，没事了，都散了吧。”

韩秀英彻底熄火，主帅退却，人群自动散开。大局已定，王三牛走到江枫身边说：“妈了个巴子，今天来的人贼多，七大姑八大姨全到齐了吧。”

“最该来的却没来。”江枫抱起胳膊，目光投向远方。

“谁？”

“李莉芳的老公，雷仁。”

“真他妈雷人！”王三牛已经明白江枫想说什么了。

5

有人的地方就有江湖，有江湖的地方就有大佬。

在南湖分局这片江湖，李局长就是最大的大佬。许多部下都不叫他李局长，而是叫李老板，对于这个江湖味极浓的称呼，李局长似乎不怎么反感。下面的人嘴上乖巧，见了副局长也叫局长，没人傻到在“局长”前面加一个“副”字。全局正副局长加起来有十多个，“老板”就不一样了，这是他一个的专属称呼，别人不敢分享，暗含至尊之意。

上午 11 点，李局长在 1 号会议室亲自主持调度会。

许多人都是临时接到通知赶来开会，虽然不清楚会议内容，不用问也知道，肯定出了大事。一般性的案件或工作，通常都由各部门分管副局长主管。

江枫推开会议室的门，里面烟雾缭绕，长方形的会议桌旁围坐着十来个人。李局长、分管刑侦的黄副局长、刑警大队长万志强、唐法医以及交警、治安、特警、派出所等各警种的负责人都到了，个个表情凝重，气氛有些沉闷。江枫在万志强旁边的空椅子上坐下。

李局长个子不高，但这丝毫无损他的威严。他用威严的目光扫视全场，清了清嗓子道："都到齐了，现在开会。"李局长猛吸了两口烟，掐灭烟蒂，接着说道："今天临时召集大家过来，主要是研究'12 · 24'交通肇事案的后续维稳问题，今天上午，死者家属在市第二医院门口摆花圈，烧纸钱，堵门堵路。如果今天处置不好，明天他们很可能会去市政府闹访……"

会议开得很漫长。江枫首先简要介绍了案情，万志强针对案件进展和主要疑点作了几点补充，然后参会人员依次发言。

李局长作总结发言，作了五点指示：

第一，要高度重视，各警种联动，牢固树立全局一盘棋的思想。当前全市正在进行群众安全感和满意度测评，前几年我局的排名都比较靠后，决不能因为这件事拖全市的后腿。

第二，要做好死者家属的安抚和法律宣传工作，向他们解释公安机关的办案程序，多做些解释工作，劝家属离开，合理合法地表达诉求。

第三，要加大案件侦办力度，争取尽早破案，只要破了案查明真相，所有问题自然迎刃而解。

第四，要做好舆论引导工作，防止媒体炒作。从现在开始，未经主要领导批准，任何人不准就本案接受记者采访，特别要密切关注网上动态，防止死者家属恶意炒作，必要时可以向市委宣传部请求支援。

第五，要严密保管好尸体。尸体现在在我们手上，形势对我们比较有利，如果死者家属抬尸上访，后果不堪设想。

李局长最后特别强调："谁掌握了尸体，谁就掌握了主动权。"

关于保管尸体，是有过深刻教训的。两年前，李局长还在高新分局当"老板"时，辖区内发生一起故意伤害致死案。办案民警勘查完现场，通知殡仪馆把尸体运走了。万万没想到，死者家属神通广大，居然从殡仪馆把尸体偷了出来，然后抬尸到市政府上访，市政府被弄得十分狼狈。事后追查责任，李局长被市局领导骂得狗血淋头，在全市公安系统内部点名通报，差点挨了处分。

任务分派完毕，李局长宣布散会。大家按照职责分工，各自分头行动。

开会的时候总是很热闹，看起来人多势众，真正干活的其实还是那几个人。开完会已到了下午 1 点多，办公室有的是方便面，各种口味轮着来，长年不断供，午餐不成问题。江枫把王三牛叫到了办公室。

"开了这么长的会，开出点名堂没有？"王三牛一屁股坐在办公桌上，中午没睡饱就被拖起来，心情差到极点。

"他们开他们的会，咱们该干吗还干吗。"江枫撕开一盒方便面，倒入开水。

"接下来怎么办？"王三牛从桌上跳下来。

"尽快找到雷仁。"江枫拿过一本厚厚的卷宗，压在方便面纸碗口上。

作为死者的丈夫，雷仁在案发期间行踪不明。妻子李莉芳死后，他依然没有露过面，这已经极为反常。

从作案动机来看，雷仁与李莉芳夫妻关系紧张，有作案动机。

李莉芳死于过量注射胰岛素。这种杀人手段看起来非常隐秘，手法高明，对凶手而言却有一个致命的漏洞。凶手很可能是医务工作者，或者从事过相关工作——雷仁曾经是内科医生。

目前，所有疑点都指向雷仁！

当然这只是推测，在未查证之前，有的猜测会错得可笑。在查明李莉芳的真实死因后，江枫重新调整了侦查方向：首先，车祸现场很可能是凶手伪造的第二现场，如果能找到第一现场，案子就破了一半；其次，全面调查死者李莉芳的社会关系，从杀人动机上寻找突破口。

一盒方便面扫光，江枫决定去雷仁家碰碰运气，同时安排王三牛去调取李莉芳的手机通话记录。案发当日的通话记录是重点，最后一个电话则是重中之重，大量案例表明，死者最后一个电话往往会透露出微妙的信息。

雷仁家里依然是“铁将军把门”，江枫在回来的路上，接到了王三牛的电话：“老大，通话记录查到了。”

“怎么样？”江枫轻踩刹车，放慢了车速。

“最近三个月的记录都有。”

“先说最后一个。”江枫直奔重点。

“你肯定猜不到。”王三牛卖了个关子。

“谁？”

“李莉芳的顶头上司，林建国。”

江枫大惑不解，为什么是林建国？

6

看见江枫和王三牛进来，林建国立即推开椅子，绕过宽大的办公桌，快步迎了上去。他握着江枫的手说：“江警官，昨天幸亏你来得及时，帮我解了围，都没来得及向你说声谢谢。”

“林院长，您客气了，职责所在。”江枫又指着身旁的王三牛介绍道，“我的搭档，小王。”

“您好！”王三牛抢先伸出了右手，“我叫王犇。三横王，三头牛的犇，叫我王三牛就行了。”

“你好！你就是上次给我打电话的王警官吧？”林建国听出王三牛的东北口音，马上就想起那个电话。

“林院长好记性！”王三牛竖起了大拇指。

“年轻人，快请坐。”林建国招呼两人在靠墙的长沙发上坐下。沙发前面是一个长方形的仿红木茶几，一个鸡翅木中式茶盘占据了大半面积，一只紫砂三足金蟾茶宠趴在茶盘上，萌态可掬，各种茶具一应俱全。看得出来，主人是个爱茶之人。

“两位喝红茶还是绿茶？”林建国走向茶水柜。

“红茶吧。”江枫不急着走，泡红茶程序繁琐，耗时费力，正好多聊聊。

趁林建国泡茶的功夫，江枫环视四周。办公室大约有二十平方米，宽敞明亮，纤尘不染，办公桌上收拾得干干净净，连一张多余的纸片都看不到。当医生的恐怕都有洁癖，江枫暗忖，不禁想起万志强的办公室，跟这里比起来，他那间小黑屋简直就是垃圾站。

上次来得匆忙，江枫并未特别注意，办公桌上有个木质相框，相框里面嵌着一张全家福：林小砚挽着林建国的胳膊站在后排，头靠在父亲肩上，笑容灿烂，前排是一个坐在轮椅上的中年女人，面容清瘦，脸部轮廓简直就是中年版的林小砚，不用问，轮椅上的女人就是林小砚的母亲。

“林小砚长得跟她妈妈真是太像了！”江枫没话找话。

林建国说：“可惜性格一点都不像她妈，这孩子太外向了，我行我素，她妈老埋怨我把她宠坏了。”

“林小砚会不会跟什么人结仇？”江枫突然想起了什么。

“不会吧，她一个女孩子，既无权又无钱，能跟什么人结仇？”面对江枫突然抛出的问题，林建国一愣，“不过她工作上的事情从来不跟我说，当记者有时是容易惹上是非。这跟案子有关系吗？”

“随便问问。”江枫笑道。

林建国拉过一把椅子，在沙发对面坐下，撕开一个金黄色的小茶袋，把茶叶倒进紫砂壶：“大学毕业后，小砚想当记者，她妈一直是反对的，女孩子整天在外面跑不好。是我支持她，一代人有一代人的理想，孩子不是父母的私有财产，我们不能把自己的愿望强加到孩子身上。”

“真羡慕她，有您这么开明的父亲。”在江枫的记忆里，父亲的样子早已模糊不清。

“我这个父亲当得很不称职，没你想得那么好。”林建国轻轻叹息。

茶已泡好，茶汤淡黄，清澈透亮。江枫端起小小的功夫茶杯，先放在鼻尖下嗅了嗅，轻啜一口，顿觉唇齿生香，桂圆香味中隐约又传来淡淡的蜜香味，余韵悠长。

“好茶！是金骏眉吧？”

林建国笑道：“你很内行。”

“我是胡乱猜的，让您见笑了。”

林建国拿起公道杯，给江枫和王三牛的小杯里续满茶水：“你们今天来，还是为了李莉芳的案子吧？”

江枫正在考虑如何引入正题才能避免尴尬，没想到林建国先提出来了，也好，用不着兜圈子了。

“我们怀疑，李莉芳可能不是死于交通事故。”

“啊！”林建国拿着公道杯的手停在空中，“那是怎么死的？”

对于林建国表现出来的惊讶，江枫并不感到意外：“死因目前还不清楚。”

“这么说，我家小砚没事了？”

“虽然林小砚已经取保候审，但在本案没有彻底查清之前，她的嫌疑还不能完全排除。”

“我明白。”林建国点头。

“我们今天来打扰，是有几个问题，想向您当面了解。”江枫说完又补充道，“这是例行的调查程序，您别介意。”

“没关系，你们想了解什么尽管问。”林建国爽朗笑道。

“案发当日，也就是 12 月 24 日，您是否见过李莉芳？”江枫翻开笔记本。

“没见过。”林建国很肯定地说，“那天我很忙，上午连做了两台手术，

12点多才结束，下午就上了火车，要赶去上海开会。”

“几点钟的火车？”

“下午2点45分。”

江枫在笔记本上记下时间：“到站时间还记得吗？”

林建国说：“晚上6点吧。当时买的是动车票，我没记错的话，火车运行时间大约是三个多小时。”

“林院长，请您尽量回忆一下，看还有没有其他线索？比如说：当天有没有听别人提起过李莉芳，有没有跟谁打过电话？只要是跟李莉芳有关的信息，对我们查案都有帮助。”

林建国略加思索道：“李莉芳是给我打过一个电话，好像是下午打的。”

“几点钟？”

“这个真记不准。”林建国脸上露出为难的表情。

“麻烦您再仔细想想。”江枫目光灼灼，并无放弃的意思。

林建国低头喝了口茶，忽然拍了下自己的脑门：“你看我多糊涂，手机上不是有通话记录嘛。”说完，他起身回到办公桌旁，把手机拿过来，指尖轻点几下，很快就调出12月24日的通话记录。

林建国把手机递给江枫：“就是这个电话。”

江枫接过手机，通话记录显示：主叫号码是李莉芳的手机号，下午3点30分呼入，通话时长为26秒。

江枫问：“李莉芳在电话里跟您说过什么，还能想起来吗？”

林建国说：“当时我在火车上，她打电话向我请假，说明天不能来上班，家里有点事情要处理。我准了假。”

“她说了是什么原因请假吗？”

“没说。职工的私事，我一般不会问得太细。”林建国轻轻叹了口气，“唉，谁想到会出这么大的事，李莉芳是个好同志，早知道我当时多问几句就好了。”

该问的都问了，又闲聊了几分钟，江枫同王三牛交换眼神后起身告辞："林院长，不好意思，占用您的宝贵时间。"

"千万别这么说，二位辛苦了。"林建国站起来，诚恳说道，"出了这么大的事，于公于私，我都应该全力配合警方调查，只有早日查明真相，我们家小砚才能洗脱嫌疑。"

"再见。"

"有空来喝茶。"

林建国坚持把他们送到电梯口，目送两人进了电梯，才返回办公室。

从电梯出来，就是一楼的门诊大厅。江枫问王三牛："你怎么看？"

"什么怎么看？"王三牛一脸茫然。

"林建国。"江枫提醒道。

"事实已经很清楚，林建国的嫌疑可以排除了。李莉芳的死亡时间是下午 3 点至 6 点，而林建国在下午 2 点 45 分就上了火车，根本没有作案时间。再说，他也没有作案动机，他为什么要谋杀李莉芳？"

江枫微微点点头，若有所思："从案发到现在已经过去了十一天，林建国还记得火车出发的时间，精确到几点几分，你觉得正常吗？"

"这有什么大惊小怪的，记忆力好呗。"

"你上个月回老家休探亲假，还记得是哪天吗？"

"让我想想……"王三牛停下脚步，两眼看天，"好像是 16 号……嗯，想起来了，没错，就是 16 号。"

"几点钟的火车？几号车厢？几号座位？"江枫连珠炮似的追问。

"这哪记得。"王三牛回答得很干脆。

"这就对了。"江枫点点头。

王三牛像个丈二和尚，直愣愣地看着江枫，完全摸不着头脑。

他们走出一楼门诊大厅，出门向右拐，穿过一片草坪，绕到门诊大楼后面的停车场。

江枫说："这跟记忆力好坏没关系。打个比方，我们去外地出差，坐火车会记住车厢和座位号，住酒店会记住房间号，但是下车或退房之后，很快就忘得一干二净。心理学把这种现象称为暂存记忆，这是人类大脑的保护机制，假如不尽快忘掉这些没用的信息，大脑就会被垃圾信息塞满，变成垃圾桶。坐火车就是典型的暂存记忆，上车之前，每个人都会牢记发车时间和座位号，但是下了车之后很快就会忘掉。除非……”

“除非那个时间点对当事人非同寻常。”王三牛接过话头。

江枫向王三牛投去赞许的目光，鼓励他继续说下去。

“你怀疑林建国？”王三牛猛然醒悟。

“怀疑倒谈不上。”江枫神色平静，“不过，我们现在得到的信息，都是林建国自己说的，并无其他旁证证实。”

“我还是觉得你的科学理论过于高深，不大靠谱。”王三牛显得胸有成竹。

“为什么？”江枫问。

“假如，我是说假如哈。”王三牛说，“假如林建国就是凶手，先杀了人，然后制造车祸假象。路上来来往往的车那么多，找谁做替死鬼不好，非要嫁祸给自己女儿？”

江枫也说不出个所以然，低头向自己的深灰色思域走去。他还是觉得不能轻易下结论，先入为主是侦查破案的大忌，在未取得确凿证据之前，任何人的嫌疑都不能轻易排除。林建国是最后一个与死者有电话联系的人，时间节点很微妙，必须慎之又慎。

上了车，江枫对王三牛说：“明天你再跑一趟医院，任务只有一个，直接去找财务科，想办法拿到林建国去上海出差的火车票。”

“行。”王三牛心领神会，暗自佩服。林建国去上海是出公差，来回的车票肯定要报销，只要找到原始车票，真伪立辨。活人嘴里冒出来的话不能轻信，物证是死的，不会骗人。

第二天上午，王三牛又去了趟医院。快到 12 点时，他带回来一张火车票复印件。

那是一张 D 字头的车票，由东风市开往上海虹桥车站的 D3126 次动车。发车时间是12月24日下午2点45分，到达时间为晚上6点。乘车人的名字是林建国，身份证号码也对上了。车票信息与林建国的陈述完全吻合。

“事实很清楚了，林建国既无作案动机，也没有作案时间。”王三牛迫不及待地说出自己的看法，似乎要证明自己先前判断的正确。

江枫点头，表示赞同：“有这张车票，林建国的嫌疑确实可以排除了。”

王三牛嘟囔道：“一开始我就觉得，查林建国根本就是多余，我们应该把重点放在雷仁身上。”

江枫说：“你不懂，这叫‘结硬寨，打呆仗’。”

王三牛问：“啥意思？”

江枫挥了挥手：“走，先去食堂，再晚连菜汤都没了。”

时间过了12点半，警官食堂已经很冷清了，几个吃饭慢的正在水池边洗碗筷。两人打好饭菜，找了张干净的桌子相对坐下。王三牛饭量大，碗里的饭菜堆得像小山，都快碰到鼻子。扒了几口饭，他问：“老大，刚才你说‘结硬寨，打呆仗’，啥意思？”

“曾国藩知道吗？”江枫反问。

“曾国藩是湖南人，毛主席的老乡，晚清中兴名臣，洋务运动领袖，湘军统帅。大名鼎鼎的‘官圣’，成功学大师，从机场到地摊都有卖他的书。经商须读胡雪岩，做官必读曾国藩。”王三牛像背顺口溜似的，口气中流露出不屑。

江枫笑道：“那是不读书的人讹传。现在很多人读曾国藩，以为能找到升官秘籍，其实是缘木求鱼，大错特错。”

“那你说说不讹传的版本。”王三牛有点不服气。

江枫说：“曾国藩并非钻营之徒，恰恰相反，此人一生都崇尚守拙，从不相信四两拨千斤、投机取巧的事。他能爬上高位，位极人臣，是因为能办成大事。此人非但不善钻营，而且常常用最笨的办法做事，因为他天资很差，从小就是个笨小孩。”

“有多笨？”王三牛饶有兴趣。

江枫扒完最后一口饭，把碗筷推开：“给你讲个故事吧。”

王三牛说：“好。”

“曾国藩小时候，有一天晚上在家背书，不知道家里来了一个小偷。小偷趴在房梁上，也不着急，心想等你读完了书总要去睡觉，到那时再下手不迟。可是万万没想到，这个小孩脑子太笨，一篇文章反反复复读了无数遍，就是记不住。眼看就要天亮了，还没背下来。小偷终于忍无可忍，从房梁上跳了下来，指着他的鼻子破口大骂：笨蛋，一个晚上都背不出来，我都会背了。说完，小偷就把那篇文章从头到尾背了一遍，一字不差，然后扬长而去。”

王三牛大笑：“这么笨的人，怎么能打胜仗呢？”

“笨人有笨办法，六个字：结硬寨，打呆仗。”江枫说，“结硬寨，就是曾国藩的扎营规矩。湘军扎营前首先要选择地形，最好是背山靠水，然后修墙筑篱挖壕。墙高八尺厚一尺，二十四小时都要派三成部队轮流站到墙上，防止偷袭。墙外筑篱笆防马队进攻，篱笆要五尺，埋入土中两尺，筑二到三层。再外边是壕沟，防步兵。湘军开到新地，立即挖壕沟，限一个时辰完成。壕沟深一尺，挖出来的土必须要运到两丈以外，以防敌人用余土把壕沟填掉。”

“这叫严防死守，我懂。”王三牛说，“那怎么进攻呢？”

江枫说：“湘军攻打一个城市用的不是一天两天，而是一年两年。大军兵临城下之后，一般不与敌军接触，就是不停地挖壕沟，每驻扎一天就挖一天壕沟。这个办法很有效，一道加上一道，把城市围得水泄不通，断敌粮道和补给，看你能坚持多久。方法很笨，但是很有效，这就叫打呆仗。曾国藩有个九弟曾国荃，外号叫‘曾铁桶’，当年就是用这种铁桶战术，把太平天国的京城——南京打下来了。”

“长见识了。”听江枫讲完，王三牛对曾国藩由衷地佩服。

“欲知天下事，须读古人书。有时间多读点书，少玩手机。”江枫用教训的口气说。

“不过，这跟破案有关系吗？”王三牛质疑道。

“关系大了。”江枫说，“曾国藩用最笨的办法打了最聪明的仗，战术思想就是把所有可能出现的情况统统考虑进去，不给对手留下任何破绽。侦查破案与打仗的道理是相通的，任何细小的疑点都不能轻易放过，一旦你心存侥幸，怕麻烦，想投机取巧走捷径，就很容易掉入陷阱，功亏一篑。”

这句话说中了王三牛的心思，他脸上一红，嘴上却不肯轻易认输：“那上次的阳台滴血案，算不算投机取巧？”

“确实有侥幸的成分，那种案例是不可复制的。办案还是要稳扎稳打，一寸一寸缩小包围圈，真至把敌人围死。方法虽然笨，却是最有效的。”

江枫拿起碗筷，走到洗碗池边，拧开水龙头，自来水“哗哗”地流出来，思绪也像拧开的水龙头，根本停不下来。

通过连续几日的外围调查，对林建国的情况已有所了解。林建国是东风市的名人，媒体对他的报道亦有不少。他是光芒四射的外科手术天才，年轻时就获得了“林一刀”的美誉，意思是“一刀病除”。这是个令患者敬仰、同行嫉妒的外号。

金碑、银碑不如老百姓的口碑，林建国视之为人生最大的荣耀，与此相比，官方给的荣誉都可以当废纸。凭他的技术和名声，本来早就可以过上宽裕的生活，但他从不收红包，住的还是十几年前单位分的老房子，守着糟糠之妻平淡度日。

对林建国的了解越深，江枫心中的敬仰就越多。今天在医院办公室再次见面，他那宽大的手掌，短促有力的握手，竟让江枫感受到了父亲般的温暖。那是多年未曾有过的奇妙感觉，这个发现让江枫深感意外，原来自己潜意识中依然渴望父爱。

江枫并不认为林建国有涉案嫌疑。在无法确定嫌疑人的情况下，只好反向操作，先把无关人员排除，缩小侦查范围。就像做选择题，当你不能一眼找出正确答案时，就要运用排除法，先把最不可能的选项找出来，剔除掉，再集中精力对付下一个可疑的目标，当所有干扰选项都排除后，最后剩下的那个就是正确答案了。

江枫有一种预感，下一个回合，才是真正的硬仗！

第四章 | 抓　捕

1

把赌场开在菜市场，绝对是东风市赌徒的一大创新。

菜市场鱼龙混杂，人气旺盛，容易吸引赌徒。更关键的是，这种地方地形复杂，人流密集，万一警察来抓，便于分散逃跑。一间二三十平方米的店面，一张八仙桌，几条长凳，一副牌九，就能开业。一本万利。

光是在沿河路菜市场，就有四五家这样的赌场。

有些大妈也喜欢凑这个热闹，出来买菜时顺便押两把，过过手瘾。运气好的话，趁机给家人改善伙食，倘若时运不济，手气不佳，这家人就得连吃几天素了。

上午 10 点多，沿河路菜市场一家赌场里的气氛已经很浓了。二三十个人围着中间的八仙桌，里三层外三层，外面的人挤不进去，只好站在长凳上，踮起脚尖，伸长脖子往里看。所有人的目光都盯着桌上的牌九，谁也没注意到，屋里进来一个粗壮的小伙子。

王三牛身着便衣，绕着赌桌溜达了三圈，愣是挤不进去。实在没法子，他运足了劲，气从丹田出，大吼一声："警察，都不许动！"

这句话的潜台词其实是：大家快跑！

果然，话音刚落，"轰"地一下，赌徒们全散了。外圈的人群像潮水一样退去，四个坐庄的赌徒瞬间失去了保护屏障，全都暴露出来。

北面方位坐着一个穿皮夹克的小个子。此人反应奇快，“呼”地一下从座位上弹起来，伸手从桌上抓起一把钞票，塞进上衣口袋，一脚踢翻长凳，向后门冲去。

王三牛早有准备，眼疾手快，伸手一捞，牢牢揪住了他的后衣领。小个子眼看逃不了，立马转身，伸手从怀里掏出一把钞票，讨好地笑道：“警官，交个朋友，这些钱都归你，放小弟一马。”

王三牛喝道：“老实点，把你的臭钱收起来！”

求饶不成，小个子突然脸色一变，手里的钞票朝天上一抛，红色的百元钞票如天女散花般纷纷扬扬洒下来。趁王三牛一愣神的工夫，小个子脚尖点地，滴溜溜原地打转，顺势脱掉身上的皮夹克，使了一招“金蝉脱壳”。

王三牛始料不及，顿觉手上一轻，只抓到一件破衣服。他气得直跺脚，扔掉衣服，拔腿就追。

别看此人个子小，身体却灵活，冲出后门，撒开小短腿夺路而逃。后门连着一条小巷，不到二百米，出了巷口就四通八达，再想抓人就难了。

小个子一路狂奔，快到巷口时，冷不防被人绊了一脚。他毫无防备，身体腾空飞起，紧接着“扑通”一声，跌了个狗啃屎，脸先着地，摔得眼冒金星。他双手撑地，刚想爬起来，猛然间又感到腰间一沉，仿佛被一座大山压住。

只见一个人分开双腿，迅速下蹲，重重地骑在了小个子的腰上。与此同时，那人手上也没闲着，左手锁喉，右手抓住头发，往后一拉，一个漂亮的擒拿动作一气呵成。小个子被死死地压在地上，头高高昂起，却是一脸痛苦的表情。仿佛一架随时准备起飞的喷气式飞机，样子相当滑稽。

此时，小个子就算有千斤力气也使不出来了，只好求饶：“哎哟，轻点，会死人的。”

王三牛从后面追了上来，脸涨得通红，大口喘着粗气：“老大，小心点！这孙子贼狡猾，差点被他跑掉。”

江枫笑道：“放心，就算他长了翅膀，现在也飞不掉了。”江枫在全省公安系统大比武拿过散打冠军，对付眼前这个小不点，就等于老鹰抓小鸡。

行动之前，两人进行了分工。王三牛进屋抓人，江枫则在对方可能逃跑的路线守株待兔，把守第二道防线。江枫远远看见一个没穿外套的小个子慌慌张张地冲过来，心中就有数了，看准时机，伸出右腿轻轻一绊，便手到擒来。

江枫估计小个子体力耗尽了，便放心地松开手，从他身上起来，蹲在他面前说："跑得真快啊，雷仁。"

小个子刚想爬起来，猛听到对方喊出自己的名字，不禁大惊失色："你们怎么认识我？"

王三牛喝道："别耍花样，你跑不掉了。"王三牛怒气未消，刚才被他摆了一道，觉得很没面子。

江枫说："找你问点事。别紧张，起来再说。"

雷仁乖乖爬起来，拍拍身上的尘土："警官，有什么事在这里问不行吗？"他刚才被江枫制服，明显老实多了，口气也软了下来。

"不行，跟我们回局里再说。"江枫斩钉截铁说道。

把雷仁带回审讯室，江枫才开始认真打量这个人。雷仁是个干瘪的小个子，身高不超过一米六五，一米开外就能闻到他身上呛人的烟味。人瘦得像螳螂，似乎从婴儿时期就没喂饱过。一张橘子皮脸，坑坑洼洼，仿佛被虫子蛀过，两个小眼珠深陷在眼窝里，发出阴冷的光。

江枫从没见过这么丑陋的男人，那张了无生机的脸，只要见过一次，绝对终生难忘。一朵鲜花插在牛粪上，真想不通，李莉芳当初怎么会看上他？女人的眼光有时真是不可理喻，江枫暗自叹息。

通过前期的外围调查，江枫对雷仁的情况已经有了初步了解。雷仁没有固定职业，是个居无定所的小混混，亲戚朋友都不知道他在外面干什么。要找到他并不容易，江枫布了好几条眼线，终于得到确切消息，他今天会在沿河路菜市场的赌场出现。

江枫问："知道今天为什么找你吗？"

雷仁答：“你们都看见了，还问什么。”

江枫问：“看见什么了？”

雷仁答：“赌博。”

江枫问：“赌多大的？”

雷仁答：“玩得很小，五十开花。”

江枫说：“我看你今天手气不错，赢了不少钱吧？”

雷仁说：“才押了两把，你们就来了，总共赢了不到一千块钱。真的，不信你们可以去问别人。”

江枫用下巴指了指旁边的王三牛：“不用问别人，王警官当时就在你身边，你玩得太投入，没注意吧。”谎言被当场揭穿，雷仁眼睛看着墙壁，默不作声。

第一回合取得主动，江枫换了个话题：“你天天在外面赌博，老婆不管吗？”

雷仁说：“她管不了我。”

江枫说：“你们感情不好？”

雷仁说：“老夫老妻，有什么好不好的，混一天算一天。”

江枫说：“听说你们闹过离婚？”

雷仁说：“反正也离不了，活不新鲜，死不断气。”他似乎想到了什么，口气突然强硬起来：“这是我的家事，与案件无关，我有权不回答。”

果然是老油条，刚接触到核心问题，就开始躲闪。江枫早有准备，不紧不慢地继续发问：“12 月 24 日下午，你在哪里？”

“12 月 24 日，是哪一天？”雷仁露出迷茫的眼神，“真不记得了，警官，可不可以提示一下？”

“平安夜，就是你老婆李莉芳出车祸的那天。”江枫加快语速，发起突然袭击，目光如电，逼视他的双眼，观察他的瞬间反应。

雷仁的目光闪烁了几下，很快恢复镇定，然后就笑了，露出两排布满烟斑的黑牙：“原来是为这事，早说嘛。我就知道，你们早晚会来找我。”

“哦，接着说。”江枫抱起双臂。

“你们怀疑我老婆的死跟我有关？”雷仁的脸上看不出一丝半点悲伤，仿佛死的是一只猫或者一条狗。

一旁的王三牛看不下去了，揶揄道：“你老婆死了，你好像很开心。”

雷仁用眼角余光瞟了一眼王三牛：“老子开不开心，关你什么事，死的是我老婆，又不是你妈。”

王三牛大怒，拍桌子就冲了上去，一把揪住雷仁的衣领：“妈了个巴子，还嘴硬，信不信老子削你？”说完，王三牛抡起拳头就要打他。

江枫眼疾手快，一把钳住王三牛的手腕，低声喝道：“王三牛，你干什么！”

雷仁梗着脖子，恶狠狠地瞪着王三牛，气势竟然不输半点。

王三牛怒气未消，很不情愿地松开手，转头对江枫说：“老大，我出去撒泡尿。这种人渣，别跟他浪费口舌，不给他松松筋骨，不会老实的。”王三牛撂下一句狠话，摔门而去。

审讯室只剩下他们两个，紧张的气氛稍微缓和。江枫拿起纸杯给雷仁倒了杯水：“好汉不吃眼前亏，这小子急了真会动手，你千万别惹毛了他，连我们大队长都让他三分。”

“少他妈在我面前演戏。”雷仁连眼皮都不抬，“一个唱红脸，一个唱白脸，你们这套把戏，老子十年前就见过。”

江枫心说不妙，遇到高手了！

侦查破案不是请客吃饭，不是做文章，不是绘画绣花，不能那样雅致，那样从容不迫，文质彬彬，那样温良恭让。审讯是最激烈的对抗，是你死我活的斗争，没有哪个嫌犯会轻易认输的。认输就意味着牢狱之灾，甚至小命不保。

文武之道，一张一弛。运用到审讯策略上，通常是两个人一组，一个扮恶人，一个扮好人。恶人暴躁易怒，采取暴风骤雨式的高压手段，给审讯对象造成泰山压顶的架势。好人则和风细雨，动之以情，晓之以理。要是没经验的人，经过这一紧一松，几个回合下来，多半就“竹筒倒豆子”，倒个干净彻底。

没想到雷仁反侦查经验丰富，居然被他识破。江枫心里这么想着，脸上却看不出任何变化。他拉了把椅子，与雷仁面对面坐下，和颜悦色道：“你是聪明人，要不咱们做个交易？”

“怎么交易？”雷仁似乎又看到了希望，两眼放光。

江枫说：“这么跟你说吧，你今天赌博被抓现行，拘留十五天没问题。如果你愿意配合调查，我可以放你走，就当什么都没发生过。”

“你想知道什么？”雷仁问。

“12 月 24 日下午你在哪里？”江枫紧盯着他的眼睛。

雷仁不敢对视，目光落在桌上的烟盒上，开始沉默。江枫拿出一支烟，点着火，递给雷仁：“好好想想，想清楚了再说，不急。”

雷仁手指夹着烟，低头猛吸几口，喷出来的烟又从鼻孔里吸进去，烟灰弹在地上。一根烟抽完，当他再抬起头时，脸上的表情又生动起来：“说话算数？”

江枫说：“当然。”

雷仁说：“那天我跟刘红开房去了。”

江枫问：“刘红是谁？”

雷仁说：“我女朋友。”

江枫问：“女朋友？”

雷仁说：“这有什么大惊小怪的。”

江枫说：“接着说。”

雷仁说：“那天是平安夜，刘红打电话约我见面。上午 11 点，我到她楼下接她出去吃饭，吃完饭下午 1 点多钟，我们回到刘红的住处，在她家住了一晚，直到第二天早上才离开。”

江枫问：“这么长时间，你中途有没有离开过？”

雷仁说：“没有，我一直在刘红的房间。”

江枫问："我凭什么相信你？"

雷仁说："你们找刘红当面问问，不就知道了。"

江枫问："刘红住哪？"

雷仁说："采知轩小区，在海宁路上。"

江枫问："你老婆知道你们在一起吗？"

雷仁说："也许知道吧，无所谓。"

江枫说："李莉芳出车祸死了，你好像不怎么关心这件事？"

雷仁说："关不关心都一样，我们只是名义上的夫妻，早就没感情了。李莉芳什么都听她老娘的，她们家的大小事情都是她老娘说了算，这个老妖婆爱管闲事，连我家的事也要管。他们全家都瞧不起我，我为什么要掺和进去？"

李莉芳的母亲韩秀英，江枫早就领教过。一想起这个剽悍的老女人，江枫不禁对雷仁生出几分同情，摊上一个这样的丈母娘，是够悲惨的。

江枫问清了刘红的住址、电话等信息，合上笔记本。目前掌握的线索不多，像这样旁敲侧击也问不出有价值的东西，雷仁是混江湖的，有过犯罪前科，反侦查经验丰富，不会轻易就范。又聊了几个无关紧要的话题后，江枫结束问话，放他走了。

与雷仁第一个回合的较量，只能说打了个平手，江枫虽然在气势上占优，实际审讯并未获得特别有价值的信息。江枫打开内网电脑，查询刘红的户籍信息。这时他的手机响了，电话接通，手机里传来熟悉的声音。

是林小砚。

2

天快亮的时候，林小砚做了个梦。

林小砚梦见自己杀了人，警察正在四处追捕她。她逃进了一片原始森林，天空阴沉沉的，见不到阳光。她没命地狂奔，体力快要消耗殆尽，脚下轻飘飘的，却不敢停下来。一个警察在后面穷追不舍，越来越近，眼看就要追上。她回头一看，后面那个警察竟然是江枫，手里还拿着一根黑色警棍。

不知道跑了多久，突然前面出现一座铁塔，高耸入云，一眼望不到顶，她想也没想就爬上去了。越往上爬，她就越害怕，手上越发无力，仿佛随时会摔得粉身碎骨。江枫也跟着爬了上来，她不敢再往下看，没有退路了！

她想起自己还有那么多想做的事情没做，心里后悔不迭，日子本来过得好好的，为什么要杀人？现在后悔也迟了，前无去路，后有追兵，深深的绝望将她笼罩……

林小砚一个激灵醒来，伸手捏了下被子和枕头，又摸了摸怦怦直跳的胸口。床头灯打开，橘黄色的灯光填满房间，她终于百分之百确认自己是在床上，长出了一口气。她在床上坐起来，这才发现，全身都湿透了。她不由得庆幸起来，幸亏是一个梦！

醒来再也睡不着。自己现在负案在身，案子还没结，突然做了这个怪梦，不知道未来是凶是吉。她仔细回味刚才的梦境，像放电影一样把每一个细节都过了一遍，直到天亮也没想出个所以然。

中午刚吃过午饭，林小砚接到了丁妍的电话："大记者，晚上有时间吗？"

"我现在时间多得能卖，二十四小时全天候有空。"林小砚在家闲得发慌，正想念两个死党。

"为庆祝你光荣出狱，今晚我请客，等下把乐乐也叫上。"

"还唱歌？"林小砚苦笑，又想起那个惊心动魄的平安夜。

"不去 KTV 了，晦气。"

"去哪？"

"彼岸花酒吧。"

"彼岸花？"林小砚还是头一次听到这个名字。

“听说那家的服务生超级帅。”丁妍压低声音，故作神秘状。

“你确定？”林小砚笑了，脑海里浮现出丁妍陶醉的表情。

“情报来源非常可靠。”

“好吧，听你的。”

“等下我在微信上发位置给你。”

“行，晚上见。”

“不见不散！”丁妍挂断了电话。

酒吧在地铁站附近。晚上8点，林小砚从地铁站出来，走出台阶左转，步行不到五分钟，就看到“彼岸花酒吧”的招牌，下面是一行醒目的白色霓虹字：“把自己灌醉，给别人机会。”林小砚不禁莞尔，丁妍真会选地方。

林小砚刚走进酒吧，就看到丁妍和乐乐向她招手。林小砚在她们对面坐下，叫了一杯杰克·丹尼威士忌，不加冰也不兑可乐。她的酒量不大，却固执地喜欢纯粹的味道，就像对待一份感情那样挑剔，掺不得半点杂质。

“那天警察来找我，真把我吓坏了。”丁妍似乎心有余悸。

“我现在不是好好的吗，也没少一根汗毛。”林小砚反倒安慰起她来。

“小砚，知道世界上最动人的词语是哪个吗？”戴黑框眼镜的乐乐故作高深状。

“这可多了去了：洞房花烛、梦想成真、敌人出丑、债主出殡……”林小砚随口报出一大串。

“都不对。”乐乐摇头。

“那是什么？”林小砚问。

“虚惊一场。”乐乐吐出四个字。

“说得好！”丁妍情不自禁拍了下桌子，“小砚，祝贺你无罪释放！”

“是取保候审。”林小砚纠正。

“别咬文嚼字了，显得你比我们多读了很多书似的。”乐乐不屑道，“反正人出来了，还不都一样。”

“真不一样。”林小砚解释说，“取保候审是强制措施，我现在的身份还是犯罪嫌疑人，只不过不用关在看守所里。我不可以离开常住地，必须随时听候警方传唤，接受调查。如果查明我有罪，还得被拎回去判刑。”林小砚的脸色又阴了下来。

“江枫确实很帅，那天见面，连本宫都差点动了凡心。”丁妍赶紧扯开话题。

“这算什么？”乐乐马上配合，“你要是敢打江枫的主意，我立马跟你绝交！”

“想想都不可以吗？”

“想都不能想。”

“行啦。”林小砚笑着打断，“你们就别拿我开涮了，以后大家开车都小心点，别像我这样。”

“我本来打算下个月去驾校培训的，还是不学算了，吓死人。”乐乐说。

“你这叫非理性思维。”丁妍反驳道，“低概率事件不能作为判断依据，晴空万里还有坐在家里被雷劈死的呢，你往哪里躲？”

“反正我就是害怕，老感觉马路还没车宽。”乐乐咕哝道。

这两个话痨斗起嘴来没完没了。林小砚果然心情大好，连日来笼罩在心头的阴霾一扫而空。三个人唇枪舌剑，你来我往，天马行空地侃了一个多小时。林小砚打了个哈欠，拍着嘴巴说：“我有点困了，昨晚没休息好。”

“你今天气色是有点差。”丁妍脸上满含关切，“失眠了？”

“晚上做了个噩梦，醒来就睡不着了。”林小砚转动手里的酒杯，“这个梦很奇怪！”

乐乐对八卦的热情瞬间被点燃：“梦见什么了？”

林小砚把被警察追捕的怪梦复述了一遍，过了一个白天，有些细节已经模糊了，主要情节还算记得清楚。

“日有所思，夜有所梦。”丁妍听林小砚说完，一脸慈祥地看着她，“小砚，你太紧张了，这事搁在谁身上都受不了。这段时间别闷在家里，多出来走走，我们陪你聊聊天，散散心，慢慢会好起来的。你看这里的服务生多帅，果然名不虚传啊，一看到帅哥，我就什么烦恼都没有了。”

“春梦！”乐乐忽然从牙缝里挤出两个字。

“你说什么？”丁妍歪着头问。

“我说这是一个春梦。”乐乐双手扶着酒杯，一本正经道。

“乐乐，真是服了你了，比我还能扯啊。”丁妍笑道。

“谁跟你胡扯，这是有科学依据的。”乐乐表情肃穆，像一个德高望重的老教授。

“看不出来，你还会解梦？”

“信不信由你。”

林小砚觉得有意思，抓住乐乐的手背：“快说，怎么就成了春梦？”

乐乐用指尖顶了下鼻梁上的黑框眼镜：“弗洛伊德说，梦的本质是愿望的达成。这个梦暴露了你的真实愿望。”

“难道我的愿望是杀人，我有那么邪恶？”林小砚的笑容表示不信。

“当然不是。”乐乐显得胸有成竹，“梦是受潜意识控制的。如果用大海上的冰山来比喻我们的心理世界，露出水面的部分可以看作是显意识，水面之下的隐秘部分就是潜意识。当我们的显意识处于放松和休息阶段时，潜意识便会充当主角来控制我们的思维，释放我们的情绪和欲望。潜意识虽然看不见摸不着，但它真实存在，所以有人会在梦中解开数学难题，作家会从梦中获得灵感，据说还有警察在梦中破过案。”

“别卖弄了，直接说重点吧。”丁妍不耐烦地催促。

“急什么。”乐乐瞪了丁妍一眼，把目光转向林小砚，“每个人都有些说不出口的愿望，甚至连自己都不想承认，在梦中就会以伪装的形式出现。你梦见自己杀了人，接下来警察肯定要抓你。所以，杀人只是梦的伪装，你的真实愿望是想再次见到江枫。还有，梦中出现的警棍、铁塔，都是棍状物体，这些都是男性特征的象征。明白我的意思吧？”

“满嘴跑火车，别听她瞎说。”林小砚避开乐乐的目光，口是心非道。

她本来是当笑话讲的，不料竟被乐乐戳破心事，不禁面红耳热，小鹿乱撞，仿佛被人当众扒光。幸好酒精起了作用，脸上早已泛红，看不出太大变化。

“精彩！”丁妍笑得花枝乱颤，高高举起酒杯，“祝我们的小砚心想事成！”

“早日拿下男神！”乐乐也举起了酒杯，跟着起哄。

林小砚无奈，只好举杯附和。三个酒杯碰在一起，发出清脆的响声。

三人喝光杯子里的酒，各回各家。

从酒吧出来，时间已晚。这时候坐地铁的人不多，车厢里空荡荡的，林小砚在蓝色座椅上坐下。言多必失，她有点小小的后悔，不该把这个怪梦说出来，把自己暴露得干净彻底，现在想抵赖也抵不过去了。

林小砚拿出手机，看到微信图标上亮出红点，提示有新消息。她点开了微信，是丁妍发来的信息：“梦里见过的人，醒来就该去找他。”

3

江枫没想到，林小砚这么快就请吃饭了。

地点是林小砚定的，是一家铁板烧音乐餐厅，这里最大的特色，就是把厨房搬到了大厅。一个厨师管一张桌子，中间是炒菜的铁板，客人围桌而坐。大西餐桌，能坐十几个人，客人不管是否认识，都拼桌用餐。厨师站在餐桌对面，现场做菜，做菜的过程本身就是厨艺表演，客人可以边品尝美食边欣赏厨师做菜，别有一番情趣。

这天是星期二，客人不多，一张大桌子只坐了他们两个。

服务员递过来菜单，林小砚点了份双人套餐：加拿大龙鳕鱼、柠汁草虾、秘制帆立贝、西冷牛排、培根煎蛋、脆皮鸡排、时令蔬菜、黄金糕、铁板炒饭，外加一扎木瓜汁。

厨师是个高高瘦瘦的小伙子，脸上的青涩还未褪去，看上去不到二十岁，手艺却相当纯熟。不多时，加拿大龙鳕鱼和柠汁草虾就做好了，分到两人面前的餐盘里，滋滋冒着热气，香气扑鼻。

餐厅的气氛极好，幽暗的淡蓝色灯光，如梦似幻，曼妙的轻音乐如山间清泉，缓缓流淌。美食在前，佳人在侧，江枫不禁胃口大开。

江枫举起酒杯："谢谢你请我吃大餐。"

"你抢了我的词，应该我说谢谢的。"林小砚把酒杯牢牢按在桌上。

"谁说都一样。"

"不一样，必须是我说。"

"好吧，你先来。"江枫放下酒杯，做了个"请"的手势。

林小砚高高举起酒杯："江警官，谢谢你救了我。"

江枫举杯："不客气，林大记者。"

林小砚听出弦外之音，"扑哧"一声笑了："好吧，咱们都别假惺惺的了，江枫同志。"

江枫夹起一块加拿大龙鳕鱼，细细品尝，肉质细嫩，略偏咸，却鲜香可口："嗯，味道确实不错，环境也很好。你是怎么找到这里的？"

"我以前是美食记者，全市好吃的地方没我不知道的。"

"你长得真像你妈，简直是一个模子里刻出来的。"江枫没话找话。

"你见过我妈？"林小砚有点意外。

"没。"江枫说，"我看过你们家的全家福，在你爸的办公室。"

"你一定很奇怪，我爸长得那么帅，才华横溢，为什么娶了个残疾人当老婆。"

"嗯，这个……可能很多人都会有这样的疑问吧。"一下就被她看穿了自己的心思，江枫有些发窘，赶紧夹起一只草虾胡乱塞进嘴里。

"我爸妈的爱情故事，说起来还挺传奇的。"林小砚盯着他的眼睛，仿佛在问他想不想听。

"是吗？"江枫迎着她的目光，表现出浓厚的兴趣。

林小砚喝了口饮料，润了润嗓子，说：“我爸和我妈原来都在农村，两家的村子相隔二里地。我爸那时年轻，长得白净，高高瘦瘦，爱看书，会写诗，口琴也吹得好。他读完了高中，八十年代初在农村算是高级知识分子了。我妈文化不高，初中没毕业就辍学了，第一次见到我爸，就神魂颠倒了。两人互生爱慕，情投意合。”

江枫笑道：“原来你爸是文艺青年，难怪招女人喜欢。”

林小砚说：“两家的条件还是挺悬殊的，我爸家是三代贫农，我妈是官二代。我外公是村支书，生了四个儿子一个女儿，我妈最小，是村里的公主。我外婆发现他们交往，开始是坚决反对的。”

“那后来呢？”

“后来是外公力排众议，同意了这门婚事。外公觉得我爸上进心强，人又踏实，靠得住。男方家里就更没话说了，能跟村支书结亲，那是多大的荣耀啊。当时村小学缺教师，定亲之后，外公就把我爸调到村小学当了民办教师。我妈和我爸结婚半年后就生了我。”

“等等。”江枫挥手打断，一本正经道，“不对啊，结婚半年就生了你？”

林小砚笑了：“咱父母也年轻过啊，幸亏他们没有循规蹈矩，不然这个世界上没我什么事了。”

“如果你不出生，那我也就没机会享受今天的美餐了。”江枫突然想起电影《蝴蝶效应》，感觉人生真奇妙。

林小砚继续说：“我爸白天教学、种田，晚上就点蜡烛复习功课。他不甘心面朝黄土背朝天过一辈子，想考大学。高考报名先要到村委会盖章，我爸去跟外公说，想去参加高考。外公一听，把他骂得狗血淋头，说你赶紧死了这条心，给我老老实实地过日子，管好老婆孩子，只要我有一口气在，考大学的事想都别想。”

江枫说：“你外公可能认为你爸不务正业，田不愿种，大学考不上，在农村这种人最容易被人笑话。”

林小砚摇头：“正好相反，外公是担心我爸考上大学，才不准他去考的。”

江枫问："这是为什么？"

林小砚说："那时候的大学生多金贵，是天之骄子，考上大学就是'鲤鱼跳龙门'，马上改变命运，身份地位都不同了。但是我妈还是原来的农村妇女啊，两个人的差距会越来越大，外公担心我爸将来会做陈世美，反而害了他女儿。"

江枫点头道："有道理。那你妈当时是什么态度呢？"

林小砚说："我妈是坚决支持我爸的。她跑去求外公，外公说：'女崽哩，我是为你好啊，万一建国考上了，变了心，不要你怎么办？'我妈说：'建国不是那种人，你不同意他考大学，我就不认你这个爹。'外公长叹一声，只好同意了。"

江枫笑着摇头："这是没办法的事，女儿养大了都是吃里扒外的。"

林小砚瞪了他一眼："我爸去县城参加高考补习班，补习了一年。家里有十几亩水田，所有农活都是我妈一个人干，很辛苦。村里的议论很多，有说我爸不务正业的，也有同情我妈的。我爸拼了命复习，一个学期只回两次家。"

江枫说："你爸的压力肯定非常大。"

"是的。"林小砚点头，"以前我觉得我妈最辛苦，一个人带孩子，做家务，还要干农活。最近几年，我才慢慢体会到，其实我爸的压力更大。当时所有人都反对我爸考大学，等着看他的笑话，只有我妈是唯一的支持者。"

"你爸是哪年考上的？"江枫没问"有没有考上"，如果没考上大学，林建国此时应该还在乡下种田。

林小砚说："第一年就考上了，医科大学。录取通知书是外公从乡邮政所带来的，那天下午，我爸正在菜园挑水，外公就直接去了菜园。看到录取通知书，我爸把满满两桶水都倒自己头上了，扔掉扁担水桶就发足狂奔，上衣也撕烂了。"

"怎么越听越像范进中举？"江枫不禁莞尔，遥想当年林院长也是个热血青年，每个人都年轻过啊。

林小砚说：“不奇怪，我爸那时就是范进。他不光要承担学习上的压力，还要应付各种猜疑和冷嘲热讽，突然一下释放出来，不疯狂才怪。他刚得到消息，本能反应就是飞奔回家，向我妈报喜。我爸是全村第一个大学生，真给我妈长了脸。有羡慕我妈的，说她眼光准会挑男人，捡了个金元宝；有嫉妒我妈的，等着盼着看我妈被抛弃时哭哭啼啼的样子，各种羡慕嫉妒恨。那几天是我妈这辈子最风光的时候，后面的日子可就难了。”

“一个女人带孩子养家确实不容易。”江枫不禁想起自己的母亲。

“我爸为了省路费，每年只有寒假过年时才回来一次。在我四岁那年，我接连几天高烧不退，我妈半夜把我抱到乡医院去看病，两天两夜没合眼。白天她去街上想给我买两个包子，走在路上恍恍惚惚，不小心被拖拉机撞倒了，送到县医院抢救，第二天就做了截肢手术。如果不是因为我，我妈后半辈子就不会在轮椅上度过。”说到这，林小砚的眼眶湿润，江枫递给她一张纸巾。

林小砚擦干泪痕，继续说道：“我爸收到信后，请假回来照顾我妈，只待了一个星期，就匆匆赶回学校去了。他说学校课程紧，不能耽误太久。我妈出院时，是外公来接的。娘家的亲戚来看她，都说‘你傻啊，当初不该放你男人走。人是会变的，现在你残废了，他恐怕更不会回来了。’我妈一滴眼泪都没流，总是固执地说，建国不是那种人。大家只好摇头叹息。”

江枫说：“你爸还是回来了？”

林小砚说：“我爸在医学院读了五年，成绩优异，年年拿奖学金。那时大学生还是国家包分配的，毕业分配时，他本来可以留在大城市，为了照顾我们母女俩，他主动要求回原籍工作，在我们老家的乡医院当医生。在他的大学同学中，有的出国，有的留在大城市，只有他一个人去了农村。考大学‘跳龙门’，是他一生的梦想，他兜了一个大圈，最后却回到了农村。”

江枫问："后来又是怎么进城的呢？"

林小砚说："我爸是外科手术天才，没过几年就名声大震，先从乡医院调到县医院，然后又调到市第二医院。别人碰到这样的好事感激都来不及，可是他每次有上调的机会反而向领导提条件，必须把妻子和女儿的户口一同随迁。就这样，我们一家人再也没分开过。我爸不抽烟，不喝酒，不打牌，唯一的嗜好就是喝茶。他的生活很简单，基本上外面所有的应酬都推掉，下了班就回家，做饭、干家务、照顾我们母女，几十年都是这么过的。"

"你妈好眼力，没看错人。"江枫感慨道。

"这跟眼光无关，其实是运气好。"林小砚幽幽地说。

"运气？"江枫有点意外。

林小砚说："有一次我爸去外地出差，家里只有我们两个。那天我妈心情特好，喝了点小酒，又聊起往事。我趁机套她的话，问她当时有没有想过，万一我爸在城里遇到情投意合的女人，不要她了怎么办？"

江枫问："你妈怎么回答？"

林小砚说："我妈说'当然想过，你以为我真傻啊。你爸是我最崇拜的男人，不能因为我拖累他一辈子，就算他不要我了，我也毫无怨言。我已经做好了最坏的打算，如果你爸不要我了，我就一个人过。你是他的亲生女儿，无论他怎么飞黄腾达，总不会扔下你不管。'"

江枫说："你妈真伟大！"

林小砚说："听我妈说完，当时我就哭了。以前一直以为我爸很伟大，为了我们母女做出那么大的牺牲，直到那天我才发现，在爱情面前，我妈才是真正的伟人。"

江枫给林小砚的杯子里倒满饮料，举起酒杯："为爱情干杯！"

"干杯！"林小砚端起酒杯，一饮而尽，"不好意思，我们家这些陈年烂谷子的事情，本不该对你说的，让你见笑了。"

"真羡慕你有个好爸爸。"江枫说。

"这有什么好羡慕的，谁没有？"

“我就没有。”江枫的眼神忽然黯淡下来。

“啊？”林小砚大感意外。

“以后有机会再告诉你。”江枫有些发窘。

“不过说真的，好久没这么放松了，跟你聊天真的很开心。”林小砚急忙打圆场。

“我也是。”江枫看着她的眼睛说。

菜品全部上完，最后是铁板炒饭。两个人都吃撑了，香喷喷的炒饭端到面前，再也无能为力。服务员又送来一个水果拼盘，江枫摸着肚子说：“今天你请我吃大餐，又给我讲美丽的爱情故事，我该如何感谢你？”

“这还不简单，下次你请客。”林小砚脱口而出。

“请得动你吗？”江枫继续试探。

“你都没试过，怎么知道？”

“那说好了，不许耍赖。”

“谁敢欺骗警察叔叔啊。”林小砚叉起一片西瓜，送进嘴里。

从餐厅出来，已过了晚上 10 点。江枫要送她回家，林小砚坚决不肯，用手机叫了一辆网约车回去了。

江枫回到家，看了一会儿书，脱衣上床。人躺在床上，却像煎烙饼一样，翻来覆去睡不着。肚子还是胀鼓鼓的，晚上吃得太饱，影响睡眠。他干脆坐起来看手机，微信公众号上的一篇文章吸引了他的目光：

> 美国康奈尔大学的研究人员持续 2 周观察了 150 名成年男子的用餐情况。结果发现，与其他男士相比，男士和女性一起吃饭，吃的匹萨块数多 93%，蔬菜沙拉多 86%。吃得越多，表明他越喜欢共同就餐的女性。因为男人会下意识地通过多吃食物，显示其身体健康。

江枫直挺挺地躺在床上，摸着圆鼓鼓的肚子，眼睛盯着天花板，脑子里突然冒出一个古怪的问题：今晚算是约会吗？

4

晚上 11 点，刘红走出丽景宾馆大门。她横穿马路，走到斜对面的公交站台，等候最后一班公交车。这条路并不繁华，深夜的路上行人更加稀少，橘黄色的路灯把她的影子拉得很长，即使穿着厚厚的羽绒衣，她依然觉得寒风刺骨。

刘红在丽景宾馆做了两年，刚开始当楼层服务员，现在是楼层领班。由于经常要上夜班，她在附近租了间公寓，坐公交车只有两站路。房租虽然贵了点，也只能忍受了。

空荡荡的车厢，只有她一个乘客。司机像个木头人，闷声不响地开车，偶尔能听到汽车换挡的声音。两站路很快就到了，车门打开，刘红下车，拐进一条小巷，再走两百米就到了采知轩小区。路过小区门口的小卖部，刘红看见里面的灯依然亮着，那台电视机似乎永不知疲倦，穿着大红格子睡衣棉袄的胖大姐看得津津有味。她似乎对什么节目都很有兴趣。

电梯门打开，刘红走出电梯。这是一幢酒店式公寓，长长的走廊，光线昏暗。灯泡坏了一半，也没人来换。

走到 1205 房间门口，刘红从手袋里拿出钥匙，插进锁孔，忽然听到身后传来急促的脚步声。她转身向后张望，发现一名陌生男子径直向自己靠拢过来，恐惧瞬间漫过全身。她想起昨晚看到的一则电视社会新闻报道：一名年轻女工下晚班时被人敲头抢劫，案发地就在附近。

“你好，请问是刘红吗？”男子中等身高，眼睛明亮，显得彬彬有礼。

“对不起，我不认识你。”她把手袋紧紧捂在胸前，上下打量这位不速之客。

“不好意思，这么晚打搅你。”男子脸上露出友善的笑容，嘴角略歪。他从怀里掏出一个小皮夹：“我叫江枫，刑警队的，这是我的证件。”

刘红接过证件，仔细看完交还给他：“找我有事吗？”

“想找你了解点情况。”江枫说道。

“太晚了，有事明天再说吧。”刘红脸上的表情略为放松。

“来都来了，还是聊几句再走吧，回去我也好交差，免得明天再来打搅你。”江枫脸上露出无辜的表情。

“你问吧。”

“可以进去说话吗？”

刘红站着没动，心里在犹豫，要不要开门。

“顶多十分钟，不会耽误你太长时间。”

眼看这个不速之客站在门口岿然不动，大有不进门决不收兵的意思，刘红无奈，只好转动钥匙，打开防盗门。

江枫环视四周，里面是一室一厅的精装公寓，约四十平方米，面积不大，收拾得干干净净。客厅只放了一个布艺沙发、一张玻璃茶几。

不等主人招呼，江枫就在沙发上坐下。茶几上摆着一个小相框，一名短发女子和一个小男孩脸贴着脸，笑容灿烂。江枫顺手拿起相框：“你儿子长得真可爱，虎头虎脑的，上小学了吧？”

刘红站着说：“还没，下个月才满五岁。”

“看起来像七八岁的大孩子。”江枫把相框放回去。

任何女人听到别人夸自己的孩子，都会心花怒放，刘红却拼命暗示自己，一定要保持冷静，一句话都不能说错。“喝水吗？我去烧。”她嘴上说着客套话，脚下却没挪动半步，根本没有去烧水的意思，巴不得这个人快点离开。

“不用了，聊几句就走。”江枫说，“你做什么工作？这么晚下班，挺辛苦的。”

刘红说：“在宾馆上班。”

江枫问：“哪家宾馆？”

刘红说：“丽景宾馆，就在这附近，解放路上。”

江枫问：“具体做什么工作呢？”

刘红说：“楼层领班，负责检查客房的卫生和设备情况，另外就是监督楼层服务员的到岗情况和仪容仪表。”

江枫环视室内：“你这里平时有几个人住？”

刘红答道：“就我一个人。”

“哦。”江枫似乎有点意外。

“离了婚，一个人搬出来住了。”刘红解释。

“搬到这里多久了？”

“快一年了。”

江枫问：“还有其他人来过这里吗？”

刘红说：“警官，你深更半夜堵在我家门口，就是想知道我是不是一个人住？”

“别误会。”江枫从上衣口袋掏出一张照片，“这个人认识吗？”

刘红接过照片看了一眼，很干脆地说：“雷仁，认识。他出什么事了？”

“有一个赌博的案子牵涉到他，虽然不是什么大案，但是领导很重视，追得紧。干我们这行的，你也知道，上头一句话，下面的人就要跑断腿。”江枫苦笑道，“你们认识多久了？”

刘红答：“半年前在酒吧认识的。”

江枫问：“你们现在是什么关系？”

刘红答：“朋友。”

江枫问：“普通朋友，还是男女朋友？”

刘红答：“我是他女朋友。”

江枫说：“据我所知，雷仁是有老婆的。”

“我知道，他从来没瞒过我。我也没逼过他离婚，不过他跟老婆合不来，离婚是迟早的事。”刘红泰然自若，倒显得江枫大惊小怪了，“警官，这些跟案件有关系吗？”

“哦，扯远了。”江枫笑了，“我想了解你在 12 月 24 日的活动情况，比如那天你去了哪里，跟谁在一起，只要能想起来的，都可以告诉我，越详细越好。”

“12 月 24 日？”刘红脸上露出茫然的表情。

“就是平安夜那天。”江枫提示。

“让我想想……”刘红抬头看天花板，努力搜寻记忆，右手中指和食指并拢，靠在嘴唇上。过了大约半分钟，刘红说：“那天正好是我轮休，我睡到 11 点才起床，雷仁过来接我出去吃饭，吃完饭大约 1 点多钟，我们回到公寓。然后我们就一直在一起，直到第二天早上他才走。”

江枫问：“雷仁中间有没有离开过？”

“没有。”刘红回答得很干脆，“那天本来是说好晚上去唱歌的，后来一想平安夜人太多，到处堵车，打车又难，所以就没出去。”

江枫说：“也就是说，从 12 月 24 日下午 1 点至 25 日早晨，你和雷仁一直在一起，没有出门？”

“是的。”刘红很肯定地回答。

“这么长时间，你们在一起做什么？”

刘红用看外星人的目光再次打量江枫：“警官，你是真不懂，还是装不懂？”

江枫笑道：“对不起，我需要尽量了解详细情况。”

刘红用挑衅的目光看着他：“孤男寡女，你说还能做什么？”

江枫竟有些窘迫，赶紧避开她的目光：“这房子挺好的，挺贵吧？”

“租的。”刘红自嘲道，“我一个打工妹，哪买得起房子，贵不贵跟我都没关系。”

“租金不便宜吧？”江枫没话找话。

“刚搬来时每个月房租是两千，房东说下个月又要涨了。”一提到房租，刘红的眼神黯淡下来，这的确是个头痛的问题。

江枫低头看表：“时间到了，不打搅你休息了，谢谢你的配合，以后再登门拜访。”

“不客气。”

江枫转身出门。“砰”的一声，门关上了。

从猫眼里确认警察已经离开，刘红拿出钥匙将门反锁，再打上保险。她背倚着门，瘫坐在地板上，由于极度紧张，胸部开始剧烈起伏。她从包里翻出烟盒和打火机，点着一根烟，白色的烟雾袅袅升起，中指和食指夹着烟靠在嘴唇上，微微颤抖起来。

果然是问平安夜的事，原以为做得天衣无缝，警察终于还是找上门来了。每次想起那天的事，她就胆战心惊，后悔当初那个疯狂的决定，可是事已至此，现在说什么都晚了。她百思不解，到底是哪个环节露出了破绽？

抽完一根烟，情绪渐渐平静，刘红才发现，全身都湿透了。她拿出手机，拨打雷仁的号码，话筒里却传出甜美的女声："对不起，您拨打的电话已关机！"

第二天下午，刘红才在四季青宾馆见到雷仁。

"有没有人跟踪？"雷仁问。

"没有。"刘红说。

"确定？"

"我从家里打车出来的，中途特意换了一辆车，下车后也一直在留意身后，确定没有人跟踪我才上来的。"刚见面就被连续审问，刘红脸上微微露出不满。

"那就好。"雷仁走到窗前，扒开窗帘，露出一条小缝，向外观察。从这个位置往下看，宾馆大院和门口的情况尽收眼底。确认没有异常之后，雷仁才重新拉紧窗帘，放心地坐回椅子上。

中午 12 点，刘红接到雷仁的电话，约她下午 2 点在四季青宾馆见面。雷仁已开了好房间，电话也是用客房的座机打的。

雷仁从烟盒里抽出两根烟，先咬一根在嘴里，点着，放到刘红嘴唇中间。然后，他为自己点着了第二根烟。烟灰缸里的烟头已堆成了小山。

雷仁重重地吸了口烟："警察找过你吗？"

刘红说：“昨天晚上有一个警察来找了我。”

雷仁问：“长什么样子？”

刘红说：“中等身高，偏瘦，肩膀很宽，笑起来嘴角会歪。”

雷仁说：“一定是姓江的那个警察。”

刘红说：“对了，他自己说姓江，刑警队的。”

雷仁暗自庆幸。他料到江枫会去找刘红核实情况，却没想到会这么快，幸亏电话打得及时。

“他问了你哪些问题？”

刘红说：“问了好多，主要是问我 12 月 24 日在哪里。”

雷仁的脸绷紧了，小眼睛射出两道寒光：“你怎么回答的？”

刘红说：“我一句话都没乱说，都是按你教的说的。”

“嗯，你做得很好。”雷仁的目光柔软下来，摸了下她白皙的脸蛋，以示赞赏，“只要你一口咬定，平安夜我在你的房间过夜，警察就找不出任何破绽。”

“雷哥，你真厉害，警察要问什么，都被你猜到了。说实话，刚开始我还真有点害怕，以为他们掌握了什么证据。”

“那帮警察也是咋咋呼呼，其实他们什么都没掌握，你不用担心。”

“那我就放心了。”刘红紧绷着的脸渐渐松弛下来，她个子不高，五官却精致，鼻梁高挺，有一张范冰冰式的锥子脸，“是不是哪里出了岔子，都过了这么长时间，警察为什么会突然怀疑到我们头上？”

“这是个意外，人他妈倒霉，盐罐子里都生蛆！”雷仁叹了口气，狠狠地掐灭烟头，“反正不管他们说什么，你千万别上当，决不能说真话。”

“嗯，这个我懂。”刘红点了点头。

雷仁坐到了床上，把刘红的手放在手心：“我们要暂时分开一段时间，从今天起就不能再见面了，我怕会引起警察怀疑。”

“不行，我要你陪我。”刘红顺势倒在他怀里。

“别闹。”雷仁轻轻地拍着她的背，“现在还不行，等过了这个风头，我们就可以天天在一起了。”

刘红脸上终于绽放出笑容，媚眼如丝，双臂像水蛇一样缠绕在他的脖子上，鲜红的嘴唇凑了上去。刘红熟练地解开他的裤腰带，翻身骑了上去。雷仁伸手在床头柜上摸到遥控器，打开了电视，把音量调高。过一会儿刘红的动静会很大，宾馆房间的隔音多半很差，只能靠电视声音掩盖了。这个经验是刘红告诉他的。

“你今天不用上班吗？”雷仁问。

“这个礼拜上夜班，下午4点到岗，时间还长呢。”刘红的呼吸急促起来。

雷仁被刘红压在下面，脑子里却不由自主浮现出妻子李莉芳的影子。这个贱货，阴魂不散，死了还不清净，缠着老子不放。眼前这个女人也不可靠，胸大无脑，搞不好哪天被警察逼急了，就会把自己卖掉。

与警察多年打交道的经验告诉他，警察是不会轻易放弃的。毕竟是命案，人命关天，警方很可能会把刘红作为主要突破口。姓王的傻小子不必担心，那个姓江的歪嘴警察是个厉害角色，看起来温文尔雅，其实心思缜密，被他找出破绽就死定了。必须做好最坏的打算，“不怕一万，就怕万一”，他想。

雷仁心不在焉，状态疲软。刘红能用的手段都用上了，费了九牛二虎之力，好不容易才让他勉强能投入战斗。雷仁心事重重，勉强支撑了不到五分钟就缴械投降了。刘红大失所望，闷声不响。

雷仁从床上坐起来，又点上一根烟：“警察很可能还会找你，你要有心理准备。你要是说出来，咱们两个就全完了，明白吗？”

“雷哥，跟了你这么久，你还信不过我吗？”

“这不是信不信得过的问题，小心驶得万年船，总之不能大意。”

“知道了。”刘红不耐烦道。

雷仁穿好衣服，从怀里掏出一个信封：“这一万块钱你先拿去花，这段时间尽量少出门，除了上下班，哪儿都别去，说不定警察已经盯上你了。”

“谢谢雷哥！”刘红把信封放到嘴边亲了下。

“我要先走了，时间长了怕不安全。”雷仁走到门口，刚摸到门把手，忽然想起一件事，回头对刘红说，“我原来那个手机号不能用了，你别打了。”

“为什么？”刘红问。

“那个号码，可能已被警方监控了。”

“那我们怎么联系？”

“换了新号，我会打你宾馆的值班电话通知你。”雷仁拧开门把手，低头走出门外。

从四季青宾馆大门出来，雷仁左右张望了几下，确定没有人跟踪，然后向大门右侧走去。步行了五十多米，他招停一辆蓝色出租车，弯腰钻了进去。

雷仁没想到，他刚才在门口的一举一动已被人尽收眼底。

一辆深灰色本田思域停在四季青宾馆门口斜对面的停车位上，混在长长的车队里毫不起眼。江枫和王三牛坐在车上，已在此守候了几个小时，看见刘红进去，又看见雷仁从宾馆出来。

“咋整？”王三牛扭头看江枫，等候指示。

“不用跟了，回局里。”江枫拉过安全带扣上，脸上露出自信的微笑，嘴角略歪，“狐狸尾巴已经露出来了，先别打草惊蛇，让他尽情表演。表演得越多，暴露得就越彻底。”

5

星期五上午，江枫的手机响了，来电显示是个陌生的手机号码。

“请问是江枫吗？”一个青年男子操着生硬的普通话说。

“我是。哪位？”

“有你的快递，我在大门口等。”

“好的，马上到。”

“快点。”快递哥催促道。

下楼时，江枫心里直犯嘀咕，最近没在网上买东西，也没什么工作文件要收，谁寄的快递？

两分钟后，江枫走到分局大门口。快递哥交给他一个小纸盒，立马骑着电动三轮车奔下一站去了，来去如风。时间就是金钱，对这句话理解最深的，恐怕就是满大街穿梭的快递哥了。

江枫把盒子翻过来，急于知道是谁寄来的包裹。快递单上只写了收件人信息，寄件人那一栏居然是空的，姓名、电话、地址什么都没填。从未收过这么奇怪的包裹！

回到办公室，江枫对着盒子认真研究起来。这个包裹来路不明，形迹可疑，必须小心应对。他把盒子放到耳边仔细听，没有任何声音，如果是炸弹可能会有时钟走动的声音。他又把盒子放到鼻子下使劲闻了闻，也没闻到什么气味，如果是有毒物质可能会有气味。

确定安全之后，江枫拿出剪刀，小心翼翼地把盒子拆开。里面是一个长条形的小盒子，外观精美，打开盒盖，一支黑色派克签字笔静静地躺在那里。他以为里面会有留言，把盒子翻了个底朝天，也没找到一张纸条。

这支笔全身乌黑，发出幽暗的光，沉稳内敛，是他喜欢的风格。江枫坐到沙发上，派克笔在他的右手指间灵活地转动，动作娴熟，像江湖艺人玩杂耍。这种转笔技术是在高中时代就学会的，手指间的配合完全是下意识的，根本不用经过大脑。

此刻，在他脑子里盘旋的只有一个问题：谁干的？

江枫走到办公桌前，拿起电话，传唤林小砚。

取保候审的最长期限是十二个月。在此期间，嫌疑人要保证随传随到，未经批准不得擅自离开居住地，随时听候警方传唤，配合调查。十二个月之内，如果还不能证明嫌疑人有罪，根据疑罪从无原则，警方就必须对嫌疑人作撤案处理，并解除取保候审。这时，被取保候审的人才算完全恢复自由。

取保候审期间，不能中断对嫌疑人的调查。办案民警把嫌疑人叫来，问几个重复了几百遍的问题，做一份自己都能背下来的笔录，就算完成一次调查。该查的疑点，其实早就反复查过了，再找嫌疑人问话，往往是形式大于内容。但是这种过场必须走，否则就是保而不审，有渎职之嫌。

江枫讨厌取保候审，觉得浪费精力。现在，他的看法有所改变，因为这次取保候审的对象是林小砚。这就意味着，十二个月之内，他随时可以传唤林小砚。而这项霸道的权力，是法律赋予他的，简直妙不可言。

下午4点，香樟花园咖啡厅，林小砚准时出现在江枫面前。她穿着长款灰色针织开衫，搭配红色打底衫，显得清新柔美。笔直的长发自然披在肩上，流泻如瀑，仿佛镶了钻石一般，熠熠生辉。发梢摆动时，露出宝石红耳坠。

江枫拿出崭新的派克笔，两根手指捏着笔帽这头，竖在两人中间。江枫盯着林小砚的眼睛，却不说话。不到十秒钟，林小砚就扛不住了，“扑哧”笑道：“好吧，我坦白，是我干的。”

“我猜到是你，除了你不会有别人。”江枫把笔收回来。

“不愧是大侦探，这都瞒不过你。”林小砚说，“一直想给你送点小礼物，想了好久，不知道选什么合适，希望你喜欢。”

“谢谢你！这是我收到过的最好的礼物。”

“你今天传唤我，就是为了告诉我这句话？”林小砚端起咖啡轻啜一口，一股清泉在心底流过。

“当然不是。”

没听到想要的答案，林小砚脸上闪过一丝失望。江枫并未察觉，继续说道：“今天通知你来，主要还是向你了解案情，嫌疑人在取保候审期间必须随时接受警方调查，你知道的。”

“知道，你问吧。”林小砚放下咖啡杯，坐直了身体。

江枫拿出笔记本，开始提问，林小砚把案发当晚的情况再次从头到尾复述了一遍，并无新的内容。问话结束，江枫合上笔记本，换了个舒适的坐姿，并无埋单走人的意思。

“案子查得怎样，有点进展吗？”林小砚提出了最关心的问题，从案发到现在，已经过去了半个月。案件真相一天不查清，她的嫌疑就没法洗脱。

“有点眉目了，不过现在还不方便告诉你。”

“我理解。”

“晚上有安排么？”江枫忽然没头没脑地问了一句，派克笔在手里来回转动。兜了一个大大的圈子，终于切入正题。

“哪敢有什么安排，我现在随时听候传唤，老老实实在家里宅着呗。”林小砚突然两眼放光，提高声音说，“怎么，你要请我吃饭？我有空。”

“嗯。”江枫说。情况好得出乎意料。为了说出这句话，他已经在心里练习了无数遍，连预案都准备好了。假如她说“我没时间”，那就立马撤退，绝不恋战。

“去哪吃？”林小砚追问，生怕他改变主意似的。

“让我想想。”江枫眼珠转动，作努力思索状，“我知道一家川味烤鱼，烤鱼做得相当地道，你喜不喜欢？”

“哇，我最喜欢吃烤鱼了。”林小砚抓起手袋，“我们赶快走吧，周末人多，晚了恐怕就没位置了。”

“你属猫的？听见有鱼吃这么兴奋。”江枫却不急，按动桌上的服务铃，把服务员叫过来埋单。江枫当然不会告诉她，她的担心完全是多余的，包厢上午就预订好了。

二人从咖啡厅出来，已是下班高峰时段。

江枫开车，林小砚坐在后排。路上车多拥堵，车开得很慢，若有若无的香水味时不时地从身后传来，撩拨他的神经。江枫心想，坏了，还没到酒店就醉了。他第一次发现，原来堵车也是很爽的一件事。

有那么一瞬间，江枫突然觉得自己有点下作，这算不算趁人之危，公权私用？一闪念的工夫，他就释怀了。曾国藩说，为人处世从来都是公私兼顾。嗯，就算公私兼顾吧，这么想着，心里就坦然了。

江枫偷眼去瞧林小砚，发现林小砚正直直地看着自己，目光蓦地相撞，两人撞了个大红脸。江枫不敢再胡思乱想，专心开车。

周末，酒店的生意极好，一楼大厅全部满座。江枫走到前台，报出预订的姓名和电话后，领着林小砚上了二楼包厢。

“我觉得咱们今天应该喝点酒。”林小砚郑重提议。

“等下我还要开车。”江枫的态度并不坚决，像是拒绝，又像是在询问。

“反正是你请客，舍不得就算了。”林小砚摆出无所谓的样子。

“好吧，我奉陪。”江枫没退路了。

林小砚把服务员叫到身边，要了一瓶干红。

先上的是烤鱼。一斤半左右的草鱼，剖成两半，烤至外焦里嫩，装入不锈钢方盘。盘内加汤料，再加入猪血、豆腐、豆芽等各种配菜，放在酒精炉上继续加温。炉火正旺，鱼汤咕咚咕咚冒着气泡，香气四溢。

不多时菜上齐，酒已斟满。林小砚举起酒杯：“谢谢你请我吃烤鱼！”

“不客气！”

林小砚一仰脖子，一口全干了。江枫说：“别喝那么快。”

“第一次跟警察叔叔喝酒，有点小紧张，借酒壮胆。”

“这是什么逻辑，你想杀人啊？”

“不敢，有贼心没贼胆。”

喝掉一瓶干红，林小砚又叫了几瓶啤酒，差不多是两个人均分。江枫酒量大，这点红酒自然不在话下。林小砚却够呛，从酒店出来时，已经重心不稳，深一脚浅一脚，像是走在月球表面。江枫把她搀扶到门外，暗自叫苦。

“你醉了。”

“我没醉。”

林小砚喝得酩酊大醉，一个人是回不了家了，江枫拿出手机叫了一辆网约车。他喝了酒，自己的车也不能开了。三分钟后，一辆白色别克英朗停在酒店门口，江枫把她扶进了后座。

江枫不知道她家住哪，不认识路。幸亏林小砚没睡着，凭着残存的意识迷迷糊糊地指挥司机左转右转，喝成这样，居然没认错路。江枫暗暗称奇，酒醉心明，果然不假。

车子开进小区，停在林小砚家楼下。江枫把她扶下车，林小砚却用力挣开：“不用你扶，我没事。”

“真的没事？”

“没事。”

“那我走了？”

“你走，我不用你管。”林小砚推开江枫。

江枫小心翼翼地松开手。林小砚摇摇晃晃地走了两三步，忽然一个趔趄，两脚悬空，笔直向前扑倒，像一棵被伐倒的大树。江枫眼疾手快，一个箭步弹射出去，从后面拦腰把她抱住。

好险！这么一头栽下去，肯定是脸先着地，非破相不可。

手里抱着一个浑身发烫的软体动物，江枫感觉很奇妙，心开始狂跳起来。

林小砚已经转身，一脸傻笑看着他，一双大眼睛里有蓝色的火苗蹿动。江枫不敢对视，把目光移开，却又不敢松手，怕她再次摔倒。两个人就这么面对面抱着，火苗渐渐燃成熊熊大火。林小砚昂起脑袋，嘟着嘴，以迅雷不及掩耳之势贴了上去，紧紧抵住江枫的双唇。

突然遭到偷袭，江枫脑子里一片混乱，双手却抱得更紧了。

“哗啦”一声，江枫感到肩头一热，瞬间清醒过来。林小砚目光迷离，张着大大的嘴，晚上吃的东西全吐在他肩上——看上去晚餐很丰盛。林小砚面若桃花，胸口剧烈起伏，嘴巴一张一合，大口喘着粗气，像一条刚钓上岸的鱼。

6

周六上午，局里召开全体干警思想工作大会，李局长坐在台上做动员报告。江枫把手机拿在手里把玩，全程走神，只看见李局两片嘴唇上下翻飞，唾沫四溅，一个字也没听进去。

手机嗡嗡地振动起来，是林小砚发来的微信：“昨晚喝高了，犯了花痴，没伤害到你吧？”

江枫回复：“伤得很严重，内伤！”后面加上一个大哭的表情。

“对不起！”

“我最讨厌被人偷袭。”

手机屏幕暗下去，林小砚沉默。

江枫再回：“我的意思是，可不可以光明正大地再来一次？”

“欠揍！”林小砚回了三个锤子敲头的表情。

沉闷的会议终于结束。江枫步履轻盈地走出会场，电梯门口人太多，他只好从楼梯走下去。手机在胸前再次振动起来，震得江枫的心脏扑通直跳，拿出手机一看，是光头强的办公室电话。他不禁有些失望，好像走在楼梯上一脚踏空的感觉。

江枫走进大队长办公室。万志强正在解开警服衣领上的扣子，接着又扭了扭腰，蹬了几下腿，半天才缓过劲来：“他妈的，李局长开起会来真是要人的命，那么长的稿子，念着不累吗？”

江枫偷笑，没敢附和。

“雷仁有什么新动静没有？”万志强斜靠在椅子上，两腿伸直。

“这两天没发现新情况。”江枫说，“此人很狡猾，通过上次的接触来看，他的反侦查经验很丰富。自从他上次秘密见过一次情妇刘红后，就没有什么动作了。

“看来遇到高手了。”万志强自言自语。

“他越是按兵不动，越显得不正常，迟早会露出马脚的。”

“听你的口气，雷仁就是杀人凶手？”

“无论从作案动机和作案手法来看，都是雷仁的嫌疑最大。”

万志强脸上没有任何表情，看不出是赞同还是否认：“雷仁提供了不在场证人，证明自己没有作案时间，怎么解释？”

“刘红是雷仁的情妇，她的证言可信度究竟有多大，首先就要打个问号。”江枫说，“雷仁提出的不在场的时间节点很微妙，很可能是‘此地无银三百两’，更加说明他可疑。”

“哦？”万志强不禁两眼放光，立刻坐直，双肘放在桌上，“往下说。”

江枫说：“我们对外宣称李莉芳是死于交通事故，车祸时间是晚上11点多。雷仁声称从24日下午1点起，他就一直待在刘红的公寓里没出来，直到25日早晨才离开。李莉芳的真实死亡时间是24日下午3点至6点，目前知道这个信息的，除了我们少数几个办案人员，就只有凶手了。雷仁刚好把真实的案发时间避开了，要说这是巧合，我觉得很勉强。”

“万一是巧合呢？”万志强冷不丁问。他干了二十年刑警，各种稀奇古怪、不可思议的巧合着实碰过不少。

江枫顿时语塞，这个问题倒真没想过。

“不要把鸡蛋放在一个篮子里。”万志强左手搭在光头上，按逆时针方向转动。江枫知道，这个动作表示他要下指示了。

“不管雷仁的嫌疑有多大，都不能把宝押在一个人身上，只要一天没破案，其他线索都不能放弃，要齐头并进。继续调查死者的社会关系，对林小砚的调查也不能中断。”

“明白，我马上去办。”

江枫走出办公室，万志强又想起去年那只股票。他本来不炒股的，去年股市飘红，看见别人赚钱跟捡钱似的，一下没把持住，也冲了进去。他看中了一只股票，重仓买入，紧接着股灾就来了。一年的工资全搭进去了，损失惨重，想起来就肉疼。

万志强花钱买了个教训，现在用来指导破案，那一年的工资也算死得其所。

“好白菜都让猪拱了，没天理啊，没天理。”王三牛满脸悲愤，仰天长叹。

“让你拱了就有天理？”江枫瞪了他一眼。

办公桌上摆着刘红的照片，是从公安户籍网上复制下来的证件照。刘红有一张范冰冰式的锥子脸，皮肤白皙，五官精致，眼睛大而有神。难怪王三牛会嫉妒，他想不明白，为什么鲜花总是插在牛粪上。

周六下午，江枫和王三牛还在办公室。

刘红的基本情况已摸清。刘红今年二十七岁，丈夫是中学教师，有一个五岁的儿子。一年前，她与丈夫离婚，儿子判给了男方。离婚之后，她继续在丽景宾馆上班，并从前夫家搬出来，租住在采知轩公寓。

江枫事先没有给刘红打电话，而是按照雷仁提供的地址，直接去了她的住处等候。如果先打电话预约，她可能会提出到外面的咖啡厅或茶座里去谈，而且会有足够的心理准备。江枫想去刘红的住处看看，突然袭击是最好的办法。

警察半夜突然登门，刘红并没有过分惊慌，对于江枫问的几个核心问题，她的回答也与雷仁的陈述惊人一致，简直滴水不漏。如此稳定的表现很不正常，明显超出她的年龄和生活阅历，江枫对此并不感到意外。这说明在此之前，雷仁已经跟她联系过了，并且对过台词。雷仁和刘红在宾馆悄悄会面，更加印证了江枫的猜测。

这次面对面接触，收获还是不小。刘红思考问题时，会习惯性地把右手中指和食指并拢靠在嘴唇上，这是长期抽烟形成的下意识动作，这个女人会抽烟，可能烟瘾还不小。

那晚见过刘红之后，江枫又去了丽景宾馆。据宾馆的陶经理介绍，刘红是两年前应聘到丽景宾馆工作的，刚来的时候当楼层服务员。她做事勤快，认真负责，擅长与顾客沟通，加上人年轻，长得也不错，半年后就提升为楼层领班。

刘红平时上下班都正常，从不迟到早退，善于处理人际关系，与其他同事相处都比较融洽。据其他工作人员反映，刘红上夜班时，雷仁经常会来接她下班。她似乎不避讳与雷仁的关系。

江枫查了刘红的工资单，月工资是三千二。她每月的房租就要两千，还要吃饭、买衣服和化妆品、抽烟，消费水平与收入水平明显不符，疑点重重。

宾馆的考勤记录显示：12 月 23 日、24 日这两天，正好是刘红轮休。两天时间，足够完成一件大事。

随着刘红进入侦查视线，雷仁的疑点继续上升。

如果一个人莫名其妙地死亡，却又找不出明显作案动机，警方就会从受益人的角度去假设，受益最大的那个人，通常嫌疑最大。

中年男人三大喜事——升官、发财、死老婆。李莉芳突然死亡，受益最大的无疑是丈夫雷仁，他不光免去了离婚的麻烦，还轻而易举获得了全部财产。

杀人凶器是胰岛素，这种凶器不比刀枪棍棒，外行人根本不懂，就算略懂一二，也很难接触到。雷仁曾经是内科医生，职业特征符合。

大量案例表明，用胰岛素杀人的，基本都是熟人作案。雷仁和死者李莉芳是夫妻关系，熟得不能再熟。

以上条件，雷仁都具备了。这些事实雷仁无法抵赖，当警察出现在面前时，他似乎也意识到了这点，干脆对这些毫不隐瞒。但是雷仁有不在场证人——刘红。

最难揭穿的谎言，就是 99% 都是真的，只有 1% 是假的。

武侠小说里有一种功夫叫铁布衫，练成后刀枪不入。但即使练到最高境界，也必然有一个命门，这就是死穴。世上没有什么完美犯罪，真正的高手，其实是善于隐藏自己的命门。

江枫想了半天都没理出头绪，雷仁的命门到底在哪呢？

第五章 | 现场重建

1

从案发到现在，已经过去半个月。在加紧调查雷仁的同时，围绕死者李莉芳的社会关系，外围调查工作也已全面展开。

李莉芳的社会关系相对简单，平时的生活就是从家里到单位，基本上是两点一线。外围调查的重点放在了第二医院，接连几天，江枫和王三牛都驻扎在医院，每天早出晚归，几乎是搬到了医院上班。他们分别找各科室人员谈话，收集线索，展开地毯式排查，希望能从中找出蛛丝马迹。

外围调查并无重大发现，维稳工作倒是取得了突破性进展，这要归功于院长范永胜。自从李莉芳的父母大闹医院之后，范永胜亲自出马，主持调解工作。考虑到林建国是当事人家属，他让林建国回避了。

李莉芳的母亲韩秀英公开打出的旗号，是要为死去的女儿讨个说法，其实是要钱。拿准了这一点，范永胜心里就有底了，钱能解决的问题，都不是问题。韩秀英作为死者家属代表，范永胜作为院方代表，双方展开谈判。

韩秀英不是省油的灯，开口就要价一百万。范永胜也是久经沙场的老江湖，讨价还价是必需的，经过反复拉锯，最终双方达成协议，由医院一次性补偿李莉芳家属三十万元。韩秀英拿到了钱，再也不闹了，这件事就这么平息下去了。

这些年，第二医院赔给患者家属的钱少说也有好几百万。有的是医院的责任，赔钱天经地义；有的纯粹是被敲诈。大家心知肚明，却也无可奈何。稳定压倒一切，人民内部矛盾，用人民币解决，大家早已见怪不怪。

在院长办公会上，林建国提出过反对意见，认为这样会纵容医闹，何况此事连医闹都算不上，分明就是无理取闹。范永胜这次没有听林建国的，在会上当场拍板："这件事就这么定了，有什么责任我一个人承担。"既然如此，林建国也就不好再说什么了，他当然知道，范永胜这样快刀斩乱麻，其实是在为自己解围，心中暗含感激。

大人只看结果，小孩子才分对错。范永胜处理问题没有林建国那么多条条框框，反正是公家的钱，给别人也是给，何况李莉芳是本院职工，肥水不流外人田。只要矛盾化解了，没人闹了，事情就算圆满解决了。事实上也确实如此，所有人都松了口气。

江枫也可以集中精力查案，不必担心死者家属上访闹事。

下午 6 点刚过，江枫开车从第二医院出来，准备下班回家。中午母亲专门打来电话，叮嘱他晚上一定要回家吃饭，母亲做了他最爱吃的红烧肥肠。车子开出医院大门，走到第一个红绿灯路口，江枫的手机响了。他以为是母亲又在催促，拿过手机一看，却是个陌生的手机号码。

"喂，哪位？"

"江警官，你好！我是范永胜。"

"你好！范院长。"江枫脑海里立刻浮现出一个斯大林式的大背头。

"晚上有时间么，想请你吃个便饭。"

"吃饭？"江枫迟疑道，"还有谁？"

"没别人，就我们两个。"

"好吧，在哪？"江枫心念电转，意识到这个饭局是非去不可了。

"江警官有没有熟悉的地方？"范永胜试探道。

"客随主便，你定吧。"江枫说。

范永胜便不再客套："行，我发短信给你。"

不到十秒钟，短信就发过来了："晚上 7 点，喜来登 809 包厢。"

江枫回了两个字："收到。"

江枫给母亲打了个电话请假，他能想象母亲失望的表情，好在母亲早就习惯了。江枫开车向喜来登方向驶去，路上虽然有点堵，好在路程不算远，应该能按时赶到。

范永胜突然请吃饭，江枫觉得很意外。自己和范永胜只见过几次面，根本谈不上私人交情。范永胜绝不是心血来潮，而是经过深思熟虑的，连房间都提前订好了。他显然有话要说，为什么不在单位说，到底想说什么？

通过这段时间在医院的调查走访，江枫对范永胜已有所了解。

范永胜也是外科医生出身，从科室主任升至副院长，再到院长。范永胜有个弟弟，是东风市有名的房地产开发商。十多年前，范永胜用房子抵押贷款连同自己的全部积蓄投到弟弟的公司，没想到那些年房子涨疯了，他的资产就跟滚雪球似的，越滚越大。范永胜现在有自己的房地产开发公司，这是第二医院公开的秘密。

范永胜今年五十多岁，还差几个月就要退二线。当官为了什么？每天起早贪黑忙得跟猴子似的，见了领导点头哈腰溜须拍马，遇到闹事的病人家属要低声下气，一天到晚装孙子，还不是为了过上好日子。

他对权力看得很淡，既不管事也不抓权，两年前就不管事了，院里的大小事务都交给副院长林建国做主，自己专心经商。范永胜头脑灵活，做人讲义气，从不得罪任何人，上上下下的关系都抹得平，在院里的口碑相当不错。

"喜来登大酒店"六个霓虹大字出现在眼前时，江枫看了下手表，时间刚好。

喜来登是东风市最有名的五星级酒店，最大的特色就是贵。江枫上次来这里吃饭，还是两年前，刑警队的一位前辈第三次结婚，就是在喜来登办的喜酒。这位前辈头两次婚姻都以惨败收场，第三次时来运转，居然找了个富婆，弄得几个年轻的同事心里五味杂陈。

服务员把江枫引到 809 包厢时，范永胜正坐在沙发上看手机。看见江枫进来，范永胜立刻起身，笑脸相迎："江警官，请坐。"

范永胜留着斯大林式的大背头，头发往后梳，根根如铁丝。他中等身高，体胖，小眼睛，面色红润，见谁都是笑容可掬的样子，像一个大肚弥勒佛，极具亲和力。

“范总，可以上菜了吗？”年轻的女服务员娇滴滴地问。

“上菜。”范永胜挥了下手。他身上已看不出半点医生的气质，举手投足都是老板范。

看得出来，范永胜是这里的常客，连服务员都很熟悉了。不到十分钟，菜已上齐，居然上了七八个菜。服务员又拿来一瓶五粮液，十年陈酿。说是便饭，其实一点都不随便。

二人落座。江枫说：“这里很贵的，这么破费真是太客气了。”

“贵才有诚意嘛。”范永胜爽朗笑道，两个小眼睛眯成了细缝，他突然又想起了什么，“放心，这是私人宴请，没有公款哈。”

这点江枫倒是完全放心，以范永胜现在的身价，请个朋友吃饭如果还要动用公款，简直是侮辱他的人格。

“小李，把酒打开。”范永胜笑吟吟地把服务员招到身边，趁机摸了下她粉嫩的小手。

江枫假装没看见：“酒就别上了，喝点热茶吧，暖和。”

范永胜见江枫态度坚决，就不再勉强，叫小李换上了茶水。范永胜回头对小李说：“你在外面等，有事再叫你。”

“好的，两位请慢用。”叫小李的服务员退出去了。

江枫举起茶杯：“范……我该叫范院长，还是叫范总呢？”

范永胜笑道：“叫什么都一样，不就是个称呼，我还是我。”

江枫说：“范院长一点官架子都没有，做你的下属真幸运。”

“你们在院里待了挺长时间了，估计会听到一些有关我的传闻吧？”范永胜夹起一块三文鱼，放进白色小碟子里蘸上芥末。

“你是单位一把手，下面的人议论你很正常。”江枫不置可否。

“你们不说，其实我也知道。院里有些职工肯定会说，这个姓范的，放着好好的院长不认真干，手下管着好几百人，多威风，为什么有官不做，要跑去经商呢？”

江枫说：“这没什么奇怪的，嘴巴长在别人身上，说什么的都有。”

“昨天我在微信上看到一个寓言故事，写得真好。”范永胜看上去心情很好。

“哦，什么故事？”江枫放下筷子，看着他的眼睛。

范永胜讲了一个故事：

山上的寺庙里有一头驴，每天都在磨房里辛苦拉磨。天长日久，驴渐渐厌倦了这种平淡的生活。它每天都在寻思，要是能出去见见外面的世界，不用拉磨，那该有多好啊。不久后，机会终于来了，僧人牵着驴下山去驮东西，驴兴奋不已。

来到山下，僧人把东西放在驴背上，返回寺庙。没有想到，路上行人看到驴都虔诚地跪在两旁，对它顶礼膜拜。一开始，驴大惑不解，不知道人们为何要对自己叩头跪拜，慌忙躲闪。一路上都是如此，驴不禁飘飘然起来，原来人们如此崇拜我。当它再看见有人路过时，就会趾高气扬地停在马路中间，心安理得地接受人们的跪拜。

回到寺庙，驴认为自己身份高贵，死活不肯拉磨了。僧人无奈，只好放它下山。驴刚下山，远远看见一群人敲锣打鼓迎面走来，驴以为这些人是来欢迎它的，于是大摇大摆地站在马路中间。那是一支迎亲的队伍，忽然被一头驴挡住去路，人们愤怒不已，棍棒齐上……驴仓皇逃回到寺庙，奄奄一息，临死前，它愤愤地告诉僧人：“想不到人心如此险恶，第一次下山时，人们都对我顶礼膜拜，今天他们竟对我狠下毒手！”

僧人叹息一声：“蠢驴！那天人们跪拜的不是你，而是你背上驮的神像啊。”

范永胜讲完，江枫细细回味，忍不住赞叹：“太精彩了！”

“我觉得这个故事就是为我而写的。”范永胜说，“别看我现在手上有点小权，好像大家都愿意给我几分薄面，其实人家是给院长面子，不是给我面子。你让一头驴来当院长，人们照样会把它供起来。只要把院长这个神像拿掉，我就是一头驴，立马现出原形。我的公司就不一样了，不管我退不退休，永远是我的，谁都抢不走。”

“听君一席话，胜读十年书。”江枫双手捧起茶杯，“今天真是大长见识，以后要多向范院长请教。”

江枫暗自心惊，差点小看此人，以前看他处理问题好像总是和稀泥，其实心里门儿清，大智若愚。范永胜讲的这番道理确实精辟，可是一个人总是处处为自己着想，每一步都精心算计，真的快乐吗？人活一辈子，如果自己能做一些让这个世界变得更美好的事，也许自己获得的成就感和快乐会更多。

“我敬你，江警官。”范永胜说，“为了我们院里的事，这段时间真是辛苦你了。”

“不辛苦，我们一天到晚就是干这个的。”

“案子现在查得怎样，有点眉目了吗？”范永胜终于进入正题。

“目前还没什么进展。”江枫摇了摇头。

“听说你们找过林院长问话？”

“这是例行的调查程序，凡是与李莉芳有关系的人，我们都谈过话了。”

“我正想和你聊聊这事，有几句话，不知该不该说。”范永胜放下筷子。

“没关系，你说。”江枫上身坐直，知道重点来了。

“自从你们进驻医院调查，院里已经谣言满天飞了。”范永胜身体前倾，压低声音说。

“是吗？”江枫拧紧眉头，这点倒是真没想到。

“现在全院职工都在互相猜疑，人心惶惶，特别是几个与李莉芳生前有过小矛盾的女职工，都没心思上班了。女人嘛，心眼小，疑心重，本来就爱无事生非，现在出了这种事，是非更多。”

“身正不怕影子斜，别人爱怎么说是别人的事。”江枫露出满不在乎的样子。

“我是这么看的，不对的地方，请江警官指教。”范永胜拿出一包软中华，抽出一支，递给江枫。

江枫摆了摆手，示意不抽烟：“范院长，有什么话尽管直说。”

范永胜又掏出一个乌黑的芝宝限量版打火机，把烟点着，慢悠悠地吸了一口，不紧不慢地说：“我还有两个月就要退下来，你应该知道的，院里的事我早就不管了。林院长的女儿与案子有牵连，他不好出面，只有我来说了……”

江枫抱着胳膊，面带微笑看着他，并未打断。

范永胜吐出一口浓烟，继续说道：“李莉芳已经死了，人死不能复生。她的家属拿了钱，现在不吵不闹了，林院长的女儿也放出来了，皆大欢喜，这件事就算过去了。再这么查下去，案子不见得能破，却弄得全院职工人人自危，不仅影响职工团结，医院的名声也会受到影响。昨天又有两个记者去了医院，想挖内幕消息，我好不容易才把他们打发走。”

“范院长觉得应该怎么做？”江枫不动声色地问。

“点到为止。”范永胜说。

“什么叫点到为止？”

“差不多就算了。”范永胜把烟头放进烟灰缸摁灭。

“算了？”江枫简直不敢相信自己的耳朵。人命关天的事，范永胜身为院长，居然要求警方停止调查，这也太荒唐了。

接下来会发生什么？江枫隐隐感到，事情正在起变化。

2

清脆的枪声，划破傍晚的宁静。

射击馆内硝烟弥漫，刺鼻的火药味四散开来，好像哪家的大院里正在办喜事，刚放过许多鞭炮。

王三牛侧身站立，两腿分叉，双手举枪，摆出标准的射击姿势。枪口徐徐抬起，他调匀呼吸，意念集中。闭上左眼，找准心，瞄准。食指轻轻预压扳机，有意瞄准，无意击发。

“砰”，第二声枪响。

此时，王三牛已进入人枪合一的境界，直到空机挂机，仍未发觉。再扣动扳机，听到沉闷无力的“咔嚓”声，才发现子弹已打光。王三牛把弹匣退出来，来回拉动套筒，再次验枪。动作娴熟，训练有素。

王三牛深呼一口气，放下手枪，仿佛刚从催眠中醒来，扭头看左侧的自动报靶器。

五发子弹，四十七环。

“好枪法！”江枫高声喝彩。

“一般般，没打出我的最好成绩。”王三牛这句话很有意思，既像谦虚，又像是吹嘘。

星期五下午，其他同事都享受假期去了，射击馆里只有他们两个，显得很空旷。王三牛站 1 号靶位，江枫在他右侧的 2 号靶位。

半年没摸枪，能打到四十七环，王三牛非常满意。上次实弹射击，还是入警培训时，在警校的射击训练馆。王三牛是天生的射手，教官教过几次，就融会贯通了，他对自己的枪法相当自信。六四手枪，二十五米靶。他给自己定的标准，低于四十五环，就算事故了。

王三牛双手轻轻拍打“嗡嗡”作响的耳朵，用挑衅的目光看江枫：“老大，露一手。”跟了江枫半年，从没见他开过枪，王三牛早就想见识见识了。

江枫说：“我试试。”他右手拿枪，左手握住弹匣。双手配合，轻轻一磕，弹匣卡到位。枪口抬起的同时，推弹上膛，瞄准，扣动扳机。动作连贯，一气呵成。“砰、砰、砰、砰、砰”，顿时枪声大作，就像点着了一挂鞭炮。眨眼的工夫，五发子弹全部打光。

王三牛看得目瞪口呆，妈呀，太神了！没等江枫放下枪，王三牛就向自动报靶器冲了过去，先是难以置信，然后摇头。

三十二环。惨不忍睹！

五发子弹，显示器上只有四个弹孔，居然还有一发子弹脱靶。

王三牛很大度地说："'张飞死在裁缝手里'，这局不算。"

江枫卸下空弹匣，斜他一眼："谁要你安慰，你以为你赢了？"

"我四十七环，你三十二环。"王三牛觉得有必要再次提醒。

江枫放下手枪，说："假如今天是射击比赛，的确是你赢了。如果是实战，我可以很负责任地向你宣布，现在你已经是革命烈士了。不出半个月，公安厅就会下发文件，号召全省公安民警向王三牛同志学习。"

王三牛大笑："我才谈过三个女朋友，不想当烈士。要当烈士你去当，我向你学习。"

江枫说："不服是吧？"

王三牛显得很委屈："虽然你是我老大，也得以理服人，不能仗势欺人啊。"

江枫说："我问你，警察用枪最重要的是什么？"

王三牛不假思索道："这还用问，当然是要打得准。"

江枫说："你是警察，不是射击运动员。"

王三牛说："都是打枪，有分别吗？"

"天壤之别。"江枫说，"运动员打的是死靶子，犯罪分子会站在那里不动，耐心地等你向他瞄准、开枪？"

"嗯，有道理。"王三牛若有所悟，"看样子以后要加强练习移动靶。"

江枫说："移动靶也是死的。"

王三牛不服气："可是它跟人一样，会动啊。"

江枫说："人不光会动，还会要你的命。"

王三牛摇头："还是整不明白。"

江枫说："那次火车站的恐怖袭击事件，还记得吧。"

王三牛说："这么大的事，怎么会不记得。当时有八名恐怖分子持刀冲入候车大厅，见人就砍，造成一百多人死伤。然后大批警察赶到，当场击毙四人，击伤抓获一人。我没记错吧？”

“记忆力不错。”江枫点头说，“警方现场处置还算成功，否则伤亡数字会更恐怖。我们都要感谢一位同行，他不光挽救了一大批老百姓的生命，也挽救了全国警察的声誉。恐怖分子四死一伤，这项战绩，是由一名特警在十五秒钟内独自完成的。”

“十五秒！”王三牛小声惊呼。

江枫说：“是不是觉得奇怪，为何出手这么快？三岁小孩都知道，开枪太快，肯定没时间瞄准。假如他不慌不忙，瞄准了再打，一枪一个，八个坏蛋全撂倒，岂不是更好？”江枫顺手拿起六四手枪，做出单手瞄准的姿势。

王三牛说：“这我懂，晚一秒钟开枪，可能就会多一个人遭殃。”

“你说对了一半，这还不是最要紧的。”江枫说，“当时的情况是，至少有五名恐怖分子举着刀向那名特警冲过来，速度你自己去想。如果他晚几秒钟响枪，躺在地上的，肯定是自己。假如你就是那个特警，你会怎么做？”

“开枪，越快越好！”王三牛脱口而出，仿佛几个拎着大砍刀的恐怖分子正向他扑来。

江枫说：“以你现在的打法，十五秒钟，别说连发五弹，可能子弹还没推上膛，你就见阎王去了。所以说，警察用枪，最重要的是先打响第一枪，而不是打得准。狭路相逢勇者胜，如果你能率先响枪，就会对犯罪分子产生极大的震慑作用，从而占据心理优势，先在气势上压倒对方，就胜利了一半。真到了实战中，生死就取决于那几秒钟的反应。”

“如果打不准，还不是照样被砍死。”王三牛冷不丁又冒出一句。他已彻底失去反驳的信心，等着挨批。

“问得好。”江枫说，“真要向活人开枪时，大多数人都会高度紧张，心跳加速，呼吸困难，甚至全身发抖。调匀呼吸都困难，精确瞄准几乎做不到。大量实战案例表明，当你被迫要开枪时，对方离你的距离通常不会超过三米，你还担心打不准？星爷的电影《功夫》看过没？”

“看了好多遍了。”

“火云邪神说的是真理：天下武功，无坚不摧，唯快不破。”

“老大，你赢了！”王三牛佩服得五体投地，向江枫竖起了大拇指。

从射击馆出来，天已擦黑，王三牛有事先走了。江枫拿出手机，看到一个未接电话，是高中同学“黄品源”。江枫边走边回拨号码，电话响一声就接通了。

“喂，黄品源。”

“大侦探，忙什么呢？”“黄品源”这个外号很久没人叫了，忽然从江枫嘴里冒出来，让他倍感亲切。黄品源真正的名字叫黄尚伟，读书时因为爱情动作片资源丰富得了这个外号。

“我有什么好忙的，还不是天天办那些没头绪的案子。今天怎么想起老同学了？”

“最近遇到件麻烦事，想请大侦探帮帮忙。”

“我就知道，你找我准没安好心。”

“有困难找警察嘛。”话一出口，黄品源忍不住笑了。

“除了上刀山下火海，义不容辞。”

“好兄弟，够义气！”

“少拍马屁。”

“谁叫我小时候读书不用功，长大了只能给别人点赞了。”黄品源自我调侃。

“说吧，什么事？”江枫问。

“到晚饭时间了，咱们边吃边聊吧。”

“去哪吃？”

“饭醉团伙。”

“犯罪团伙？”江枫怀疑自己是不是听错了。

“饭桶的‘饭’，醉酒的‘醉’，饭醉团伙。”黄品源一字一顿地解释，“上个礼拜新开张的，那里的腊猪头很有特色，咱们两个饭桶今天一醉方休。”

酒店里吵吵闹闹，江枫并不喜欢这种场合，老同学请吃饭却是不能推辞的。万志强劝人喝酒有一套歪理：“老子叫你喝酒都不听，若是叫你去干活，那还叫得动？”起初江枫只当笑话听，后来细想，确实有道理。人家请你吃顿饭都请不动，真要遇到麻烦事儿，还敢指望你出力？

半个小时后，江枫把车停在酒店门，招牌上果然写着四个大字——饭醉团伙。工商局也不管管，江枫心想，走进大厅，就看见黄品源坐在靠窗的位置向他招手。

一个漂亮的女服务员走过来，拿着菜单俯身问道：“请问二位来点什么酒水？”

黄品源接过菜单：“你这有什么白酒？”

江枫说：“酒就不喝了，上果汁吧。”

黄品源说：“咱兄弟难得见面，不喝酒怎么行？”

江枫解释：“我要开车。”

黄品源说：“吃完饭打车回去。”

江枫说：“打车也不行啊，警察工作日严禁喝酒，五条禁令你没听过？”

“你们公安局别的纪律都好，我坚决拥护，就是这条不好，太不讲人情了。”黄品源愤愤不平地说，“警察也是人，又不是神，凭什么不准喝酒？”

这句话让江枫大为受用：“你看《西游记》，里面的神仙都是天天喝酒的。”

黄品源大笑道：“对，对，看我都被你弄糊涂了。神仙都天天喝酒听曲，何况我们这些凡人。”

江枫说：“不过话说回来，酒还是少喝为妙。二师兄调戏嫦娥，不就是酒精惹的祸。”

“这话我不赞同。”黄品源摆了摆手，“二师兄不过是犯了全天下男人都会犯的错误，跟喝酒没有一毛钱关系。会误事的人不喝酒照样误事，好多事情不喝酒还办不成呢。”

这句话若是放在几年前，江枫肯定要当场反驳。自从跟着万志强喝过一次酒后，真信了。

那时江枫刚到刑警队不久。关在看守所的犯罪嫌疑人生了病要住院，普通医院是不能住的，必须送到劳改医院治疗，治疗费就归办案单位出。刑警队欠了劳改医院三万多块钱，天天打电话来催款。那时大队办案经费紧张，弟兄们的加班费都发不出，哪有钱给医院。

万志强被逼急了，有一天带上江枫，说我们还款去。万志强说是去还钱，一分钱没带，却带了一箱白酒。路上二人分好了工，万志强负责喝酒，江枫负责开车。

劳改医院的陶院长也是性情中人，刚开始还客客气气，几杯下肚，就称兄道弟了。万志强是海量，陶院长也非省油的灯。两个人推杯换盏，你来我往，真是酒逢知己千杯少。五个人干掉四瓶白酒，外加两箱啤酒，宾主尽欢。

万志强和陶院长手拉着手，摇摇晃晃从酒店出来，然后紧紧拥抱在一起，就差没接吻。走到车旁，陶院长抢先上前一步，亲自为他打开车门。万志强抬腿刚要上车，突然想起来，刚才喝得高兴，险些把正事给忘了。

万志强舌头打着卷，一脸诚恳地对陶院长说：“老哥，那笔钱拖了这么久，实在不好意思，恐怕还得请老哥宽限几日。等上面的经费拨下来，我立刻……马上……一定……”

话没说完，就被陶院长挥手打断。陶院长指着万志强的鼻子说：“我问你，咱哥俩是兄弟不？”

“是是是，当然是兄弟。”万志强点头如鸡啄米。

陶院长脸红脖子粗，像刚端上桌的澳洲龙虾：“你他妈真把我当兄弟，就别跟我扯淡，谈什么卵钱，真他妈俗气！再谈钱，老子跟你割袍断义。割袍断义，断交，你懂不懂，懂不懂？”

万志强连声说："我懂，我懂。"

两个人傻笑着，再次亲密拥抱，难分难舍。场面感人至深。

时间过去好几年，那笔医药费到现在一分没给，陶院长也不催，就这么不了了之。从那以后，江枫对万志强的崇敬又增加了一分，对酒的认识又更深刻了一分。

黄品源点了红烧腊猪头、龟兔赛跑、清蒸桂鱼，外加两个叶子菜、一扎玉米汁。黄品源给江枫倒上玉米汁。

"找我什么事？"江枫问。

"也不是什么大事。"黄品源放下筷子，身体微微前倾，轻轻吐出四个字，"交通事故。"

"怎么又是交通事故？"江枫一怔，拿着筷子的手停在半空中。

"什么叫又是交通事故？"黄品源一脸疑惑。

"我刚才想到另外一件事了。"江枫解释。

"别急，咱哥俩边吃边聊。"黄品源说，"这事说起来有点古怪。"

黄品源开了家文化公司，平时要招待各种客户。每个客户的爱好不同，有喜欢喝酒的，有喜欢唱歌的，有喜欢钓鱼的。黄品源平时除了钻研业务，还要研究客户的爱好，这样才能有的放矢，投其所好。那天，黄品源请一个大客户去农庄钓鱼，那里都是十斤以上的大青鱼，个大力猛，钓起来过瘾，大客户喜欢。

黄品源的座驾是一辆大众途观。到了鱼塘边，大客户的车在前面停下，黄品源急忙下车，去给大客户开车门。刚把大客户接下车，就听到身后一声闷响，黄品源回头一看，坏了！原来自己停车的地方是个斜坡，刚才下车时赶得匆忙，忘了拉手刹。他的途观没熄火，挂着空挡，顺着斜坡往后溜，撞到了后面的一辆黑色奥迪A6。

自己的事再大也是小事，大客户的事再小也是大事，黄品源还得继续陪大客户钓鱼，哪有时间处理事故。他打电话报完警，然后把驾驶证、行驶证、车钥匙一股脑儿全给了奥迪车主。交警过来，把车拖走了。

“龟兔赛跑”端上来了，原来是龟肉和兔肉混烧，江枫不禁哑然失笑。

“什么时间的事？”江枫夹起一块兔肉。

“12 月 20 日。”

“都过这么久了。”

“车子现在还被扣着，你在交警那边有没有熟人，看能不能帮我把这事给摆平了，真急死人。”黄品源心急如焚。

江枫心里有底了：“事情不大，找交警还不如直接跟对方车主谈，只要你们双方达成调解，交警自然会放车。”

“我试过。”黄品源一脸无奈，“打过几次电话，对方总说很忙，一切按法律程序办。没有熟人牵线，人家鸟都不鸟我。”

江枫问：“对方车主是哪里的？”

黄品源说：“我也不大清楚，问过交警，说是市第二医院的领导。”

“名字知道吗？”江枫心里一动。

“好像姓范，叫范什么来着……”黄品源翻着白眼，苦苦思索，猛地用筷子敲了下脑门，“想起来了，叫范永胜。”

3

范永胜多聪明的人，闻弦歌而知雅意，看见黄品源和江枫同时进来，立刻明白了江枫的来意。

江枫指着黄品源介绍道：“这是我的高中同学，黄品源。”

黄品源立刻上前同范永胜握手：“范院长，您好！”

“早说嘛，差点大水冲了龙王庙。”范永胜拿出纸杯，给江枫和黄品源倒了两杯水。

黄品源给范永胜递上一支烟：“范院长，上次的事情是我不对，今天特意来向您道歉……”

“什么都别说了。”范永胜连忙伸出手制止，像交警指挥停车的手势，“江警官的朋友，就是我范某人的朋友。”

范永胜爽朗大笑，对江枫说：“江警官，我要批评你，这点小事还用得着你亲自出马，电话里说不就行了。”这句话看似指责，被指责的人却有说不出的舒服。

江枫没想到范永胜如此爽快，说：“我知道范院长是大忙人，黄品源非要拉我过来，说要当面向您道个歉，我也没办法。”

江枫昨晚给范永胜打了电话，约好今天上午在医院见面，这是他第一次走进范永胜的办公室。

范永胜的办公室在林建国隔壁，每天都会有专人打扫，室内明亮整洁，却看不出有什么工作氛围。范永胜在自己的公司有一间一百多平方米的办公室，并不经常来这里，偶尔过来也是坐一会儿就走。

范永胜都把话说到这分上了，江枫如果再去纠缠细节，就显得自己小气了。闲聊了几句，江枫喝光纸杯里的水，便起身告辞。

“吃了饭再走吧。”范永胜站起来挽留。

“不用了，谢谢！我还有点事要办，你也很忙，打搅了。”江枫和黄品源走出门外。

第二天下午快下班时，江枫接到黄品源打来的电话。

事情解决了，车已经领出来了。范永胜专门从公司派了个助理去交警事故科，协助黄品源办理各种法律手续。这起事故是黄品源的全责，范永胜却不肯让黄品源出一分钱，所有的汽车修理费他都全部承担了。

江枫没想到事情办得这么快，而且结果大大超出预期。范永胜果然豪爽，看来人家能做大老板绝非偶然，这个人情算是欠下了。

黄品源说：“我跑了二十天都办不成的事，大侦探一出马，一句话就解决了。”

江枫说：“少拍马屁，下次开车小心点。”

“不是我不小心。”黄品源似乎满腹委屈，“我哪想到，车没人开也会动。”

“我有事，先挂了。”江枫突然加快语速。

“等等……晚上我订了包厢……喂……喂……”

没等黄品源说完，电话已经挂断。

江枫飞奔下楼，发动车子，往交警停车场驶去。路上等红灯时，他拿出手机，拨通了王三牛的手机，叫他立即赶到停车场。

二十分种后，到达交警停车场。两扇大铁门紧锁着，旁边有个侧门，供行人出入。江枫把车停在大门外，看门的保安是个干瘦的老头，江枫亮明身份后，从侧门走进去。

与其说是停车场，不如说是汽车墓地。

残破的围墙内，是更加荒凉破败的景象，锈迹斑斑，触目惊心。停在这里的汽车，除了少数还有机会上路驰骋，大部分已走到了命运的终点站。有的年老体衰，主人不愿再交各种税费，上路被交警查扣，从此被遗弃；有的身负重伤，只剩残缺的躯壳，它们的主人多半也好不到哪去，甚至先进了墓地。

真应该组织那些违章司机来这里参观学习，江枫心里闪过一个念头。

地面高低不平，杂草丛生，污水横流。江枫把挎包斜挎在肩上，眼睛紧盯着脚下，闪躲腾挪，小心翼翼地躲避地上的污水和废铁，慢慢向那辆红色本田飞度接近。

那是一辆自动挡飞度，原本是李莉芳的座驾。

飞度的半个车头没了，驾驶室左侧车门已脱落，中控仪表台还算完好。前排两个气囊都已弹出，白色的气囊上还有红色血迹，依然可以想象事故发生时的惨烈景象。

江枫抱着胳膊，眼睛盯着驾驶室内，一动不动，如老僧入定。

“老大，咋跑这里来了？”江枫听到身后有人喊了一声，知道是王三牛来了。

王三牛接到江枫的电话，马上打了辆的士，直奔停车场。的哥艺高人胆大，听说车上坐的是警察，更加来劲，左冲右突，一路狂奔，眨眼的工夫就到了。

“你过来。”江枫朝身后招了下手，并不回头，两眼仍紧盯着驾驶室内。

待王三牛走近，江枫指着驾驶室内说：“注意看挡把，看出什么了？”

王三牛伸长脖子看了看：“没什么问题啊，挡把完好无损。”

江枫提醒道：“看挡位。”

王三牛说：“挡把挂在 N 挡位置，是空挡。”

江枫微微点头，看着王三牛说：“这辆飞度是前轮驱动的。交警拖运事故车辆，用的是专业事故清障车，不管事故车挂在什么挡位，只要把前轮托起悬空，留后轮着地，就可以把它拖走。也就是说，在拖运的过程中，拖车司机根本不会去动这辆事故车的挡位。”

王三牛歪着头问：“你到底想说什么？”

江枫说：“事故发生时，这辆车实际挂的是空挡。”

“空挡，车子就动不了，既不能前进，也不能后退。”王三牛终于反应过来，“那它为什么会与林小砚的车迎面相撞？”

“如果是在斜坡上呢？”江枫目光灼灼，紧盯王三牛。

“车会往下溜。”王三牛眨了眨眼睛。

“没错。”江枫说，“事发当时，李莉芳的车恰好是下坡，林小砚是上坡。”

“为什么要用空挡溜车？”王三牛问。

“因为车上坐的是死人。”江枫说，“死人没法踩油门，只有挂上空挡，借助陡坡，车子才能溜下去。”

王三牛摇了摇头：“仅凭这一点，不足以证明车上坐的一定是死人，活人也有这么干的。”

江枫问：“你见过？”

王三牛说：“老大，不要以为买得起车的人智商都很高，要钱不要命的人我见多了。有些人喜欢用空挡下坡，以为这样能省油，其实根本省不了油，还会导致刹车性能大幅下降，相当危险。”

“只要发动机没熄火，空挡怠速运转照样是要烧油的。”江枫笑道，食指指向方向盘右下方，“仔细看大灯拨杆。”

有了刚才的经验，王三牛很快就看出端倪，大灯拨杆处于关闭位置。

江枫说：“深更半夜，黑咕隆咚的，天上还下着大雨，为什么要关灯行驶？”

王三牛说：“黑灯瞎火的，关灯开车，这不是找死吗？”

“你说对了，就是想找死。”江枫说，“关灯是为了不引起对面来车的注意，确保能撞上。你来之前，我仔细看过了，虽然钥匙插在上面，点火开关却是关闭的。车子当时根本没有发动，而是在熄火状态下，挂着空挡，关闭大灯，悄无声息溜下坡的。目的是为了制造一起车祸，转移视线，让警方误判，以为李莉芳死于车祸。”

王三牛说：“如果不是唐法医细心，咱们差点就上当了。”

江枫点头：“李莉芳死于注射过量胰岛素，死亡时间是 24 日下午，而她当晚 11 点多居然开着车与别人相撞。之前我们一直无法解释，死人怎么会开车，现在说得通了。”

王三牛说：“这说明，在交通事故现场，除了李莉芳和林小砚，还有第三个人，此人就是导演这起事故的凶手。”

“说不定还有第四个。”江枫补充道。

“你们两个还不快死出来！”二人谈得正起劲，猛听到一声断喝。

王三牛吓了一跳，回头一看，不由得乐了。原来是守门的老头跑了出来，两个黑不溜秋的小男孩，从一辆事故车的驾驶室里爬了出来，嬉笑着朝大门口方向飞奔而去。

两个小屁孩把停车场当成了游乐场，趁老头不注意，混进来捉迷藏。守门老头老胳膊老腿，深一脚浅一脚，哪里追得上两个小孩。这老头偏是个火暴性子，累得上气不接下气，嘴里还不停地哇哇大叫：“小兔崽子，下次再敢进来，抓住就割掉鸡鸡。”

江枫笑道：“这老头，真火爆。”

看着两个小男孩远去的背影，王三牛若有所思，回头对江枫说："老大，你刚才的分析非常精彩，差点就把我说服了。可是，你漏掉了一个至关重要的问题。"

江枫收敛笑容："什么问题？"

王三牛说："你刚才所有的推理，都建立在一个大前提之下——这辆车内的装置都必须保持事故发生时的原样。"

江枫问："你想说什么？"

王三牛指着那辆红色飞度说："如果刚才这两个小屁孩爬了进来，拨动了换挡杆和大灯开关呢？"

"走，回局里再说。"江枫的眉头又拧紧了。

回到分局，天已全黑。

两人直奔二楼刑事技术室。回来的路上，江枫给技术室的小陈打了电话，要她务必在办公室等候。小陈两年前考入警队，是刑警队最漂亮的警花，专门负责刑事照相，所有刑事案件的现场勘查照片都存在她的电脑里。

小陈接到电话时已经下了班，走到半路，二话不说就折了回来。江枫和王三牛赶到时，小陈已经打开电脑，调出了"12 · 24 交通肇事案"文件夹。江枫拿起鼠标，一张张点开照片，终于松了口气。这些照片是案发当晚在事故现场拍摄的，车内的各处细节都拍到了，照片显示，车内几个重要细节与今天在停车场看到的完全相同，并无变化。

"好了，出去吃饭。"江枫关掉了电脑，伸了伸懒腰。他今天有点兴奋，不想吃方便面，又对旁边的小陈说："小陈，你也辛苦了，跟我们一块去吃饭吧。"

"搭筷子我可没兴趣，如果你想单独请我吃饭，我会认真考虑的。"小陈半开玩笑道。

"改天请你。"江枫含含糊糊地回应。

"没诚意。"小陈笑着说，"别紧张，跟你开玩笑的，我走啦。"

二人下楼，上了车。王三牛对江枫说："你这么简单粗暴地拒绝美女，太残忍了吧？”

“你觉得我该怎么做？”

“人家一番美意，换成是我，顺水推舟就笑纳了。”

“好你个顺水推舟，推你个头。”江枫在他的后脑勺上拍了一掌。

走到老五汤店门口，没进门就闻到葱花味，王三牛已经有点按捺不住了。

老五汤店的瓦罐汤远近闻名，据说五月天来东风市开演唱会时，曾到这家店里喝过汤，居然没人发现。店里员工分成三班，二十四小时不间断营业，用餐高峰时常常要排队等位子。二人幸运地抢到一张靠角落的空桌子。

江枫点了桂圆肉饼汤，王三牛点的是鸽子汤，各要了一碗拌粉。

“以后少点鸽子汤。”江枫压低声音说。

“为啥？”王三牛问。

“据说不少是用鹌鹑冒充的。”

“你咋知道？”

“我一个亲戚告诉我的，他以前在北京开汤店。”

“管他，只要味道好，什么东西吃进肚子不是一样。”王三牛满不在乎道。

这种人真是没救了！江枫突发奇想，要谋杀吃货简直太容易了，随便找点好吃的，拌点毒药进去，就可以让他们死得无怨无悔。

店小二动作麻利，几句话的工夫，热气腾腾的拌粉和瓦罐汤就端上桌了。两个人都饿了，抄起筷子，便如风卷残云一般。一碗拌粉和一罐热汤下肚，所有的疲惫一扫而空，两个年轻人立刻又满血复活。

王三牛仰起脖子，把最后一滴汤倒入喉咙，才恋恋不舍地放下空瓦罐。他抹了抹嘴说：“老大，我觉得解开这个谜好像意义不大，我们早就知道李莉芳不是死于车祸。”

“意义很大，不是什么人都能想出这么完美的诡计。”江枫说，“有了这些条件，我们就可以进行现场重建了。”

“啥叫现场重建？”王三牛还是头一回听到这个词，觉得新鲜。

江枫说：“全称叫犯罪现场重建，就是运用科学方法、物证、合理的逻辑推论，以及它们之间的相互关系，来获得对一系列犯罪情节的明确认识。实质上就是对犯罪过程的描绘、刻画和思维再现，只有在再现犯罪过程的前提之下，才能对犯罪分子的个人特征，尤其是犯罪动机进行准确的推断。”

王三牛听得云山雾罩，似懂非懂，眼睛瞪得大大的。

江枫继续说道：“犯罪重建理论源于洛卡德的物质交换原理，这是最重要的证据学原理。当任何人与某个物品或其他人发生接触时，一种相互的物质交换将会发生。通过认识、记录和检查这种证据交换的性质和范围，就可以把罪犯与特定的地点、各种证据以及被害人联系起来。如果交换的物质被发现，就可以解释为两种特定的物体之间发生了接触。根据实际发生的物质交换的性质和范围，不仅可以把犯罪人与特定的现场部位、证据种类联系起来，而且还可以与特定行为联系起来。”

“说人话！”王三牛不耐烦地连连摆手。

“你说什么？”江枫瞪着他。

“净整些虚的，听不懂。”

“我说，王三牛，你能不能把舌头捋直了说话？”江枫反击。

“啥意思？”

“你那口音能不能改改，和你说话，跟上了刘老根大舞台似的。”

“口音咋地了？”王三牛翻着眼睛说，“你瞧那些天天在电视上露脸的大人物，有几个没口音的。你这叫地域歧视，知道不？”

“看不出来，你倒是挺自信的。”江枫被他逗乐了，“好，那咱就整点实在的。”

江枫喝了口水，清了清嗓子，做了以下分析：

首先分析作案动机，李莉芳死了，雷仁是最大的实际受益人，他与李莉芳感情不和，为了与刘红长期在一起，就必须与李莉芳离婚，由于二人无法就财产分割达成协议，离了多年都离不成，如果李莉芳死了，他不用离婚就能达成目的，而且可以独占财产，一举两得。

再看作案手法，凶手先用胰岛素杀人，再开车运尸，制造车祸假象，这说明凶手与死者是熟人，从事过医疗相关行业或者干脆就是医生，并且能熟练驾驶汽车，而雷仁与死者是夫妻关系，当过医生，会开车，这三个特征他都具备了。

光这三个条件还不够，雷仁个子太小，凭他一人之力搬动尸体难度很大，所以他还必须要有一个信得过的助手，帮助他搬运尸体，这个帮手就是刘红。

把所有这些证据串起来，就能形成一个完整的证据锁链。

“还记得你在现场踩到的那块砖头吧？”江枫问。

“记得。”王三牛情不自禁看了下右手掌心。

江枫让王三牛把手机拿出来，然后拿出自己的手机，把两部手机摆在条桌上，模拟两部汽车的方位：“如果我没猜错的话，作案过程应该是这样的。”

江枫开始进行犯罪现场重建：

12 月 24 日下午，雷仁先把李莉芳骗到没人的地方，很可能是个独门独院的房子，在李莉芳不知情的情况下，给她注射了过量胰岛素，待李莉芳死亡后，再把刘红叫来帮忙，二人合力把尸体搬到死者的飞度车上，然后由雷仁开车，把尸体运到车祸发生地，这时刘红也在车上，车上实际上是两个人和一具尸体；

晚上 11 点多，运尸车到达预定地点，开始实施第二步计划：雷仁把车停在坡顶，车头朝下，关掉车灯，然后拿块砖头或别的东西垫住后轮，防止车子下溜，二人把尸体搬到驾驶员位置，再把挡位拨到空挡，放下手刹，等待对面来车，只要抽掉砖头，车子就会往下溜，如果溜得不够快，还可以从后面再推一把；

大约 11 点 40 分，林小砚从大歌星 KTV 唱完歌回家，开车从对面驶来，当时风雨交加，能见度极低，飞度车没有开灯，也没有声音，林小砚很难发现对面的“幽灵车”，于是两车相撞，车祸发生了，林小砚当场昏迷，醒来后惊慌失措，根本不会想到坡上还有两个人；

这还不够，雷仁又加了两道保险，万一对面司机躲避及时，未发生碰撞事故，失控的幽灵车一路冲下去，也必然会冲出路基翻车，警方会认为这是一起单方事故，导致驾驶员死亡，假如警方怀疑到雷仁头上，还有第二道保险，马上把刘红推出来，证明他案发时不在现场，刘红是杀人共犯，不可能会出卖他，绝对可靠。

王三牛听得目瞪口呆：“人不可貌相，差点小看这孙子了。环环相扣，几乎没有破绽。”

“的确是一个完美计划！”江枫把手机还给王三牛，“目前的证据链还不够完整，我们还差最重要的一环没扣上。”

王三牛说：“你指的是第一现场？”

“没错。”江枫点点头，“交通事故现场是伪造的第二现场，只要找到杀人的第一现场，凶手就无处遁形了。”

王三牛挠了挠后脑勺，又想到一个问题：“现在这对狗男女互相证明没有作案时间，怎么破？”

4

李莉芳的死亡时间是 12 月 24 日下午 3 点到 6 点。雷仁却一口咬定，案发当日一直待在刘红租住的公寓房内。从 24 日上午 11 点起，他就和刘红在一起，二人中午出去吃完饭，下午 1 点再回到刘红的房间，直到第二天早晨离开，中间没有出过门。按照雷仁的说法，他没有作案时间，并提供了证人刘红。

假如刘红也参与了作案，她的证词就非常可疑了。

二人互相证明没有作案时间，形成循环证据，从内部攻破的可能性不大。要撕开一个口子，只有从外围寻找突破口，江枫决定再去刘红租住的采知轩小区碰碰运气。

上午9点，按照门口保安指引的方向，江枫和王三牛在一幢灰色的三层小楼里找到了物业办公室，门半开着，一个女人正在埋头整理资料。

王三牛敲了两下门："请问何经理在吗？"何经理的名字也是从保安那里问来的。

女人懒洋洋地抬头望向门口："我就是。"

王三牛从没见过长成这样的女人。何经理三十多岁，矮胖，脸是扁的，就像一个刚做好的糯米丸子，下锅前忽然被人拍了一掌，煮熟出锅就成了现在的样子。

"我们是刑警队的。"王三牛出示证件。

"哦，有事吗？"何经理用眼角余光瞟了一眼警察证，继续埋头做事。

"有个案子想到你这了解点情况。"

"没见我正忙着吗？先等下。"

王三牛差点就要发作，江枫赶忙用眼神制止，笑着说："不急，等你忙完再说。"

二人在一张布满灰尘的沙发上坐下。这里说是办公室，其实更像杂物间，比光头强的办公室还要脏得多。沙发上居然破了个洞，海绵向外翻出来，王三牛坐在上面，一颗心总是悬着的，生怕有一只老鼠突然从屁股底下蹿出来。

王三牛闲得发慌，想抽根烟解闷，手伸进口袋什么都没摸到，突然想起早上出门换了衣服，忘了带烟。

过了二十多分钟，何经理把几沓账单叠得整整齐齐，用长尾夹分门别类夹好，装进档案盒。何经理终于抬头："说吧，你们有什么事？"

江枫尽量挤出笑脸，说："我们在查一个案子，想调你们小区门口的监控录像看看，麻烦你了。”

“监控？没有。”何经理惜字如金。

“我进门时看到大门口有摄像头。”

“半年前就坏了。”

“为什么不修？”

“那要问我们老板。”

今天运气有点背，干坐了近半个小时，等到的结果却是“坏了”。江枫不想再浪费时间，示意王三牛走人。

出门时，王三牛对何经理说：“大姐，您有旺夫相。”

“是吗？”何经理愣了一下，情不自禁摸了下那张被压扁的脸，喜笑颜开，“我还是第一次听到有人这么说。”

走出办公室，江枫拍了拍王三牛的肩膀：“看不出来，你小子还会看相？”

王三牛说：“你看她那副卖棺材的相，老公看了啥欲望都没有，只有一心一意干事业了，能不旺夫吗？”

“真有你的，王三牛。”江枫哈哈大笑，刚才的不快立刻烟消云散。

从小区大门出来，紧挨着大门左侧有一家小卖部。老板娘是个四十多岁的胖大姐，五短三粗，坐在柜台里看电视，穿一件大红色格子睡衣棉袄，显得更加粗壮。

王三牛的烟瘾又上来了，走进小卖部，敲着柜台说：“老板娘，给我拿包烟。”

胖大姐拿了一包烟给他。王三牛接过烟，迫不及待地拆开，抽出一支，美滋滋地咬在嘴里，然后伸手从上衣口袋里掏钱，手一伸进去，脸色就变了。妈的，钱包也忘在家里了。他转身用目光去找江枫，紧急求援。

江枫见他左摸右摸，表情尴尬，一下就明白是怎么回事了，故意避开他的视线，假装没看见。

王三牛一看这情形，犟脾气也上来了，别以为没你地球就不转。他转过头，满脸堆笑，对胖大姐说："大姐，商量个事儿。刚才出门赶得急，忘带钱包了。您看这样行不行？这包烟先寄存在这里，等下我回来付钱，您再把烟给我。"

"那怎么行！"胖大姐的大圆脸一下拉得像老黄瓜那么长，"烟都拆开了，万一你不来，我上哪找你去？"

"大姐，您放心，我就住在这个小区，天天打您门口路过，跑得了和尚跑不了庙。"王三牛指着小区大门，信誓旦旦，就差拍胸脯了。

胖大姐用审讯小偷的眼神从头到脚打量他一番，语重心长道："小伙子，年纪轻轻的要学好，骗我一包烟你也发不了财。"

"我怎么会骗您呢？今天真是忘了带钱。"王三牛脸上的肌肉开始僵硬。

"你不是这个小区的人。"胖大姐目光犀利。

"您咋知道？"王三牛的脸瞬间变绿了，还在拼命死撑。

江枫弯腰捂着肚子，强忍着才没笑出声。

"你骗得了别人，骗不了我。"胖大姐说，"我在这里坐了十年，小区里的人进出都要从我门口过，没我不认识的。你今天是第一次来，我以前从没见过你。"

遇到高人了！王三牛心里叫苦不迭，脸上却强装镇定，冲她竖起大拇指："大姐，您真是好眼力！"戏演砸了，他正考虑如何收场，猛地感到肩头一沉，一只有力的大手搭在自己右肩。

王三牛回头一看，江枫终于出手了，王三牛不禁眉开眼笑："老大，我就知道你不会见死不救。"

江枫却不理他，走到柜台前，拉开背包拉链，掏出的不是钞票，却是一张照片："大姐，这个人见过吗？"

胖大姐接过照片，瞅了一眼就说："见过。"

"他叫什么名字？"江枫问。

"不知道。这人个子很小，烟瘾很重，经常到我店里买烟，我哪会打听人家的名字。”胖大姐似乎有意展示自己的博闻强记，压低声音道，“他不住在这个小区，但是经常来这里过夜。”

“12 月 24 日，你见过这个人吗？”江枫目光凌厉。

胖大姐吓得一哆嗦，忽然警惕起来，双唇紧闭，不再说话。

江枫意识到失态，转而笑道：“大姐，我们是刑警队的。他叫王三牛，是我的同事，他喜欢开玩笑，您别介意。”王三牛如释重负，赶紧接过话头：“对，对，刚才跟您开玩笑呢。”江枫出示警察证，亮明了身份。

“骗子”突然变成了警察，胖大姐自认为见多识广，这种大变活人的戏法却从未见过。过了半天她才回过神来，指着柜台上的照片说：“警察同志，这个人是不是犯了法？”

“也谈不上犯法，我们正在调查一个赌博的小案子，要找他了解点情况。”江枫憎恨谎言，却常常迫不得已要撒谎。

“其实我早就看出来了，这人面相很凶，不像好人。”胖大姐又恢复了先前的自信。

“12 月 24 日，您见过这个人吗？”江枫再次引入正题。

“都隔了半个月了，具体到哪一天的事，还真是记不准。”

“那天是平安夜，日子比较特殊，您仔细回忆一下，可能会有印象。”

“我想想。”胖大姐眉头微蹙，目光移向远方，打开了记忆的仓库。大约过了十几秒钟，她的双眸变得明亮起来：“想起来了，平安夜那天，我的确见过他。”

“什么时间？”

“快到凌晨 1 点的样子。”

江枫努力压抑激动的心情：“麻烦您说具体点。”

“平常我都是零点左右关店门，那天是平安夜，所以关门就晚一些。我记得那天晚上下着大雨，快到凌晨 1 点时，我准备关店门，卷闸门刚拉下一半，刚好有两个人进来买烟，一男一女，男的就是照片上这个。”

江枫又从包里拿出一张照片，推到她面前：“这个人您有印象吗？”

胖大姐一看，激动地说：“没错，是她！同那个男人一起进来的，就是这个女人。”

江枫问：“确定没记错？”

胖大姐拍着胸脯说：“错了我负责。”

江枫问：“大姐，您觉得这两个人是准备从小区出去，还是刚从外面回来呢？”

“刚从外面回来。”胖大姐非常肯定地说，“我看到他们身上都淋湿了，而且湿得挺厉害，应该是在雨里走了蛮长时间。”

江枫恨不得搂住她亲一口：“大姐，您提供的线索非常重要，不要告诉任何人。”他收起照片，拿出一张五十元的钞票，放在柜台上，叫上王三牛，向马路对面的停车位疾步走去。没走出几步，就听到胖大姐在后面喊：“喂，你们别走！”

王三牛吓得一哆嗦，回头道：“大姐，又咋地啦？”

“钱还没找呢。”胖大姐从柜台里追了出来，手里捏着几张钞票，高高扬起。

“不用找了，多的当小费！”江枫头也不回，打开车门上车。

汽车缓缓向前移动，江枫对王三牛说：“打雷仁的电话，问他在哪里，就说把那天收缴的赌资还给他。”

王三牛拨完号码，把手机贴在耳边，很快就放了下来，嘴里嘟囔道：“关机，几个意思？”

“不对。”江枫一脚急刹，“他要逃！”

“妈了个巴子！”王三牛骂道。

“再打刘红的电话。”江枫赶紧催促。

王三牛又拨打刘红的手机号码。这次江枫没再问，看他的脸色就明白了，王三牛恨得咬牙切齿：“年年都上当，当当不一样。”

雷仁和刘红同时失联！

5

“破案就像便秘，明明已经很努力了，出来的却是一个屁。”王三牛嘟囔道。

“他妈的，就算他是一个屁，也要给老子揪出来！”刑警大队长万志强目露凶光，恶狠狠地说道。

江枫想笑不敢笑，险些憋出内伤，心想这两位倘若改行去说相声，兴许就没郭德纲和于谦什么事了。再严肃的会议开到最后，都难逃跑题的命运，专案分析会从上午 9 点半开到中午 12 点，渐渐变成了万志强和王三牛的脱口秀。

1 月 24 日，距离案发刚好整整一个月，具有重大作案嫌疑的雷仁和刘红依然下落不明。

犯罪嫌疑人畏罪潜逃，在破案过程中是经常发生的。遇到这种事情，好坏各半。

好处是嫌疑对象已经明确，不用猜谜语了。当警方还没掌握足够证据时，突然有一个嫌疑对象消失不见了，等于是跳出来昭告天下：你们都别瞎猜了，这事就是我干的，来抓我啊！

这叫“得来全不费工夫”。

坏处也是显而易见的。抓人不是盗墓，不是寻宝挖矿，人有脑子，还长着两条腿，有想法，会移动。当一个人有计划、有准备地潜逃后，要想抓到他，可就没那么容易了。

有的心理素质差，逃出几千公里，发现到处是天罗地网，一下想不开，干脆跳河自尽。尸体冲到下游几百公里，喂了各种鱼，消失得干净彻底。而警方仍在锲而不舍地制定各种方案，查找蛛丝马迹，誓要将此人缉拿归案。可怜的警察们哪知道，他们费了吃奶的劲，其实是想抓住一个世上根本不存在的人。万志强把这种情况称为“守死人打屁”。

抓不到人，就不能算破案。拖的时间越长，警方的压力就会越大。受害人家属要讨一个说法；媒体会发文章，要一个合理的解释；上级领导签字督办，要给人民群众一个满意的交代，会质问警方“怎么还没抓到人，你们干什么吃的”。

作为本案的主办警员，江枫正在承受巨大的压力。

从雷仁和刘红潜逃那天起，协查通报就发到公安内网了，全国的警察都能看到。时间过去这么久，却没有任何消息，活不见人死不见尸。江枫有时会暗暗为这对男女祈祷平安：无论如何，你们都要坚强地活下去，千万别想不开。

人不死债不烂，只要人活着，就有希望。

这段时间，万志强亲自召开了三次专案分析会，梳理线索，督促破案。案子依然毫无进展，江枫没少挨训斥，每当此时，他就在心里默念：“我爱我们的倒霉工作，也爱这千疮百孔的世界。”这句话是从林小砚那学来的。

想起林小砚那双明亮的大眼睛，江枫就感觉全身被幸福包裹。

江枫对雷仁甚至有点感激，如果不是发生这起案子，也许自己和林小砚还是一对老冤家。失之东隅，收之桑榆，谁说不是？

江枫决定暂时抛下一切烦恼，振奋精神，眼下有一件天大的事情等着他去做。

今天是林小砚的生日。

下午3点，江枫把车开进小区，拿出手机打电话。等了不到十分钟，林小砚款款而来。她一身全黑打扮，黑风衣，黑长靴，罕见地画了个大浓妆，风情万种，与以往那个作风泼辣、咄咄逼人的女记者判若两人。

江枫看得眼珠子差点掉下来，生怕认错人。

任何女人都乐于享受男人这种目光，何况对面站着的是男神。林小砚牵起衣角，来回转了两圈，黑色风衣旋转起来，像吸血鬼的斗篷。

“昨天买的，难看吗？”

“人长得漂亮，穿什么都好看。”江枫口是心非道，眼睛盯着她脚上的长靴。认识好几年，江枫还是头一次见她穿高跟鞋，她平时外出采访时，都是一双白色运动鞋。

林小砚瞟了一眼脚尖：“是不是很难看？”

“鞋跟太高，怕你重心不稳。”江枫咧嘴傻笑。

“稳得很。”

“我还是有忍不住想扶一把的冲动。”

“没听说过？女人只有站在高跟鞋上，才能看清这个世界。”林小砚得意地笑，像高傲的公主。

“嗯，言之有理，站得高看得远。”江枫嘴上恭维，心里却说，你要是看得出雷仁躲到哪里去了，我送你一百双高跟鞋。

林小砚上了车，系上安全带，扭头问道：“去哪？”

“什么都别问，跟我走。”江枫转动钥匙，发动车子。

“我好像成了你的犯人？”

“本来就是。”

“那好，我就一辈子当你的犯人，吃穿住行全归你包了，像口香糖一样黏住你，到时候你想甩都甩不掉。”

“你不甩我，我就谢天谢地了。”江枫踩动了油门。

车子开出小区，往城西方向驶去，穿过东风大桥，再往右转，上了滨江大道。沿滨江大道往前走约一公里，到达滨江公园大门口。江枫说声“到了”，靠边停车。

林小砚刚下车，忽然伸手一指，惊呼道：“看，洒水车！”

马路对面停着一辆洒水车，蓝色的车头，椭圆形的车厢刷成乳白色，上面写着三个红色大字——洒水车。车是崭新的，洗得干干净净，在阳光照耀下，散发出迷人的光泽。林小砚的目光一下就被吸引住了，仿佛大山里的孩子第一次看见停在地面上的飞机。

驾驶室左侧车门打开，下来一个黑瘦的中年男子，穿过马路，上来和江枫握手："江警官，都准备好了。"

江枫说："张师傅，麻烦你了。"

林小砚终于明白过来，手捂在嘴上，惊讶得说不出话。幸福来得太突然，如潮水般汹涌而至，她几乎不敢相信这是真的，眼眶瞬间涨潮。

"愣着干什么，上车。"江枫笑着催促。

"我没驾照。"林小砚满脸沮丧。

"不怕，又没警察。"

"你就是。"

"我不是交警，无权管辖。"

"可我还是有点害怕。"林小砚看着洒水车，正犹豫不决，猛地发现两脚离地，不禁花容失色，吓得大声尖叫起来，"啊！你干什么，快把我放下！"

江枫把林小砚扛在肩上，任凭她疯狂地尖叫、拍打，丝毫不为所动，像一个熟练的采花大盗。他目标坚定地穿过马路，把林小砚塞进了洒水车驾驶室。

张师傅坐在副驾驶位置，告诉她如何操作。林小砚有两年小汽车驾驶经验，稍微指点就会了。轻抬离合器，给油，洒水车缓缓起步，接着水喷出来，《兰花草》唱起来。歌声嘹亮，水花四射，行人和车辆纷纷避让。林小砚扶着方向盘，开心得大声尖叫起来。

马路宽阔，林小砚开着车，一路喷着水唱着歌，耀武扬威地兜了两个来回，才恋恋不舍地回到原地。张师傅向二人打了声招呼，开车走了。

林小砚依然沉浸在兴奋之中，脸色微微泛红，仿佛手里还握着一个硕大的方向盘。没有什么比梦想成真更激动人心！

林小砚抱紧江枫说："谢谢你，这是我这辈子收到的最好的生日礼物。"

"你的车技很棒！"江枫又说了句谎话。

"好有什么用，还不是出事了。"林小砚又想起平安夜。

"不开心的事就别提了，风景这么好，咱们走走吧。"江枫提议。

两人十指相扣，沿着江边漫步。

风不大，吹在脸上不觉得寒冷。一束一束的阳光穿过稀薄的云层，斜着插入宽阔的江面，随风摇摆，波光潋滟。江心洲上，几头黄牛在低头吃草，悠然自得。远处是灰色的东风大桥，横跨东西两岸，气势恢宏。人入此境，心胸亦为之开阔。

走了一段路，林小砚激动的心情渐渐平静下来，忽然想起一件事："你有开洒水车的朋友？"

"对啊。"

"怎么没听你说过？"

"三天前认识的。"

"不会吧？"林小砚收住脚步，瞪着大大的眼睛看他。

江枫轻描淡写道："前天我办案从这里经过，看见一辆崭新的洒水车路过，我就超过去拦住他，告诉他我女朋友马上过生日，她很喜欢开洒水车，想借他的车开两圈过过手瘾，然后他就同意了。"

"这么巧？"林小砚半信半疑。

"嗯，确实很巧。"江枫点头道。

"你遇到活雷锋了。"

"所以说，世上还是好人多。"

"接着编，继续。"林小砚凝视他的眼睛。

"我干吗要骗你？"

林小砚歪着头问："人家根本就不认识你，凭什么要帮你？"她的职业病又犯了，决心打破砂锅问到底。

江枫无法招架，只好从实招来。伸出右手拇指和食指搓动，做了一个数钱的动作："凭这个。"

"真有你的。"林小砚捶了他一拳，"花了多少钱？"

"不多，就二百块。"江枫伸出两根手指。

夕阳西沉，暮色四合，寒意越来越重。江枫看了一眼手表，提议去吃饭。

包厢不大，却布置得温馨雅致，坐两个人刚好不显得空旷。背景音乐是钢琴曲《雨中漫步》，江枫最喜欢的曲子，清新明亮，欢快俏皮，让人想起十六岁的早晨。

“生日快乐！”江枫举起了酒杯。

“谢谢你的礼物，让我梦想成真！”

“梦想成真是什么感觉？”

“就像做梦一样。”

林小砚回想起这一个月发生的事情，的确像做了一个梦。

今天是林小砚二十五岁生日。据说，二十五岁是单身女人的分水岭，再不嫁人，身价就会逐年下跌。林小砚还记得闺蜜丁妍的告诫：男人其实是很专一的，不管三十、四十还是五十岁的男人，都喜欢二十岁的姑娘。

小孩子总是盼望过生日，因为有生日礼物，还有美味的蛋糕。大约从两年前开始，林小砚对生日的感觉开始变得复杂，昨天晚上，她把 QQ 签名里的年龄改成了一百岁——再也没人能猜到她的真实年龄了。

在林小砚陷入人生最低谷时，江枫走进了她的世界，没有早一步，也没有晚一步，仿佛是上天的安排。如果不发生这起莫名其妙的车祸，说不定她与江枫还是敌对状态。“塞翁失马，焉知非福”，人生真的是很奇妙。

林小砚最喜欢的藜蒿炒腊肉端上来了。碧绿的藜蒿，中间点缀着红色的腊肉，香气四溢。藜蒿炒腊肉是东风市名菜，藜蒿有特殊的芳香，但是清炒无味，与其他食材搭配也平淡无奇，唯独与腊肉搭配，堪称天作之合。

林小砚夹起一根藜蒿，放进嘴里：“真香！”

“在我们老家，这东西以前是拿来喂猪的。”江枫嘴里突然冒出一句。

“什么意思？”林小砚差点噎着，杏眼圆睁。

“我不是说你。”江枫知道闯了祸，急忙打圆场。他说的是实话，藜蒿本来是湖泊里的野草，登堂入室走上餐桌，也就是近十几年的事。

“其实我不光喜欢藜蒿的味道，更喜爱它的品质。”林小砚说。

“品质？这玩意儿除了能吃还有什么品质？”江枫饶有兴致地问。

“藜蒿只有一种做法，只能与腊肉搭配。”

“这能代表什么？”

“用情专一。”

江枫恍然大悟，举起酒杯：“小砚，你是藜蒿，我就是腊肉，我们永不分离。”他很想弥补刚才口不择言的过失。

林小砚趴在桌上大笑起来，肩头上下起伏。

“好笑吗？”江枫有点懵。

“不……不行……你不能当腊肉。”林小砚笑得上气不接下气。

“我说的是真心话。”江枫一本正经道。

“我还是觉得小鲜肉比较好。”林小砚说。

一瓶干红快见底了，林小砚双颊绯红，媚眼如丝，像麦芽糖一样黏稠。

现在时间还早，吃完饭干什么呢？林小砚心想。也许会去KTV，唱完歌，接下来会发生什么？回家？太无聊了吧。他会不会暗示去开房？想到这，她的小心脏开始扑通扑通乱跳起来。有这个可能，她想了想，似乎无力拒绝。见鬼，为什么要拒绝？嗯，哪怕他有一丁点儿暗示，立马从了他，绝不含糊。她下定决心，一股舍身炸碉堡的英雄气概油然而生。

可是，万一这人犯傻，不会暗示怎么办？天啊，不会这么老实吧，这种事情总不能让女生主动吧。就算不开房，机会还是有的，她留意过他的思域，后排空间相当另人满意。一想到马上就要失身于他，林小砚色眯眯地笑了。

“你傻笑什么？”江枫莫名其妙地看着她。

“刚想到一个笑话。”林小砚信口扯了个谎。

“什么笑话，说出来听听。”

“真想听？”

“非常想。”

“好吧……我说个笑话，你千万别哭啊……”林小砚正在东拉西扯时，江枫的手机很合时宜地响了，正好帮她解了围。

江枫一看来电显示，立刻皱眉，是万志强的办公室座机。光头强的电话，准没好事，江枫暗自叫苦，左手食指竖在嘴唇中间，示意林小砚别出声，然后接通电话："万大。"

"江枫，你在哪？"万志强的声音低沉有力，透出不容置疑的威严。

"还在外面查案。"江枫信口扯了个谎，他可不想让顶头上司发现自己和犯罪嫌疑人在一起花前月下。

"立刻归队。"

"现在？"江枫显得极不情愿。

"对，就是现在，以最快的速度赶回分局，我在办公室等你，"万志强停顿几秒，"雷仁找到了。"

"啊！"江枫仿佛全身通电，屁股从椅子上弹了起来，"我马上到，立即突审。"

"不用审了。"万志强的声音异常平静。

"为什么？"

"雷仁现在是一具尸体。"

第六章 | 第三种可能

1

1月23日，夜幕深沉。

一辆黑色英菲尼迪SUV停在紫金苑小区，后排座椅上坐着一男一女。

男的四十多岁，矮胖。女的二十出头，长发披肩，身材曼妙。男人右手搂住女人的细腰，左手探进她胸前的内衣里面。

“李总，别这样，被人看见不好。”女人双手护在胸前，眼睛向车窗外张望，外面漆黑一团，伸手不见五指。

“放心，这个小区还没建完，深更半夜的，哪有人。”李总嘻嘻笑道，忽然伸长舌头做了个鬼脸，“有鬼还差不多。”

“讨厌！”女人在李总大腿上捏了一下，便不再吭声，顺从地由他摆布。

李总更加肆无忌惮，双手在她身上熟练地游走起来，女人闭上眼睛，任由他剥掉胸罩和内裤，不多时就发出压抑的呻吟声。车子开始有节奏地上下起伏，像大海上漂浮的小船。震动的频率越来越快，快到紧要关头，猛听到“砰”的一声巨响。

车身剧烈摇晃几下，紧接着冷风就灌了进来。

突如其来的变故，把这对男女吓得灵魂出窍。李总脸色惨白，却不想在女人面前丢了面子，只好强作镇定，爬到前排座椅，哆哆嗦嗦地伸手去摸索车顶的阅读灯开关。灯光打开，赫然看到一张血肉模糊的脸，双目圆睁，正死死瞪着自己。

李总怀疑是幻觉，用手使劲抹了把脸，再次睁开眼睛。前挡风玻璃四分五裂，中间被砸出一个洞。血，顺着那人的眼角一滴一滴往下淌，“啪嗒”一声，一滴红色的液体滴在李总的手背上。湿漉漉，黏糊糊，还是热的。

李总看了看自己的手背，五个手指已不听使唤，像弹钢琴一样上下跳动。他又看看外面那双血红的眼睛，突然感到一阵口干舌燥。没错，上面的确趴着一个人。

准确地说，是一个死人！

“鬼呀！”女人尖叫一声，胡乱抓起一件衣服，推开车门夺路狂奔。她跑得太急，竟忘了穿鞋。

二十分钟后，警察到达现场。

案发现场为紫金苑住宅小区 17 号楼前的空地。楼盘是新建的，刚封顶，正在刷外墙漆，还没完工。案发地属东风市高新开发区管辖，高新分局 110 指挥中心接到报警，立即指派辖区派出所民警赶往现场。

随后，当地刑警和技术人员陆续抵达现场，并对现场进行勘查。

警察从尸体身上找到了身份证和驾驶证，证件显示死者的名字叫雷仁。在离尸体一米远的地方，发现一部摔坏的黑色智能手机，报案人明确表示没有丢失手机，这部手机应为死者所有。

警察怀疑是坠楼死亡，于是到 17 号楼顶搜索，提取到一枚可疑的新鲜烟头。除此之外，未发现其他痕迹物证。

通过现场勘查，警察初步分析，死者可能是跳楼自杀。

第二天，办案刑警按照身份证上的地址找到死者家里，却空无一人。下午，办案刑警回到单位，又把死者的姓名和身份证号码输入公安情报信息系统查询，想碰碰运气，没想到竟有重大发现。此人竟是涉嫌故意杀人的逃犯，办案单位为东风市南湖分局刑警大队。

警察不敢大意，向分局领导汇报案情后，立即通知了南湖分局刑警大队。

随后，案件移交给南湖分局刑警大队。当然，同时移交的还有那具尸体。

1月25日。

王三牛站在楼顶边缘，弓着身子，慢慢下蹲降低身体重心，小心翼翼地探出头，往下瞟了一眼，立即像弹簧一样缩了回来："哎妈呀，吓死我了！"

"小心点，别把自己弄下去了。"江枫笑着提醒。

紫金苑住宅小区17号楼，总共二十二层，电梯还未安装，从楼梯可以直接走上楼顶天台。上午8点，江枫和王三牛爬上楼顶，仔细搜寻了一遍，并无新发现。

王三牛拍拍身上的灰尘："跳楼自杀的，据说十个有八个是抑郁症患者。"

江枫问："你还懂心理学？"

"电视上听专家讲的。"王三牛说，"一个精神正常的人，是没那么大勇气去跳楼的。就算不想活了，顶多也就上个吊，喝个药啥的。简单方便，还能留全尸，多好。"

江枫说："你凭什么肯定是跳楼自杀？"

"很简单啊，畏罪自杀，从动机上就可以解释。"王三牛像是在做结案陈词，"这个混蛋杀了自己老婆，被警方通缉，反正早晚抓住都是死路一条。与其担惊受怕坐在那里等死，不如一了百了。这样也好，世上又少了一个坏蛋，大家都省事了。"说完，他双手一摊，摆出收工走人的架势。

"说不定是不小心失足掉下去的呢？"江枫不动声色道。

"这说不通。"王三牛想也没多想，直接就摇头，"如果不是想自寻短见，这半夜三更，天寒地冻的，一个人跑到楼顶上来干啥？乘凉，数星星，还是思考人生？请你告诉我。”

江枫语塞，王三牛的分析很缜密，的确无懈可击。江枫双手插进牛仔裤兜，来回走动，陷入了沉思。半夜三更，雷仁一个人跑到楼顶上来干什么呢？到底想干什么？一个人……

江枫突然收住脚步：“王三牛，你怎么知道是一个人？”

“本来就是一个人嘛。”话一出口，王三牛也觉有点强词夺理。

“不见得！”江枫指着脚下的地面说，“目前我们只发现一个人，并不表示这里只来过一个人。”

“难道会有第二个人？”

“说不定。刚才我们分析了两种可能性：一是跳楼自杀，二是失足摔死。我们漏掉了第三种可能。”江枫伸出三根手指。

“第三种？”王三牛睁大了眼睛。

江枫点头道：“对，第三种可能，就是被人推下去的。”

王三牛不再说话，眼睛直视江枫，等他继续说下去。

江枫说：“我们不妨大胆假设，假如当时有第二个人在场，这个人很可能就是凶手。”

王王牛追问：“为什么？”

江枫说：“如果有第二个人在场，无论雷仁是跳楼自杀还是失足掉下去的，这个人亲眼看见雷仁坠楼，正常反应是立即报警，但是他没有这么做。到目前为止，警方只接到过一个报警电话，就是楼下英菲尼迪车主报的警。”

王三牛问：“那他为什么不报警？”

江枫沉着地说：“合理的解释只有一种：如果真有第二个人存在，此人就是把雷仁推下楼的凶手。”

“高新分局移交来的现场勘查材料显示，现场没有发现搏斗过的痕迹。如果雷仁是被人推下去的，那就是在毫无防备的情况下送了命。”王三牛终于跟上了江枫的思路。

“没错。”江枫点头道，“如果这种假设成立的话，凶手应该是死者的熟人。”

江枫抱着胳膊，抬头仰望灰蒙蒙的天空，脑海里接连冒出几个问号：那个人是谁？为何他们会在深更半夜同时来到楼顶？他为什么要置雷仁于死地？

王三牛说：“老大，你刚才的推理是很大胆，但是毫无事实根据，目前没有任何证据显示，案发时有第二个人上过楼顶。”

“所以要找证据。”江枫迈开大步，朝楼梯口走去，“走，去售楼部看看。”

警察又来了，售楼部的姜经理丝毫不敢怠慢，又是倒茶又是递烟。

紫金苑住宅小区是在建楼盘，还有几个月就要交房，谁想到竟会发生这种事情。房子还没盖完就成了凶宅，倘若消息传出去，房子就不好卖了，说不定已购房的业主会跑来退房闹事。

姜经理三十出头，短发，西装革履，两眼布满血丝。自从前天晚上接到电话后，他就没合过眼，连夜召开紧急会议，商讨对策。这次动用了所有资源，费了九牛二虎之力，才让新闻媒体暂时压住没报道。

刚喘了口气，警察又上门了，他必须打起十二分精神，小心应对。

“小区一共有几个出入口？”江枫问。

“四个大门，东南西北方向各有一个。”姜经理脸上带着职业性的微笑，小心翼翼地回答。长这么大，他还是头一次接受警察问话，语速有点不自然。

“小区装了监控吗？”

“暂时还没有。”姜经理字斟句酌，“小区现在还没住人，要等交房之后，监控才会装起来。”

对于这个答案，江枫并不感到意外。刚才在小区内转悠时，他就留心观察了，一个监控探头都没发现。他只是想做最后的核实。

“晚上有保安值班吗？”

“没有。”接连说了两个“没有”，姜经理松了松领带结，脸上的表情越发不自然，“要等下个月交房之后，物业公司才会正式入驻，安排保安守门。”

江枫说：“这么大的小区，不可能晚上一个人都不留吧？”

姜经理说：“只有一个看守工地的老头，晚上会在这里睡，我叫他过来。”不等江枫同意，他就拿出手机打电话。

过了十多分钟，一个穿军大衣的老头推门进来，一条腿居然是瘸的。

老头有点紧张，站在门口，手脚不知该往哪放。江枫招呼他坐下，叫王三牛给了他一根烟，老头抽了两口烟，脸上的线条才慢慢舒展。

老头一口浓重的方言，耳朵还有点背。跟他交流十分吃力，说话基本靠吼，江枫全神贯注，竖起耳朵，总算听清了大概。

昨晚天气太冷，老头 8 点多就睡了，直到大批警察赶到小区，他才被警察叫醒，不知道出了什么事。老头六十刚出头，衰老的速度明显超出年龄增长的速度，不光耳背，眼睛也不好使，天一黑就成了睁眼瞎。他回忆说，前天晚上没看见陌生人进来，也没听到任何异常响动。

这样一个瘸腿保安，能保护自己就是万幸了，哪怕小区的房子夜里被人拆走了，他也不会知道的。江枫暗自摇头，不禁想起小时候在乡下稻田里见过的稻草人，简单问了几句，就打发他走了。

从售楼部出来，江枫让王三牛先回分局整理案件材料，他决定再去找报案人李总。

李总是一家广告公司的老板。

江枫走进李总办公室时，李总正在大发雷霆，大声训斥一个年轻女下属：“中文系读了四年，连一个文案都写不通顺，你对得起你读的大学吗？”李总似乎还不解恨，把两张材料揉成纸团，狠狠地扔在地上。

“对不起，李总，我回去重写。”女职员的样子很可怜，差点要哭出来，蹲下捡起地上的纸团，低着头面红耳赤地退了出去。

李总长得矮胖，看起来四五十岁，稀疏的头发紧贴在头皮上。江枫出示证件：“你好！我是南湖分局刑警队的。”

“还是前天晚上的事吗？”李总站着，面无表情问道。昨天他已被叫到高新分局做过一次笔录了，再次看见警察，心情很不爽。

“是的，这个案子现在已经移交到我们手上了。”

“该说的我昨天都说了，请你们不要再找我了。”

“你是现场目击证人，而且是报案人，有几个问题我想和你当面再核实下。”

“对不起，我很忙，中午约了客户吃饭。”李总撸起袖子看表，“快到点了。”

“只耽误你十分钟。”

“好吧。”李总很不情愿地坐回大班椅上。

“23号晚上，你在紫金苑小区看到了什么，麻烦你如实陈述。”江枫打开笔记本。

李总把当晚的情形又说了一遍，车震的情节当然没说。

“除了你，还有谁看见有人从楼上掉下来吗？”江枫问。

“没有，当时车上就我一个人。”

“深更半夜，你去那里干什么？”

“我也不知道为什么要去那鬼地方，可能是我发神经了吧。”李总懊恼道。

“我听高新区刑警队的同事说，在你车上发现了女人的内裤和高跟鞋？”

“没有的事。”李总讪笑道，表情比先前柔和多了。

“除了死者之外，你有没有看见其他人在附近出现过？”

“没有。外面黑咕隆咚的，什么都看不见。”

“请你再仔细回忆一下，当晚还有没有其他异常情况，只要你觉得可疑的都可以说。”

“警官，死了人你们不去破案，天天跑到我这里来骚扰，早知道我就不报案了。”李总又狂躁起来，指着自己的鼻子说，“我也是受害者，你们知不知道？”那辆英菲尼迪是两个月前才买的，修好也不敢开了，太不吉利，只能折价卖掉。想起此事，他就心如刀绞。

“李总，请你冷静。”

“冷静？摊上这种破事，我能冷静吗？”李总脸上涨成猪肝色，越说越激动，声音高了八度，“我的英菲尼迪谁赔，你们警察要不要管？”

“对不起，我能理解你的心情。砸坏你车子的人已经死了，没办法赔偿，我们确实爱莫能助。”

“那你跑这里来干什么？”

“我来找你，就是为了调查这起案子。”

“你们不会是怀疑我杀了人吧？”李总的嗓门越来越大，彻底跑题，“警察有什么了不起，警察就可以为所欲为吗？下次再来骚扰，我要投诉你们！”

谈话没办法再继续了，江枫合上笔记本，起身告辞。走到门口，江枫忽然转身道：“李总，刚才你说得对，你的英菲尼迪砸坏了，警察不能不管。”

“找谁赔？”李总一下子反应不过来。

“关于赔偿的具体问题，明天我会通知你老婆来局里详谈。”

李总赶紧追到门口，满脸堆笑说：“警官，我想还是算了，不用赔了。欢迎下次再来！”

他终于冷静了。

2

“他妈的，老子以为他真是孙猴子，想不到这么快就成了死猴子。”万志强跷起二郎腿，双手靠在转椅扶手上，踌躇满志的样子，像得胜归来的将军。

雷仁坠楼的第三天晚上，尸检报告出来了。万志强把江枫和唐法医叫到了办公室，万志强给唐法医扔了一根烟：“老唐，你先来。”

唐法医说：“结合现场勘查和尸检情况，我认为跳楼自杀的可能性比较大。”唐法医措词非常谨慎，观点却很明确。

万志强挥动夹着烟的手指，示意他继续说下去。

唐法医翻开尸检报告：“主要依据有两点：第一，从尸体解剖情况来看，符合高空坠落死亡特征，死者体内所有脏器几乎都碎裂移位；第二，17 号楼顶发现一个新鲜烟头，我们从过滤嘴上提取到了唾液成分，通过 DNA 比对，与死者雷仁的 DNA 样本一致，这说明死者到过楼顶。”

唐法医观点明确，条理清晰。万志强满意地点点头，目光移向江枫：“你查到什么情况？”

江枫翻开笔记本：“今天上午我去了现场，案发地名叫紫金苑住宅小区，在城乡接合部，地理位置比较偏僻，属高新开发区管辖。小区还没完工，目前没有业主入住。雷仁是从 17 号楼楼顶坠亡的，死亡原因没什么争议，至于坠楼的方式，我觉得现在下结论还为时过早。”

万志强和唐法医对视一眼。

江枫合上笔记本，继续说道：“跳楼自杀是一种可能，也有可能是失足坠楼，或者……”江枫稍微停顿，“或者是被人推下楼谋杀的。”

万志强欠了欠身，表现出浓厚的兴趣：“接着说。”

江枫说：“以我对雷仁的了解，他不像是那种想不开会自杀的人，也没有跳楼的勇气，我更愿意相信他是失足坠楼或被人推下楼。”

“有证据吗？”万志强追问。

“我只是凭直觉猜测，目前还没有证据。”江枫说。

万志强从办公室桌上拿起手机，点出一个短信，递给江枫：“看看这个。”万志强以最舒服的姿势重新靠在椅子上，目光露出些许得意，仿佛在说，别小看我们这些老家伙。

江枫接过手机一看，不禁大吃一惊。这条短信竟然是雷仁留下的遗言："李莉芳是我杀的，一命还一命，孩子是无辜的，照顾好子慧。雷仁绝笔。"

现场的确发现了雷仁的手机，不过已经摔坏了，江枫没想到他居然还留了遗言。"人之将死，其言也善"，如果这个短信是雷仁发的，那就意味着要结案了。

江枫忽然想到一个问题："万大，雷仁怎么会给你发短信？"

万志强说："是韩秀英发给我的，接到短信时，我也觉得很突然。"

江枫记得韩秀英这个名字，脑海里立刻浮现出一个披头散发、张牙舞爪的老女人，印象太深了。韩秀英是李莉芳的母亲，也就是雷仁的丈母娘。那天韩秀英大闹医院的情景，依然历历在目。

"那个老太婆不知从哪打听到了我的手机号码。"万志强说，"韩秀英24日早晨起床后，看到雷仁发来的短信。她感到不妙，马上回拨电话，雷仁的手机就打不通了。她想了很久，决定还是报告公安机关，今天上午她才打我的电话，并且把短信转发到我的手机上。她还问我，雷仁是不是真的死了？"

"怎么才能证明这个短信的真假呢？"江枫提醒道，"这个老太婆不简单，咱们都领教过的。"

万志强说："当时我也这么怀疑，我问韩秀英什么时间接到的短信，她说是23日晚上10点40分，但是她当时睡着了，第二天早上才看到。"

江枫说："雷仁坠楼的时间，差不多就是这个时间。"

"这就对上了。"万志强说，"雷仁坠楼的时间，只有报案人和办案民警才知道，韩秀英根本不知道这些细节，想编也编不出来。再说她也没有撒谎的动机，欺骗我们对她没有任何好处，这个老太婆是聪明人，没好处的事打死她都不会干的。"

江枫松了口气，事情基本清楚了。

1月23日晚上，雷仁趁夜深人静，悄悄爬上了紫金苑小区17号楼楼顶，先抽了根烟，也许是在抽烟的过程中想起了女儿。女儿是他在这个世上唯一的牵挂，他觉得应该留几句遗言，身边没有纸和笔，所以给女儿的外婆韩秀英发了这条短信。发完短信，他就从楼上跳下去了，没想到刚好砸到楼下的汽车。如果不是碰巧那对野鸳鸯在下面车震，尸体可能要到第二天早上才会被发现。

至于自杀的动机，显然是畏罪自杀。雷仁用胰岛素杀死了妻子李莉芳，然后制造了一起交通事故，让警方误以为李莉芳死于车祸。这个计划相当完美，差一点就骗过了警方。当江枫拆穿了他的不在场证明时，雷仁仓皇出逃，躲了一段时间后，他觉得无路可逃，早晚要被抓住，抓住也是死，于是畏罪自杀。

这么解释，一切都通了，江枫心里却有说不出的失落。

就像两支旗鼓相当的足球队同时杀入决赛，事前互探虚实，演练各种阵型，制定好各种预案，先进球怎么踢，落后采取什么打法。万事俱备，东风已到，只等在赛场上决一雌雄。偏偏就在开赛前一分钟，对方突然宣布弃赛，人家不陪你玩了。

赢是赢了，却赢得很窝囊。

幸亏雷仁没有跳河自杀，活不见人死不见尸，不然真要“守死人打屁”了。想到这，江枫又有点庆幸。

“他妈的，只差一步就能活捉这只猴子。”万志强手指轻敲桌面，脸上不无惋惜，仿佛一个老猎人眼睁睁地看着到手的猎物钻进密林中，“不过呢，犯罪嫌疑人迫于警方的强大压力畏罪自杀，也是大功一件。”

江枫说：“本案目前还有两个盲点：李莉芳被害的第一现场还没找到；刘红仍然在逃，她到底是不是杀人案的共犯，现在还无法确定。只有找到刘红和第一现场，这起案子才算水落石出。”

“那还愣着干什么，赶快去查。”万志强站起来双手叉腰，瞪着眼睛说。

回到办公室，江枫拿出手机，准备打林小砚的电话。他有一种强烈的冲动，想立刻把这个喜讯告诉林小砚，早一秒钟让她知道，对她来说都意义重大。可是，万一搞错了呢，岂不是空欢喜一场。天上掉下来的馅饼，没吃到嘴里，总觉得不真实。

想到这，江枫又把手机放下，决定暂时不告诉林小砚。

江枫重重地把身体扔进椅子里，两腿交叉架在桌上，眼睛盯着漆黑的电脑显示屏，那幅画面再次闯入脑海。无人居住的小区，没有监控，一个耳聋眼花的瘸腿保安，月黑风高，高楼天台，分明是杀人灭口的绝佳场所——为什么是自杀？

种种迹象表明，刘红极有可能是本案的共犯，协助雷仁杀死了李莉芳。退一步讲，即使她不是共犯，也应该知道部分案件真相。在警方初次调查时，她配合雷仁制造了不在场证明，不可能一无所知。

打开这个迷宫最后一扇门的钥匙，就是刘红。

刘红去哪儿了呢？世界这么大，她随便去哪走走都是有可能的。但是人不管走多远，总有些东西是放不下的，江枫的脑海里浮现出一张粉嘟嘟的小脸，刘红有一个五岁的儿子。或许该找刘红的前夫好好聊聊了，他想。

江枫端起茶杯，发现茶已经凉了。桌上的手机“嘟”了一声，打开微信，是林小砚的语音留言：“男神，明晚有空吗？”

江枫回道：“你约的，随时有空。”

第二天晚上6点，江枫走进餐厅，看见林小砚坐在靠窗的位置。

餐厅的生意不错，十几张桌子座无虚席，大部分是情侣，有几桌是三口之家。江枫穿过中间长长的过道，在林小砚对面坐下。

“这家的泰国菜很有名。”林小砚说，“我没问你，菜已经点好了。”

“那最好，我最怕点菜了。”江枫如释重负。

林小砚点的四个菜都端上来了：小炒黄牛肉、柠檬鲈鱼、韭菜炒田螺、清炒苦瓜。荤素搭配，清淡可口，正合江枫的口味。

“我爸说，过两天请你到我家吃饭。”林小砚说。

“你爸发现我们的事了？”江枫突然紧张起来。

“瞧你说的，什么叫‘发现’，好像我们两个做了什么见不得人的事似的。”

“对啊，咱们又没干什么坏事。”

“真要是有点坏事就好了。”林小砚偷笑。

“现在就见家长，太早了吧。”江枫暂时不想公开他和林小砚的关系。警察和犯罪嫌疑人成了情侣，这要是被光头强知道了，还不盘问他三天三夜。

林小砚笑得甜蜜蜜，压低声音说：“我爸对你很满意。”

“其实我跟你爸挺投缘的，第一次见面就很谈得来。”江枫又想起那双温暖有力的大手。他打心底里敬重林建国的医术和人品，自己想象中的父亲，就应该是林建国那样的。

“我爸是很传统的人，他认为凡是不以结婚为目的恋爱都是耍流氓。”林小砚忽然想起了什么，“天啊，你不会是想耍流氓吧？”

“谁说我要耍流氓了？”江枫赶紧表明立场。

“那我就放心了。”林小砚得意地笑了。

“快过年了，队里还那么忙？”

“案子没破，事情一大堆。”

“不是有点眉目了吗？”

“没有。”

“所有人都认为雷仁是畏罪自杀，只有你怀疑是他杀。”林小砚的语气忽然变得严肃起来。

“你怎么知道？”江枫刚夹起一片苦瓜，手一哆嗦，苦瓜差点掉到桌上。

“昨天听我爸说的。”林小砚并未注意到他脸上的变化，“妇产科赵主任的老公也是你们刑警队的，昨天晚上他来接赵主任下班，正好碰到我爸，顺便就聊起这事。”

“你爸很关心这个案子。”

“那是我亲爹，你以为我是充话费送的吗，我的男神。”林小砚娇嗔道，“关系到他女儿的案子，他能不关心吗？”

“到现在我都没理出头绪，本来打算晚几天再告诉你。”

“我知道你们办案有纪律，没有责怪你的意思。”

“相信我，用不了多久，这个案子就会水落石出，到时就能还你清白了。”话说出来，江枫自己也觉得心虚得厉害，可是实在找不出更好的话语来安慰她。

“我只是觉得奇怪，为什么你会怀疑是他杀？”

“这里说话不方便。”江枫环顾左右，“附近有个公园，走路过去不到十分钟。等下我们去那边聊聊，顺便欣赏夜景。”

“好吧。”

吃完饭，江枫把服务员叫过来埋单，拿起外套穿上。林小砚没跟他抢着埋单，男人这点虚荣心还是要满足的。

这是个水上公园。晚饭过后，来公园休闲散步的人很多。湖心岛上，一群大妈在跳广场舞，劣质喇叭里放着节奏欢快的《小苹果》，几个中年男人居然也混在队伍中扭动腰肢，跳得很欢。

林小砚挽着江枫的手说：“等我们老了，就来这里跳广场舞。”

江枫说：“打死我都不跳。”

“为什么？”林小砚停下脚步。

“一个大男人，混在妇女堆里跳广场舞，不像话。”

“妇女怎么啦，你敢歧视妇女！美国总统都不敢歧视妇女。”林小砚杏眼圆睁。

“不敢。”江枫慌忙举手投降。

二人继续向前走，穿过湖心岛，来到一个僻静之处，沿岸种着成排的杨柳，脚下是用彩色鹅卵石铺成的小径。夜色朦胧，一轮明月倒映在湖面，随波荡漾。

江枫在一条石凳上坐下，林小砚紧挨着他坐下。江枫把雷仁坠亡的前后经过，以及现场情况，包括他死前发出的短信遗言，都原原本本地讲了一遍。

“事实清楚，证据确凿，没什么可疑的地方啊？”林小砚这几年跑政法口采访，耳濡目染，也成了半个内行，谈起侦查破案煞有介事，专业术语张嘴就来。

江枫说：“前段时间我读过一本书，书名叫《死在这里也不错》。”

林小砚问：“好看吗？”

“是一本游记，书其实写得不怎么样。”

“那你提它干吗？”

“书名起得确实好。”

“好在哪里？”

“人都希望死在一个风景秀美的地方，即使是自杀，也会尽量选个好地方。”江枫说，“如果哪天我不想活了，一定会选择一个风景秀美的地方来结束生命。”

“你死了我也不想活了。”林小砚幽幽地说。

“你傻啊，我是打比方。”江枫把林小砚揽入怀中，点着她的鼻子说，“比方说，这个地方就挺好，投湖自尽，找棵歪脖子柳树吊死，都是不错的选择。”

“让我来选的话，我也会选这里。”

“可是雷仁的选择很奇怪。”江枫话锋一转。

“你是说那个地方不适合自杀？”

“没错。”江枫说，“那是个未建成的住宅小区，实际上就是个建筑工地，尘土飞扬脏乱差，这种地方不适合自杀。”

“那适合干什么？”林小砚歪着头问。

“杀人灭口！”江枫的目光变得锐利起来。

“人都不想活了，哪有心情选地段，又不是买房。”林小砚反驳道，“说不定人家是三更半夜碰巧走到那里，一下没想开就跳下去了。”

“那也太巧了。”

“你们警察破案，歪打正着的事不是常有吗？”

江枫笑了，警察破案，瞎猫碰到死耗子的事也有过的。

“你不能碰到一次死耗子，就天天指望靠运气来破案啊，巧合的事情只能偶尔相信。”

林小砚想了想，还是摇头：“没道理，雷仁连遗言都写好了，你凭什么怀疑人家自杀的诚意？”

“这正是目前无法解释的地方。”江枫把目光投向湖面。微风吹拂，水波荡漾，修长的柳枝倒映在水面上飘忽不定，时而扭曲，时而破碎，又复归完整。

湖水深邃，仿佛下面藏着无数个秘密。

3

再过三天就到除夕，年味已经很浓了。

大街小巷都变成了红色的海洋，卖春联窗花和烟花爆竹的小贩们忙得不亦乐乎，服装店也摆出了大决战的架势，大红灯笼挂起来，大喇叭吼得震天响，每个人脸上都喜气洋洋。

公安局大楼里也没有了平日紧张忙碌的气氛，春节还没到，人心已经散了。工作反正是永远干不完的，有钱没钱回家过年，凡是能往后拖的事情，都留到年后再说。这几天，外地民警已陆续回家，王三牛早晨6点就上了火车。江枫家在本市，春节值班责无旁贷。

这段时间只要没有突发事件，领导也不会安排具体工作任务。只有一样工作，是每年春节前必须做的，就是慰问烈士家属。万志强两天前就给江枫安排了任务，派他去慰问李东平烈士的母亲。

李东平牺牲前是刑警中队长。十年前，李东平破了一起抢劫案，经连夜突审，嫌疑犯供出了同伙。第二天早上，李东平带上司机，又马不停蹄地去抓捕同案犯。两个人都熬了通宵，李东平怕司机吃不消，主动要求替换司机开车，司机就躺在后座上休息。

那天早晨大雾弥漫，对面不见人，高速公路已经封闭。李东平出示了警察证，说有紧急任务，收费站才勉强放行。李东平一心想抓人，怕去晚了扑空，车子在高速公路上开得飞快，直接钻进了一辆停在路边的大货车屁股底下。

李东平当场牺牲，司机命大，只断了一条腿。

李东平因公牺牲，分局专门组织力量撰写事迹材料，为他申报烈士，向上级争取到了一笔抚恤金。没想到，烈士尸骨未寒，妻子和老母亲却为了争夺抚恤金大打出手，几次闹到公安局来。婆媳自古就是天敌，现在李东平不在了，双方更加无所顾忌。为了调解婆媳矛盾，万志强头都大了，最后实在没办法，抚恤金一人一半，这事才算勉强平息。

后来发放慰问金又出了问题。每年春节，分局会给烈士家属发放一千二百元慰问金，给了母亲，妻子得不到，给了妻子的话，母亲又得不到半分，弄得两边都有意见。万志强只好采取折中的办法，把慰问金分成两份，一人一半，各得六百。所以，李东平烈士的家属要分两次慰问。

为了节约时间，万志强决定兵分两路，自己去慰问李东平的妻子，江枫去慰问李东平的母亲。

一大早，江枫给李东平的母亲打了电话，叫她上午不要出门。老太太住在分局老宿舍，房子是上世纪九十年代盖的，后来分局办公大楼选址新建，离老宿舍就比较远了，不堵车的话，也有半小时车程。

江枫刚停好车，远远就看见一个老太太站在宿舍楼下。老太太满头银丝，腰弯成九十度，像一只虾，右手拄拐杖，左手盘着佛珠，目光朝着路口的方向逡巡，看样子已经等候多时了。江枫有点意外，慰问是每年都有的，他原以为是例行公事，送完红包就完事，没想到老太太会看得如此隆重。

江枫快步走到老太太跟前，自我介绍：“老人家，我是刑警队的小江，李东平的同事，万志强大队长派我来看望您老人家。”江枫其实没有和李东平共过事，李东平牺牲的第二年，他才到南湖分局工作。

老太太神情激动，脸上如核桃壳的褶皱立刻舒展开来，拉着江枫的手说：“小伙子，多谢你们，万大队长是好人啊，总是记得我这个老太婆。”

江枫说：“老人家，外面风大，容易着凉，咱们进门说话。”说完，他赶紧搀扶老太太上楼。

老太太住在三楼，老伴几年前去世了。这是李东平生前分到的房子，两室一厅。进了屋，在老旧的仿红木沙发上坐下，老太太赶紧解开茶几上的一个红色塑料袋，双手捧出几个冰糖橘，硬往江枫手里塞：“来，吃橘子。”

江枫说：“老人家，您坐，不用招呼我。”江枫边剥着橘子，边打量屋内。家里陈设简陋，都是二十年前的老家具，却收拾得干干净净。为了迎接江枫，老太太显然做了精心准备，不光打扫了卫生，还特地下楼买了几斤橘子。

江枫问：“老人家，今年高寿啊？”

老太太大声说：“过完年就八十三了。”

“身体还好吧？”

“没什么好不好的，人老了就不中用，活一天算一天。”

“家里还有什么困难？”

“别的都好，就是老二不争气。”老太太叹了口气。

李家老二的情况，江枫以前在队里听说过一点。老太太有两个儿子，老大李东平当警察，老二李东安却是个游手好闲的混混。李东平是这个家的顶梁柱，有这个兄长在，老二虽然不思进取，还不至于太出格。

李家最能干的大儿子撒手一走，这个家就迅速衰败了。先是婆媳争产，然后李家老二吸毒被抓，万志强还出面说过情，把他捞了出来。原以为他会洗心革面，哪知此人不知悔改，没过多久又再犯，万志强也无能为力了。老二现在还在班房里蹲着。

江枫安慰道：“您这么大年纪，就不用操那份心了，管好自己的身体就行，儿孙自有儿孙福。”

“小伙子，你说得对，别人也是这么劝我，我一个老婆子能做什么呢？都是瞎操心啊。”老太太擦了擦眼角，又喃喃自语道，“要是东平还在就好了。”

江枫忽然鼻子有点发酸，都不知道接下来该怎么说。尴尬过后，他忽然想起此行的目的，从挎包里拿出一个红包，双手递到老太太手上：“老人家，过年了，这是我们队里的一点心意，给您拜个早年，祝您老身体健康！”

老太太又激动起来：“真是多亏你们了，年年都记得我这个老太婆。你们都是好人啊，菩萨会保佑你们的，我们家东平也会保佑你们的。阿弥陀佛。”老太太不住地抹眼泪，说完，她又拿出几个橘子，硬塞到江枫手里。

闲聊了一阵子，江枫看时间不早，便起身告辞。

出门时，江枫又从钱包里拿出五百元钱，塞到老太太手里。老太太连忙往外推：“哎呀，这不是给了钱嘛，我怎么能收你的钱呢？”老太太死活不肯收，追到门外，江枫没办法，把钱扔到地下，赶紧逃下楼。

回来的路上，江枫像吞下了一个秤砣，心情沉重。原以为，当烈士是一件很风光的事情，万人敬仰，百世流芳，起码报纸上是这么写的，电视上也是这么演的，满满的正能量。可是他没想到，烈士的亲人竟会如此凄凉。

每个男孩子都曾有过一个英雄梦，江枫也不例外。

江枫特别喜欢李敖的那句话：“上帝管两头，我管中间。”出生和死亡都由不得自己决定，能由自己掌控的，就是出生和死亡中间的这段过程。生命的意义，不在于长短，而在于怎么度过。人终有一死，与其平平淡淡枯老而死，不如轰轰烈烈干一番事业。大丈夫战死疆场，马革裹尸，岂不痛快！

现在看来，这种想法真是毫不负责任，极端自私。死去的人一了百了，万事皆休，而亲人还要继续活下去，承受永无止境的痛苦。假如有一天自己当了烈士，母亲也会像这般光景吗？想到这里，他不寒而栗。

李东平恐怕做梦都想不到，自己死后，妻子和老娘居然会为了争夺抚恤金变成死敌。雷仁和韩秀英之间会不会发生这种矛盾呢？雷仁和李莉芳的婚姻虽然名存实亡，但他毕竟是死者的合法丈夫，依照法律规定，他才是第一顺序继承人。医院给李莉芳的三十万元赔偿金，都在韩秀英手上，雷仁难道没有半点想法？

现在雷仁死了，再也没有人跟韩秀英争夺这笔财产了。从客观上来看，雷仁一死，韩秀英的确是最大的受益人。雷仁的“短信遗言”，恰好是通过韩秀英转发过来的，当江枫提出质疑时，万志强坚信韩秀英不会撒谎。因为韩秀英精明过人，没好处的事她是不会做的。现在，这个基础开始动摇。

当初怎么忽视了这点？这个念头突然冒出来，江枫不禁吓了一跳。

前面的车子排成了长龙，一眼望不到头。江枫并不着急，反正也没什么要紧事，他开始考虑晚上准备什么礼物。昨天林小砚打来电话，请他今晚去家里吃饭，还说老爸要亲自下厨。江枫见过林建国几次，但是这次毕竟不同，心里还是有点忐忑。

油已烧热，二斤重的草鱼下锅，煎至两面金黄，加水，文火焖煮。锅盖下滋滋冒着热气，厨房里香气四溢，林建国系着围裙，围着灶台忙得不亦乐乎。为了迎接晚上的重要客人，林建国今天一大早就出门买好菜，下午破天荒提前下班，亲自下厨。

陈慧君推着轮椅进厨房帮忙摘菜，林建国看见，赶忙把菜篓子抢过来：“慧君，快出去，厨房里油烟太大，这里有我就行了。”

“没事。”陈慧君笑道，“我闲着不也是闲着，好歹能帮你打打下手。”

家里冷清惯了，平时很少有客人来，今天有贵客登门，陈慧君特意换掉了家居服，整个人也显得容光焕发。

二人正在争执时，门铃响了。林小砚跑上去开门，江枫站在门外，手里拎着一个礼盒。

“妈，他就是江枫。”林小砚拉着江枫的手，向母亲陈慧君介绍。

“阿姨好！”江枫恭恭敬敬地喊了一声。

“小伙子，快请坐。”陈慧君上下打量江枫，脸上乐开了花。

林建国听到声音，从厨房里出来：“小江，你先坐会儿，我还有两个菜要做，先不陪你了。”

“您先忙，不用管我。”江枫说。

不多时，满满一桌子菜就端上来了。四人围桌而坐，林建国开了一瓶白酒，坚持要给江枫倒酒。江枫也没过多推辞，第一次进门，怎么也得喝两杯。席间，聊了些家长里短的事，陈慧君不停地给江枫夹菜，偶尔会问几个问题，江枫一一作答。江枫没想到，林建国的厨艺也是一流，色香味俱全。

吃完饭，陈慧君和林小砚收拾碗筷去了。林建国招呼江枫进了客厅，在米色布艺沙发上坐下，茶几上已摆好了茶盘和各式茶具。

林建国兴致高涨，脸上微微泛起红光：“小砚，去把龚伯伯上次送的茶叶拿来。”林小砚打开冰箱，从冷藏室拿出一个密封罐。

“小江，今天难得有空，咱爷俩好好品品茶。”林建国伸手去拿热水瓶。听到“爷俩”两个字，江枫心里一热，赶紧起身抢过热水瓶：“林院长，我来。”

“你看你，还是那么见外，以后要改口了。”林建国哈哈大笑，换了个舒服的姿势靠在沙发上。

江枫打开密封罐，把茶叶放进玻璃杯，注入开水。

“快过年了，还那么忙？”林建国问。

“别的事倒没什么，就是李莉芳的案子还是没什么头绪。”江枫苦笑。

“有点眉目了吗？”

江枫摇了摇头：“雷仁死了，情妇刘红也跑了，最关键的两个线索都断了。”

林建国说：“最近听院里职工在传，说是雷仁杀了李莉芳，才畏罪自杀的。我还以为案子破了。”

“恐怕没那么简单。”江枫说，“雷仁死前虽然留了遗言，但我总觉得有点不对劲，必须找到刘红才能解开这个谜团。”

“李莉芳本来是挺有上进心的一个人，现在弄得家破人亡，剩下一个女儿也成了孤儿，真可怜。”林建国叹息一声。

“女怕嫁错郎，男怕入错行。”江枫说。

“小江，有句话我一直想说，又怕你不爱听。”林建国话锋一转。

“您说。”江枫直了直身子。

“现在不比以前，网上到处是警察的负面消息，警察也不好干了。公安局人多事杂，职位太少，上升空间有限。你这么没命地干，有没有想过自己的前途，总不能一辈子当个小警察吧？”

江枫没想到话题突然会转到自己身上，不知如何应对，默然不语。

林建国接着说：“你现在是单身，无牵无挂，可以没日没夜地干，反正一人吃饱全家不饿。你想过没有，早晚得成家，将来有了老婆孩子，还能这么抛家不顾，拼命地干吗？罗马不是一天建成的，人类最高理想也不是靠咱们这一代人就能实现的。”

江枫苦笑道：“谁让我干了这行，没办法。”

“你从来没往其他方面想过，怎么知道没办法？”

江枫一脸疑惑地看着林建国，猜不出他到底想说什么。

“前几天我听说区纪委正准备扩编，要从其他部门选调一部分人充实进来，纪检工作不会太忙，而且将来的上升空间较大，至少比待在公安局强。分管纪检的区领导是我的老同学，他们很缺像你这样有办案经验的人才。‘人挪死，树挪活’，怎么样，有没有想法？”

江枫说："林院……林叔叔，我知道您是为我好，不过我一点思想准备都没有，回去再认真考虑考虑。"

"你说得对，转行是大事，当然要慎重考虑。"林建国笑道，"这是个机会，我只是给你透个风，主意还得靠你自己拿。"

江枫心里充满了感激。公安局的领导总是劝他认真工作，干出成绩，从来没人对他说这么掏心窝的话。林建国一席话，让他再次感受到父亲般的温暖，一股热流瞬间流遍全身。

虽然偶尔对工作会有抱怨，江枫确实从未想过要转行。更要紧的是，这件案子还没半点头绪，只要真凶一天不归案，林小砚的嫌疑就无法洗清，自己怎么能在这个节骨眼上当逃兵呢？想到林小砚，他心里已经有了答案。可是面对林建国的盛情，又不好当面拒绝，只能打哈哈了。

"这茶怎么样？"林建国端起杯子呷了口茶，舒服地靠在沙发上。

"嗯，好茶！"江枫马上回过神来。

"这是明前西湖龙井，产量不多。"林建国把茶杯放在鼻尖下，双目微闭，专注地闻茶香，"中国人讲究茶禅一味，一个最有名的禅宗公案，就叫'吃茶去'"。

"听名字就很有意思。"江枫说。

林建国说："唐朝时，有两位僧人从远方来到赵州，向赵州禅师请教什么是禅。赵州禅师问其中一个僧人'你以前来过吗？'僧人回答'没有来过'赵州禅师说'吃茶去！'赵州禅师问另一个僧人'你来过吗？'这个僧人说'我曾经来过。'赵州禅师说'吃茶去！'这时，引领那两个僧人来的监院好奇地问'禅师，怎么来过的你让他吃茶去，未曾来过的你也让他吃茶去呢？'赵州禅师对他说'吃茶去！'"

"'吃茶去'，到底什么意思？"江枫明显一头雾水。

林建国说："'吃茶去'是禅宗的无义味语，大意是：不要想了，吃茶去吧。禅宗公案中常用这样的方法，不直接回答提问，而是给人一棒子，大喝一声，或者说一些莫名其妙的话，就是让人截断想念，真性自然显露。这三个字可能每个人的领悟都不同，我的理解是：人生不如意事十之八九，遂意也罢，逆境也罢，都不要把它太当一回事，不如吃茶去。”

江枫对茶道知之甚少，虽然听不懂，却兴致大增：“我也听过一个吃茶的故事。”

“哦，说来听听。”林建国很感兴趣。江枫清了清嗓子，也讲了一个故事：

古时候有个大财主，除了爱喝茶没别的不良嗜好，尤其喜欢以茶会友。他吩咐仆人，凡是上门来喝茶的，不论贫富贵贱，一律以礼相待。

有一天，一个乞丐慕名而来，此人不要钱粮，只讨杯茶喝。仆人把乞丐引进门，很快沏好了茶。乞丐捧起茶杯，鼻尖只略微一碰杯沿，茶未入口，眉头先皱了起来，摇头道：“茶叶不好。”仆人心想，连乞丐都这么挑剔，赶紧换了上等茶叶。再端上来，乞丐刚打湿嘴唇，又摇头：“茶叶还行，水不好，如果能取山上的泉水来泡茶，那就好了。”仆人情知遇上了行家，慌忙跑入里屋向财主禀报。

财主听后大喜，亲自出来与乞丐相见。财主拿出了珍藏的茶具、最好的茶叶，马上又派人去附近山上取来上好泉水。不多时，茶已沏好，果然茶香四溢，乞丐品尝后微微点头：“茶好！水好！只是柴火差了点，我没猜错的话，府上用的是向阳生长的木材，这种木柴质地疏松，火势太猛，要用背阳生长的木柴做柴火，细火慢煮才好。”财主大惊，情知遇上了高人，连忙吩咐仆人照办。再上茶，细细品尝，顿觉唇齿生香，乞丐脸上终于露出赞许之色：“这就对了，只不过……”

财主早已五体投地：“前辈但说无妨。”乞丐说：“其实也没什么，只是茶壶稍差了点，委屈了这壶好茶。”原来如此，财主心里顿时有了底气：“前辈有所不知，这是我珍藏多年的宝壶，平时都舍不得拿出来，莫非您有更好的？”乞丐不慌不忙，从怀里掏出一把造型古朴的茶壶：“拿我这个试试。”当即换壶，仆人拿去，重新沏茶。这一试，财主不禁悲从中来，以前喝的哪能叫茶啊，喂猪还差不多！

二人边喝边聊，品茶论道，转眼天色已晚。乞丐向财主拱手道谢，揣上他自己的宝壶，起身告辞。财主一把拉住乞丐的衣服：“前辈且慢，我想买您的宝壶，您老开个价吧。”乞丐笑了笑，二话不说，转身就走。刚走出几步，财主又追了上来，一咬牙一跺脚，说道：“我愿以一半家产换您这把壶，不知您意下如何？”乞丐见他情真意切，摇头道：“实不相瞒，在下也曾是名门大户，只因嗜茶如命，才把祖上留下的家业喝得精光。”财主大出意外，还不死心，突然拜倒在地，抱住乞丐的大腿恳求道：“我愿用全部家产换您这把壶，万望前辈成全，在下感激不尽！”

故事讲到这里，江枫停下来，喝了口茶：“后来乞丐说了一句话，财主就彻底死心了。”

“乞丐说了什么？”林建国急着想知道答案。

江枫说：“乞丐对财主说‘你怎么还不明白，我若舍得下这把壶，何至于沦落至此啊！’”

“精彩！”林建国拍掌叫好，不知是夸江枫故事讲得精彩，还是被故事里爱茶如命的乞丐折服。

江枫抬腕看了下手表，起身告辞：“时间不早了，我该走了。”

送走江枫，林建国重新泡了杯茶，靠在沙发上闭目养神。他细细品味着乞丐最后那句话，转瞬明白过来，看样子今天的努力是白费了，任凭怎么劝说，江枫决不会脱下这身警服。一种深深的忧虑渐渐弥漫开来。

4

3 月 9 日，长途汽车站。

早晨 8 点，候车厅里已经喧闹起来，进进出出的人步履匆匆。

刘红挑了个靠角落的位置，在蓝色塑料椅子上坐下，红色旅行包放在旁边的空位上。她戴着墨镜，不时地抬头向大门口张望，马上又把头埋低。等待的人依然没有出现。

逃亡的滋味很不好受。这两个月，仿佛过了两年，她每天都心惊肉跳，常常在噩梦中惊醒。

那天晚上，刘红从宾馆下班回家，走到采知轩小区门口，突然碰见雷仁。雷仁叫她收拾衣物，马上走，她问为什么。雷仁说，警察已盯上他们，此地不能久留，那件事瞒不了多久，迟早会被查出来，不走就是等死。他们在郊区租了间民房，换了新手机，买了新卡，深居简出。

1月23日，雷仁悄悄回了趟家，说是回家拿几件换洗衣服。傍晚回来时，雷仁竟然面露喜色，说晚上要出去办一件非常重要的事情，办完这件事，明天就带她远走高飞。雷仁出门后，她打点好行装，等待天亮后开启崭新的生活。万万没想到，雷仁竟一去不回，电话也打不通了。她意识到大事不妙。

雷仁去哪儿了呢？要么被警察抓起来了，要么就是故意找个借口开溜，趁机甩了自己。他做事向来小心谨慎，不会轻易被警察抓到。刘红更愿意相信第二种情况，“夫妻本是同林鸟，大难来时各自飞”，何况他们连夫妻都不算。

“易求无价宝，难得有情郎”，当初自己竟那么相信这个男人，刘红不禁嘲笑自己。

不管是哪种情况，再在这里待下去都十分危险。她在焦急和不安中等待了一天后，果断离开了那间出租房，先在网吧过了一夜，又重新租了一间房。宾馆是绝对不能住的，宾馆的住宿登记与公安情报系统是联网的，只要她的身份证号码登记上去，就会自动比对。这些都是雷仁告诉她的。

她一个人躲在出租屋里，除了购买必要的生活用品，尽量不出门。说不定哪天雷仁心回意转，又会打电话来，靠着这个信念支撑，又等了一个多月，依然没有等到雷仁的音讯。最后一线希望破灭了，积蓄已经不多，她必须作长远打算。她决定离开东风市。

去哪里，还没想好，反正越远越安全。飞机和火车是绝对不能坐的，任何需要登记身份证的行为都非常危险，最安全的交通工具，就是长途汽车。

这座城市已无可留恋，唯一的牵挂，就是儿子。想起儿子，她的心就如刀割一般。她想给前夫李文辉打电话，让他带儿子出来见一面。可是，他会告诉警察吗？她想了想，应该不会，好歹夫妻一场，他不会这么绝情。最绝望的时候，最可信任的人居然是前夫，她心里五味杂陈。

这一走，可能就永远回不来了。为了儿子，就算是冒险也值得，她拿起手机拨通了前夫的电话。李文辉没有任何犹豫，马上答应了她的请求，约好今天早晨 8 点在长途汽车站候车厅见面。

刘红拿出手机，屏幕上是儿子粉嘟嘟的小脸蛋。时间已过了 8 点，还有十多分钟，大巴就要开动了。她再次向大门口张望，看到一大一小两个熟悉的身影，李文辉牵着儿子正向自己走来。刘红摘下墨镜，站了起来。

小孩子看见妈妈，立即挣脱爸爸的手，撒开腿向她跑过来。儿子扑进她怀里："妈妈，我想你！"

"乖儿子，妈妈也想你！"刘红把儿子紧紧抱住，眼泪扑簌而下。

"妈妈，你要去哪里呀？"

"妈妈要去很远的地方打工。"

"那你什么时候回来？"

"妈妈过几个月就回来看你。你在家要听爸爸的话，不许调皮，记住了吗？"

"嗯，记住了。"儿子一脸认真地点头。

李文辉站在旁边抽烟，一言不发。大厅广播开始播音，提醒旅客抓紧时间上车，刘红向儿子挥手再见，李文辉牵着儿子向候车厅门口走去。

目送儿子小小的背影走出大门，刘红擦干泪痕，重新戴上墨镜，拎起旅行包，低头向左侧的站台入口快速走去。

刚走出五六米远，突然被人挡住去路。刘红抬头一看，刹那间脸色煞白，旅行包从手中滑落。面前站着两个目光锐利的男子，一高一矮，呈左右夹击之势，其中一个她认得。

“刘红，好久不见。”江枫嘴角略歪，掀起一抹浅浅的笑容，像是问候久未谋面的老朋友。

消失了两个月的刘红终于现身。

刘红的前夫名叫李文辉，在一所中学教书。春节前，江枫约李文辉在咖啡厅见面，告诉他刘红涉嫌一桩命案，希望他配合，一有刘红的消息，马上通知警方。李文辉一脸错愕，似乎不相信刘红会做出这种事，不过还是点头答应了。

江枫走出咖啡厅，一想起李文辉错愕的眼神，总觉得心里不踏实。江枫又联系上了李文辉的母亲，说明原委和利害关系，并委婉地告诉她包庇和窝藏是犯法的。李文辉的母亲当即表示愿意配合警方，儿子去年离婚，已经把家里搅得鸡飞狗跳，当妈的当然不希望儿子再与刘红扯上任何瓜葛。

上了双保险，江枫觉得可以放心了。不出所料，昨晚是李文辉的母亲打来的电话，报告了刘红的行踪，而李文辉一直没有打电话过来。好险，江枫心想。

今天一大早，江枫和王三牛就提前进了候车厅，秘密布控。

果然，刘红按时出现。王三牛刚要冲上去，江枫却一把将他拉住，用眼神示意他别乱动。两个月都等了，也不在乎再多等几分钟，江枫知道，有一个小孩即将见到久别的母亲。

这也许是母子俩最后的见面机会，刘红涉嫌命案，进去基本上就出不来了。江枫不想让一个小男孩带着终生遗憾长大，更不愿当着男孩的面抓捕他的妈妈。直到小男孩跟着爸爸走出候车厅，两人才现身。

刘红摘下墨镜，眼神慌乱，手在微微颤抖。

“儿子长得很像你。”江枫笑道。

“刚才你们都看见了？”刘红白皙的锥子脸越发苍白。

“看见了，你儿子很可爱。”

“谢谢！”

“互相关照，希望你也配合我们的工作。”

“我配合。”刘红点了点头，顺从地伸出手腕。

“那就好，跟我们走吧。”江枫给王三牛递了个眼神。王三牛拿出手铐，铐住她的双手。王三牛又脱下自己的外套，把手铐罩住，避免引起围观。

车停在大门口附近的马路边，走路过去，五六分钟就到了。车门打开，三个人都钻进了后排座位，刘红坐在中间，江枫和王三牛分列左右。

离揭开谜底只差一步，江枫决定就地审讯，趁她立足未稳，速战速决。犯罪嫌疑人刚被抓时，心理最脆弱，还来不及建立防线，是最容易突破的时机。

“12 月 24 日，你做了什么？”江枫单刀直入。

“你们都知道了，还问什么？”刘红眼神空洞。

“我们知不知道，跟你说不说是两码事。你现在主动说出来，表示你的认罪态度良好，可以从轻处理。”这是常用的审讯策略，类似于买东西还价，要想掌握主动，决不能先亮出底牌。

刘红低头看脚尖，双唇紧闭。这是内心开始动摇的细节，江枫抓紧时机，继续攻心：“这是你争取主动的最后机会。”

刘红抬起头：“那天我们在深圳。”

听到“深圳”两个字，江枫就有点恼火，女人就是天真，都到这时候了，还想蒙混过关。但他不急于拆穿，对付这种谎言，最好的办法就是让她继续表演，直到她无法自圆其说，演不下去了，自然要说真话。

“我们，指的是谁？”江枫不动声色地问。

“我和雷仁。”

“去深圳干什么？”

“接货。”

“什么货？”

“摇头丸。”

“说下去。”江枫眉毛一动。

刘红说：“从我认识雷仁那天起，我就知道他在贩毒。我知道贩毒是重罪，抓到要杀头的，所以从不敢沾，也从来不问这方面的事情。那天，雷仁叫我和他一起去深圳接货，刚开始我不答应。他说做完这单生意就买房和我结婚，以后洗手不干了，我就答应了。”说完，刘红停下，瞟了一眼江枫。

江枫脸上看不到任何表情：“接着说。”

刘红说：“12 月 23 日早上，我们开车去深圳，全程走高速，当晚住在深圳。第二天，也就是 24 日下午拿到货，立刻开车返回，晚上 11 点多回到东风市，当晚就住在我租住的房间。”

江枫问：“雷仁为什么要叫你去？”

刘红说：“他说车上有个女人不容易引起别人注意，而且我可以帮他开车。两个人轮流开，路上就不用休息，路上时间越短越安全。”

江枫问：“开什么车去的？”

刘红说：“伊兰特。”

江枫问：“谁的车？”

刘红说：“租来的。”

江枫问：“车牌号是多少？”

刘红说：“我没注意，不记得了。”

江枫问：“接到多少货？”

刘红说：“一千粒。”

江枫心里“咯噔”一下，谁都知道贩毒罪刑不轻，如果说刘红在说谎，完全没必要说这么大的谎，把自己往死里整。

“忽悠，接着忽悠。”一直沉默的王三牛忽然发出轻蔑的笑声，脸色陡然一变，厉声喝道，“都啥时候了，还编故事，当我们傻啊？”

刘红乜了他一眼：“我没说你傻。”

“瞅啥？死到临头，还嘚瑟！”王三牛暴跳如雷，眼睛瞪得比牛眼还大，他做出丧心病狂的样子，决心把恶人演到底，“毒贩会开伊兰特这么低档的车？”

“雷仁说这种车低调，满街都是，不惹眼。”刘红垂下眼帘，似乎被他的气势震住了，“信不信由你，反正我说的都是实话。”

王三牛还想张嘴，江枫用眼神制止了他，转身问刘红：“谁能证明你说的是实话？”

“雷仁。”

“雷仁？”江枫喃喃自语。

“我有没有说谎，你们找雷仁问问不就清楚了。”

此言一出，江枫和王三牛面面相觑。闹了半天，她竟然不知道雷仁已经死了，事情变得诡异起来。

“先回局里再说。”江枫示意王三牛开车。

半个小时后，车子开进分局大院。

刘红坐在审讯椅上，脸色平静，默默地抽烟。

审讯椅是焊死在地板上的，包括一桌一椅，像学校食堂里的固定桌椅。桌面上有两个铁环，用来固定手腕，脚踏板上有纯钢打造的脚镣。嫌疑人坐上去，手脚铐住，就插翅难飞了。江枫没给她上任何器械，让她随时可以活动手脚。这种平等的姿态，更有利于交流。

等刘红抽完一根烟，江枫开始发问：“贩毒是重罪，你明白吗？”

刘红点头：“我知道。”此时，她已完全平静下来。极度恐惧过后，是如释重负的感觉，再也不用过那种心惊肉跳的日子了，那简直不是人过的。

江枫问：“上次为什么说谎？”

刘红说：“雷仁教我说的。”

江枫问：“他怎么说？”

刘红说：“那天雷仁打我的电话，说警察找他问了话，已经开始怀疑他了。他还说，警察很快就会来找我，如果我说出实情，我们就都死定了。只要我照他说的讲，警察就发现不了破绽。”

江枫问：“深圳那边的接头人是谁？”

刘红说：“外号叫‘老虎卵’，真实姓名不知道。”

江枫问：“有办法联系上老虎卵吗？”

刘红说：“我只知道他的一个手机号。”

刘红报出老虎卵的手机号码，江枫记在了本子上。

从审讯室出来，江枫回到办公室，给自己倒了杯水，然后重重地靠在椅子上。从昨晚发现刘红的踪迹开始，他就处在高度兴奋之中，像守候足球世界杯决赛一样期待水落石出的那一刻。

原以为，只要找到刘红这把钥匙，就能打开通往新世界的大门。终于推开那扇厚重的大门，却发现，里面竟是一个更大的迷宫。如果刘红的交代属实，案件就将全部推倒重来！

也许，从一开始就错了。

第七章 | 节外生枝

1

火车晚点半个小时，到达深圳北站时，已经是第二天早上 8 点多。

“我有一种不祥的预感。”王三牛在站台上伸了个懒腰。

“乌鸦嘴！”江枫道。

“咱们可能被那个女人摆了一道，兴许世上根本就没有老虎卵这号人物。”王三牛并未注意到江枫愤怒的眼神。

江枫问：“你有什么依据？”

王三牛说：“越漂亮的女人越不能相信。”

江枫顿时乐了：“就算刘红欺骗了我们，如果能揭穿她的谎言，也算不虚此行。”

“你总是那么乐观。”王三牛的语气中仍带着浓浓的睡意，在火车上颠簸了近十个小时，早已疲惫不堪。

“凡事往好处想，就会越来越好。”江枫向车站出口大步走去。他早就习惯了希望落空，办案这么多年，走南闯北，哪能每次都顺顺利利，如果警察一出手，罪犯就手到擒来，无一漏网，世上就没人敢犯罪了。

昨天对刘红的突审，与其说收获巨大，不如说是措手不及。原以为，马上就胜利结案了，没想到她竟说出一个匪夷所思的故事。雷仁已经变成了尸体，要找到老虎卵，唯一的线索，就是刘红提供的那个手机号码。

审讯刚结束，江枫就用刘红的手机试着拨打老虎卵的手机号，语音提示“您呼叫的号码已停机”。这是意料之中的事，一个毒贩的手机号如果长期不变，反而不正常了。通过查询机主信息，显示机主姓名为万圣哲，男，四十二岁，家庭住址是深圳市嘉业花园小区。机主的年龄、性别和住址信息，都与刘红的描述相吻合。

毒贩会用自已的真实身份去登记手机号吗？不管是真是假，都必须去深圳走一趟。

江枫决定连夜出发。当天的高铁车票已经售完，只好改乘特快列车，不幸的是卧铺票也买不到了，两人各自捏着一张硬座车票，在火车上度过了一个难忘的不眠之夜。

走出车站，阳光有些刺眼，才发现身上的衣服穿多了，感觉浑身燥热，深圳的气温比东风市至少高出十度。好在茶餐厅的点心比较可口，两人用完早餐，体力已恢复了大半，走到门口拦了辆出租车去派出所。

在派出所接待他们的，是一个年轻的警察，肩上的警衔是三级警司。“欢迎二位！我叫郑重，郑重其事的郑重。”郑重一口浓重的广东口音，江枫不禁想起电视里香港明星说普通话的腔调。他个子不高，皮肤偏黑，瘦削的脸上写满了灿烂的笑容。

“你好！我叫江枫。”江枫出示了证件，然后指着身后的王三牛说，“这是我的同事，小王。”

王三牛向前一步，伸出了右手：“我叫王犇。三横王，三头牛的犇，叫我王三牛就行了。”

郑重握着他的手说：“你好！王三牛。”

寒暄完毕，郑重用纸杯给他们倒了两杯水，双方隔着办公桌坐下。江枫简要介绍完案情，拿出一张A4纸，推到郑重面前，是一张打印的户籍信息表：“我们要找的就是这个人，万圣哲。”

郑重看完纸上的内容，说：“正好是我管的片区，我带你们去吧。”

王三牛说：“麻烦你了，兄弟。”

郑重说："说这话就见外了，什么麻烦不麻烦的，天下警察是一家。"一句话说得两人心里暖烘烘的。

两人上了郑重的警车。走了十多分钟，车子就堵在路上，他们又聊起了案情。说到案发时间，郑重马上大发感慨："去年平安夜真是不平安，我们也忙得够呛。"

"你是说台风'海马'吧？"江枫凭着记忆猜测。

"连你们都知道了，动静够大的。"郑重扭头看了一眼江枫，"去年为了应对'海马'登陆，深圳全市总动员，停工停市停课，所有行业都休假，就是警察不准回家，全派到点上去执勤待命。我女朋友从北京千里迢迢赶来和我过平安夜的，来了两天没见着人又回去了，差点跟我吹了。"

"这没办法，越危险的时候越需要警察，谁叫咱们入错了行。"江枫笑着安慰，"我记得气象台预报说，台风中心在深圳登陆，损失不小吧？"

"毛都没少一根，虚惊一场。"郑重说。

"怎么回事？"江枫问。

"台风绕道走了，没在深圳登陆，却把我害惨了。宁可相信世上有鬼，也别信气象台那张嘴。"郑重愤愤不平道。

"这玩笑真是开大了。"说话的是王三牛。

"将来我儿子只要不讨饭，绝不让他当警察。"郑重似乎还不解恨。

江枫和王二牛都笑了，前面的车流又开始向前挪动。

大约半个小时后，郑重把车开进了一个小区的大门。小区规模不大，房子老旧，楼间距也比较小。小区的环境较差，有几块草坪都是光秃秃的，绿化就像是随便应付了一下。从小区环境大致就能判断出业主的身份地位，江枫心里不禁多了一份期待。

走上五楼，看到 501 门牌，三人在门口停下。郑重抬手敲门，敲了四五下，防盗门打开一条缝，探出一张黑瘦的脸，头上顶个"鸡窝"，胡子拉碴。看见门外站着警察，那人一脸惊讶："你们找谁？"

郑重说："请问万圣哲是住这里吗？"

那人用疑惑的目光从三人脸上依次扫过："我就是。"

郑重拿出证件："我是派出所的管片民警，想找你了解点情况，这两位是我的同事。"郑重指了指身后的江枫和王三牛。

门完全打开。万圣哲说："进来说吧。"江枫和王三牛对望了一眼，心说坏了，这人肯定不是老虎卵，哪有对警察这么热情的毒贩？

这是一套两室一厅的老房子，里面仿佛刚发生过一场战争，兵荒马乱的样子，旧报纸和杂志胡乱地撒在地板上。玻璃茶几上摆着一台打开的笔记本电脑，旁边是一个打开的桶装方便面盒子，里面留有黄色的残汤。空气中弥漫着红烧牛肉面和臭袜子混合的怪味，江枫不敢大口呼吸。

三人在客厅的沙发上坐下。万圣哲倒了三杯水，然后隔着茶几在对面坐下。他脚上趿着棉拖鞋，身上穿着皱巴巴的格子睡衣，仿佛买来之后就没洗过。

郑重说："介意我看下你的身份证吗？"

"当然可以。"万圣哲爽快地答应，起身走进卧室，拿出一张身份证，递给郑重，"警官，这是我的身份证。"郑重看过之后，交给了江枫。江枫看了看，核对无误，把身份证还给了他。

郑重环顾四周："家里有几个人？"

"就我一个，一人吃饱全家不饿。"万圣哲苦笑道，露出两排焦黄的牙齿，"两年前离了婚，孩子跟他妈一起生活，家里就只剩下我了。"

"哦。"郑重漫不经心道，"今天是在家休息吗？"

"我是自由撰稿人，平常除了出去采访，基本都窝在家里写稿。"

"原来是作家，失敬！"郑重拱手道，"我最崇拜的就是作家了。"

"哪里，我就是一码字匠，给报刊写写纪实稿，卖字换粥。"得到称赞，万圣哲笑得很灿烂，"警官，想问什么就直接说吧。"

时机已到，郑重把目光转向江枫，意思是说：该你了。江枫暗自佩服，别看郑重年纪轻轻，经验却非常老到，三言两语就让对方消除了戒备。进门之后，江枫和王三牛一直沉默不语，只要他们一张嘴，口音就会暴露他们是外地警察的身份，容易被对方察觉真实意图。现在基本可以确定，万圣哲与此案并无直接牵连。

江枫问：“万老师，你认识一个叫老虎卵的人吗？”

“老虎卵？”万圣哲略加思索，非常肯定地摇头，“没听过这个名字，不认识。”

“你再仔细想想，近期有没有把身份证借给别人办过手机号码？”

“不可能，我的身份证从不离身，没借给别人用过。”万圣哲似乎明白了警察的来意，“警官，是不是有人冒用我的身份证办了手机号，欠了很多话费吗？”

“比欠费严重得多。”江枫说。

“啊！”万圣哲脸上的笑容瞬间消失。

“我们正在调查一起案子，查到一个手机号码，是用你的身份证登记的，所以才来找你核实。”江枫解释。

万圣哲急忙道：“警官，千万别搞错了。你看我一介书生，手无缚鸡之力，平时也只会写写稿子、编编故事，哪会干犯法的事，借我两个胆都不敢。”

三个人都笑了。郑重安慰道：“万老师，你放心，我们办案要以事实为依据，以法律为准绳，绝不会冤枉好人的。”

万圣哲转忧为喜，小声问：“什么案子，能透露一点点吗？”

江枫说：“我们办案有纪律，案件调查期间，必须严格保密。”

“理解，完全理解！”万圣哲讨好道，“杂志社经常会约我写一些案件报道，所以常跟警察打交道，我知道你们工作挺辛苦的，不容易。”

江枫又问了几个问题，并未发现有价值的线索。他不想再浪费时间，和郑重交换眼神后，起身告辞：“万老师，不好意思，影响你创作了，说不定以后还会来府上打搅。”

万圣哲说：“千万别客气，随时欢迎，我最喜欢和警察做朋友了。”

江枫拿出一张名片：“如果你想起什么，随时打我电话。”

“行。”万圣哲爽快地答应，转身进了房间，拿出一个精致的名片盒。他抽出三张名片，恭恭敬敬地给每人发了一张：“各位警官，这是我的名片，以后有合适的案件线索都可以通知我，我帮你们做正面宣传。”

郑重说：“一定。”

回到派出所后，江枫和王三牛找了家快捷酒店住下，酒店离派出所不远，方便来回办事。首战失利，下一步如何行动还不知道，不管那么多，先补上一觉再说。

午饭过后，江枫在床上躺下不久，手机就响了。来电显示是深圳的号码，江枫立刻翻身坐起。

“喂。”

“请问是江警官吗？”

“是我，哪位？”

“我是万圣哲，上午你们到过我家的。”

“万老师，你好！”

“刚才突然想起一件事，想来想去，觉得还是应该告诉你们。”

“你说，我在听。”

万圣哲说：“大约在半年前，我挤地铁时丢过一次钱包，身份证也在里面。刚好那几天我忙着赶稿，反正丢的钱也不多，就没去报案，过了半个多月，我才去派出所补办了身份证。我以为没什么事了就忘了，昨天你们出门之后，我才回想起来，感觉有点不对头，可能是有人用我丢失的身份证办了手机号。所以，我赶紧给你打电话，不知道对你们破案有没有帮助？”

“当然有用，你提供的线索非常重要。谢谢！”江枫鼓励道。

“不客气，应该的。抓到那个坏蛋，也是还我清白嘛。”万圣哲很开心，“警官，让我跟踪采访这个案子吧，我保证严守纪律，绝不会泄密。”

“这个……现在还不行，等时机成熟我再通知你吧。”江枫敷衍道。

“那就拜托啦，一定要记得。”

“我会记住。”

看见江枫放下手机，王三牛说：“线索断了，万圣哲与老虎卵毫无瓜葛，咱们可以买票回家了。”

江枫没理他，趿上拖鞋，抱着胳膊在房间里来回走动。大老远来一趟，就这么空手回去，实在有点不甘心：“我们还可以再试试。”

“怎么试？”王三牛问。

“查电话记录。”江枫脱去拖鞋，换上皮鞋。

半小时后，二人重新出现在郑重的办公室。江枫满脸歉意：“不好意思，又要辛苦你啦。”

郑重说：“说这话就见外了，需要我做什么尽管吩咐。”

江枫不再客套，拿出一张纸条，递给郑重，上面写着老虎卵的手机号码：“我们想查这个号码的通话记录，虽然停了机，以前的通话记录应该还能查到。”

“行，给我一个 U 盘，我马上向领导汇报。”郑重爽快地答应了。

查通话记录必须要有办案单位出具介绍信，然后到电信运营商那去查，这个过程不会太短。江枫把一个 U 盘交给郑重，回到酒店耐心等待。

第二天上午 10 点多钟，江枫接到郑重的电话，通话记录查到了。

江枫去派出所接回 U 盘，回到酒店，迫不及待地插入电脑。显示器上显示出一排排密密麻麻的数据，这个号码从开机到停机只用了[illegible]个月，但是通话频率非常高。接下来，他要做的工作，就是从这些枯燥的数据中找出蛛丝马迹。

江枫泡了一杯速溶咖啡，深吸一口气，然后一头扎进那堆数据中。这种工作虽然枯燥，但是诱惑极大，就像在沙漠里淘金，要么白干，要么发大财。王三牛不敢打扰他，关掉了电视。

三个小时后，江枫终于在电脑前抬起头，冲王三牛咧嘴一笑，手里扬起一张酒店的便签纸：“发财了！”

王三牛冲上去，夺过便签纸，上面写着一个手机号码。

这个号码与老虎卵联系非常频繁，而且有固定的规律，每隔三天就打一次老虎卵的电话。如果老虎卵是毒贩，那么这个号码的机主很可能是吸毒人员，每隔三天打一次电话是为了购买毒品。

事不宜迟，江枫和王三牛再次赶到派出所，通过郑重协助，查到了这个号码的机主。此人名叫杨帆，男，二十六岁，未婚，上的是集体户，户籍地址为一所中学。这个叫杨帆的可能是中学教师，江枫猜测。

到深圳的第三个早晨，天空下起了蒙蒙细雨。早上7点多钟，还未到上课时间，中学门口横七竖八停满了送孩子上学的车辆，郑重只好把警车停在外面，三人步行走进校门。一个姓陈的副校长在办公室接待了他们。

听完郑重说明来意后，陈校长脸色显得有些为难，略微迟疑后，他用办公室座机拨通了一个电话："喂，杨老师，我是老陈啊，你到我办公室来一下……对，现在就过来。"

十多分钟后，一个干瘦的年轻人敲门进来，陈校长找了个借口出去了。年轻人看到三双锐利的目光齐刷刷盯着自己，明显察觉到气氛不对，脸色唰地就白了。

"你是杨帆？"首先开口的是郑重。

"是我。"杨帆答道。

"警察。"郑重出示证件，指着面前的椅子说，"坐下说话吧。"

杨帆老老实实坐下，身体开始微微颤抖，他努力想控制，却抖得更厉害。"菜鸟"一个，江枫心里有了数，决定速战速决："杨老师，你认识老虎卵多久了？"

"什么老虎卵，我不认识。"杨帆全身一震，避开江枫的目光，手指摸了下鼻翼。

江枫盯着他的眼睛说："你认识。"摸鼻子的动作，潜意识其实是想遮住嘴巴，人在撒谎时，常常会有这个下意识动作。

杨帆双手放在膝盖上，像没完成作业的小学生，不敢抬头。

"现在你有两个选择：要么在这里说，要么跟我们到派出所去说。自己选吧。”江枫步步紧逼。

沉默了几分钟，杨帆深吸一口气：“警官，我说出来，算不算立功？”

“当然算。”王三牛抢着回答。

江枫瞪了王三牛一眼，目光转向杨帆：“这要看你说的是真话还是假话。”

杨帆说：“我说真话。”

江枫说：“说吧。”

杨帆说：“老虎卵是卖摇头丸的，真名我也不知道。每次我要拿货时，先打电话过去，约好时间地点，他就会送过来。”

“现在打电话，叫他送货。”江枫说。

“现在不行。”杨帆摇摇头。

“为什么？”

“昨天我打老虎卵的电话，已经停机了。每隔一两个月他就会换号码，换了新号之后，只能等他主动联系我。”

“你确定他会给你打电话吗？”

“会的，以前每次换号，他都打过来了。”

“要等多久？”

“这个说不定，有时两三天，有时要等十天半个月。”

江枫略微沉吟道：“你是公职人员，吸食毒品应该承担什么法律责任，相信你很清楚，不用我多说吧？”

“我清楚。”杨帆连连点头。

“你现在只有一条出路，就是与警方配合，抓到老虎卵你就立了功，如果抓不到老虎卵，后果你懂的。”

“我懂。”

江枫又问了一些细节，让杨帆记下了他和郑重的电话，结束了谈话。江枫等人走出门外，杨帆又追上来，小声问：“警官，今天的事能不告诉学校吗？”

江枫说："看你的表现。"

杨帆果然表现不错，每天打电话给郑重报告情况，既然是每天报告，其实就是没有情况。

方向错了，停止就是前进。江枫和王三牛只能耐心等候消息，在酒店里闲得无聊，他们商量出去走走，去了世界之窗和锦绣中华，发现没什么看头，不禁大呼上当。

老虎卵仿佛嗅到了什么，迟迟不见动静。到达深圳的第五天，万志强打电话来催，江枫向郑重交代相关事项后，踏上了返程的列车。

晚上 7 点 50 分，江枫和王三牛上了火车，找到座位，刚放好行李，江枫的手机就响了，是郑重。

"火车开动了吗？"

"还差三分钟。"

"赶紧下车。"

"什么情况？"

"老虎卵有消息了。"

2

林小砚又被敲了竹杠。

吃饭地点选在农家乐，是丁妍指定的。乐乐照例逢吃必到，林小砚的任务是埋单。

"早知道在看守所蹲七天，就能拿下一个大帅哥，我就去了。"丁妍脸上已微微泛红，露出艳羡的表情。

"你随时可以去啊，没人拦你。"乐乐怂恿道。

"进去不用干活，包吃包住，费用全免。"林小砚有亲身经历，最具有发言权。

丁妍佯装生气：“没一个安好心的，下辈子投胎，别让我再见到你们。”

林小砚笑道：“好像我们都很想见你似的，别臭美了，自恋狂。”

丁妍说：“江枫已经到手了，你现在当然要过河拆桥。没良心的家伙。”

乐乐看着林小砚说：“她不敲你这顿，心里不平衡。”

“乐乐，你也别装正人君子，吃了人家的嘴软，都把酒满上。”丁妍提议，“祝我们的小砚走完桃花运，再走狗屎运！”

“总算说了句人话，这句我爱听。”林小砚给自己倒满啤酒，一饮而尽。

吃完饭出来，正午的阳光灿烂，晒得人昏昏欲睡。

往前走出二十米，就看到一块草坪，绿草如茵。乐乐摸着肚子说：“吃撑了，歇会儿再走吧。”不等大家同意，她就一屁股坐在草地上，赖着不走了。另外两个只好跟着坐下。

丁妍望着天空说：“我们三个坐在这，倒让我想起一个故事。”

乐乐问：“什么故事？”

丁妍说：“富翁娶妻，有三个人选，富翁给三个女孩各一千元，让她们把房间装满。第一个买了很多棉花，装满房间的二分之一；第二个买了很多气球，装满房间的四分之三……”

“第三个买了一支蜡烛，让烛光充满房间。”乐乐大声说。

“打断别人说话是不礼貌的行为，老师没教过你吗？”丁妍有些恼怒。

“你这个故事比我外婆都老，我读中学就听过，下次说点新鲜的。拜托，大姐。”

“那你告诉我，富翁会选择哪一个？”丁妍问。

“当然是第三个，你以为我傻啊！”乐乐不屑一顾。

“我没说你傻，不过你确实很单纯。”丁妍脸上的表情意味深长，听不出是夸人还是损人。

“心灵鸡汤嘛，当然要纯一点。”乐乐并未理解丁妍的深意。

“这个故事其实是心灵硫酸。”一直没说话的林小砚实在看不下去了。

“难道我说得不对？”乐乐一脸疑惑。

“丁妍说得没错，乐乐，你确实很单纯。”林小砚看着她，像一个久经世故的长者。

“那你说富翁会选谁？”乐乐还是不服气。

“富翁最终选了胸最大的那个。”丁妍说。

乐乐先是错愕，然后就盯着林小砚，没来由地大笑起来。

“发什么神经，盯着我干吗？”林小砚被她盯得心里发毛，扭头假装向身后看了一眼，“我后面有帅哥吗，没有啊。”

乐乐没理会林小砚，目光转向丁妍：“不安好心，你这是哪壶不开提哪壶啊。”

林小砚瞬间醒悟，眼角余光飞快地扫过自己的平胸：“好啊，姓丁的，闹了半天，兜着圈子暗算我呢。”

“别听她挑拨离间，这个四眼妞胸大无脑，我不是想影射你。”丁妍心里一急，口不择言，越分辩越显得心虚。现在“黄泥巴掉在裤裆里——不是屎也是屎”了。

乐乐成功地把祸水引到丁妍身上。林小砚向丁妍扑了过去，嘴上也没闲着：“我还没说你是男人婆呢。”丁妍早有准备，闪身躲开，然后从背后偷袭了乐乐。乐乐猝不及防，黑框眼镜掉在地上，赶紧蹲下来摸索。乐乐是高度近视，拿掉眼镜，十米开外人畜不分。

三人扭成一团，在草地上混战起来。

打累了，三个人都直挺挺地躺在草地上，大口喘气，像秋后的蚂蚱。

乐乐嘟囔道：“那个姓江的抢走了咱们的小砚，也得表示表示。”

丁妍说：“对，不能轻易放过他，要狠狠地宰。”她仿佛对江枫怀有刻骨的阶级仇恨。

乐乐说：“我都想好了，下次去喜来登吃澳洲龙虾。”

丁妍连忙举手：“我同意！”

林小砚说：“就知道吃，我诅咒你们两个每人胖三斤。”

丁妍说：“真狠毒！”

乐乐叹了口气："重色轻友！"

丁妍说："放心，我们不会白吃的。正好可以帮你审审江枫，看他还有多少没向你交代清楚的黑历史。"

林小砚说："谢谢你的好意，心领了。"

丁妍翻了个身，用手托住下巴说："今天你应该把你的男神带来的。"

林小砚说："他去深圳出差了。"

"我说呢，今天怎么有时间陪我们晒太阳。"丁妍恍然大悟。

"'一日不见，如隔三秋'吧？"乐乐补刀。

"是又怎样？"林小砚迎着乐乐的目光，大方承认。

今天是江枫走的第六天，应该快回来了吧。林小砚十指相扣，枕住后脑勺，仰望蓝天。一朵白云从天边悠然飘过，无忧无虑的样子，缓缓向南去。深圳的春天是否也如这般明媚，江枫这时候在干什么呢？

江枫双手握枪，枪口向下，屈膝弓身，靠墙侧身站立。隔着门框对面，贴墙站着的是宾馆领班小罗，一个头发染成栗子色的短发姑娘。王三牛和郑重也已各就各位，四个人屏气凝息，目光盯着紧闭的8216号房门。

行动时间定在下午1点。

忆家宾馆，二楼客房过道上悄无声息，老虎卵此时正藏身在房间内。

即使有三名警察贴身保护，小罗还是紧张得瑟瑟发抖，胸口上下起伏，脸色发白。为确保此次行动成功，十分钟前，他们在三楼相同位置的8316房进行了实战演练。利用大战前的短暂空隙，小罗又把所有动作要领在心里过了一遍：说话要像平时一样自然，多一个字都不能说；除了手之外，身体任何部位不能正对房门，里面随时可能会射出子弹！

江枫向小罗投去鼓励的眼神，轻轻点头，表示可以开始了。小罗做了一次深呼吸，抬手敲门："您好，服务员。"敲了三下，里面没人回应，听不到任何动静。

江枫朝门锁方向努了努嘴，示意她开门。小罗拿出万能房卡，贴近门把手，“滴”的一声，绿灯点亮，门锁应声打开。按照事前的演练，小罗刷开门后迅速后撤。王三牛上前一步，抓住门把手往下按，同时用力从胸前向外推。王三牛明显感到手上的推力受阻，一根不锈钢门链从里面反扣上了，只推开一条缝。

“砰！”房间内突然传来玻璃爆裂的声音。

事发突然，并不在计划之中。江枫心念电转，来不及交代，转身飞奔下楼。

郑重举起液压钳，钳嘴从推开的门缝里伸进去。“咔嚓”一声，门链断成两截，大门洞开。

“警察，不许动！”王三牛和郑重同时冲进去，枪口指向房内，早已人去楼空。北面窗户下，茶色玻璃碎片撒了一地，一把椅子倒在墙角处。不用问，老虎卵刚才用椅子砸破玻璃，跳窗逃跑了。“妈了个巴子！”王三牛气得直骂娘，立即冲下楼。

江枫冲到楼下，看见一个穿白色浴袍的背影跑出大门口。江枫深吸一口气，追了出去。老虎卵撒开腿，一路狂奔，左冲右突，专往人多拥挤的小巷子里钻。江枫紧紧咬住，始终和他保持二百米左右的距离。

追出十多分钟后，江枫渐渐感到体力不支，嗓子眼像着了火似的。他有些后悔，在深圳这几天没有坚持晨练，本来状态可以更好点。眼看就要功亏一篑，江枫心里着急，却无可奈何。

跑在前面的老虎卵依然体力充沛，脚底生风，他边跑边向后观察，发现与身后追赶的人越拉越远，心情放松了不少：跟我赛跑，甩开你两条街！正在洋洋得意时，猛听到“咣当”一声，把他吓了一大跳。

他刚才扭头向后看时，只注意到后面，却忘了前面，不小心把路边的糖炒板栗铁锅撞翻了。铁锅反扣在地上，锅底朝上，板栗洒了一地。没等他反应过来，就感到腰间一紧，系在腰上的浴袍带子被人牢牢揪住，使他差点失去重心。

“撞翻我的摊子还想跑？”一个脸膛黑瘦的中年男子怒目而视，长得也有几分像板栗。

“对不起！我赔，我赔，你快松手。”老虎卵满头大汗，气喘吁吁。

“板栗哥”松开了手。老虎卵双手在身上一摸，才发现身上穿的是浴袍，连个口袋都没有，哪有钱。

“大哥，我刚出来忘了带钱，你先放我走，明天赔你十倍！”

“不行！”板栗哥走南闯北，见的世面多了，哪会相信。

“今天真是忘了带钱。”老虎卵急得差点哭出来。

“你走了，我上哪找你去？”

“大哥，你相信我，我很有钱的。”

“有钱为什么不赔？”

眼看追兵就到，老虎卵没时间跟他磨叽了，脸色一变，拔腿就跑。刚迈开腿，就撞在一堵人墙上。一个胖女人左手拿锅盖，右手拿一个铁勺，横眉竖目，当中拦住了去路。“一夫当关，万夫莫开”，板栗摊主夫妇前后夹击，配合得相当默契，老虎卵无路可逃。

“大嫂，我错了，求您放我一马。”老虎卵脸都绿了，赶紧拱手作揖，几乎要跪地求饶。

“你别急，有话慢慢说，有理走遍天下都不怕。我们不欺负你人少。”“板栗嫂”摆开架势，准备同他辩上三百回合，仿佛有一肚子话要说。

“我真的有急事……”

老虎卵一句话没说完。身后就冲上来三个如狼似虎的青年男子，二话不说，将他扑倒在地，反剪双手。其中一个还掏出了枪，指着他的脑袋。王三牛和郑重晚几十秒钟下楼，中途追上了江枫。

事情变化太快。这对夫妇卖了半辈子糖炒板栗，哪见过这种阵势，面面相觑，吓得大气都不敢出。板栗嫂扔掉锅盖和勺子，躲到男人身后去了。

江枫从地上捡起一颗板栗，剥开，塞进嘴里。“嗯，香！”江枫拍了拍身上的尘土，指着老虎卵问，“大嫂，他撞翻了你的板栗？”

板栗嫂点了点头，不敢说话。

“别怕，我们是警察。”江枫出示了证件。

“他是什么人？”板栗嫂指了指老虎卵，壮着胆子问。

“坏人。”江枫说。

“我看他也不像好人。”板栗嫂说。

“地上这些板栗我全买了。”江枫从怀里掏出钱包，“一共多少钱？”

“你们是好人，不要钱。”板栗嫂笑得很妩媚。

到达深圳的第六天，老虎卵落网。

昨晚快到8点时，杨帆老师突然接到老虎卵的电话，说新到了一批高品质的货，问他要不要。杨帆说：“当然要，这么久没你的消息，我都快急死了。”杨帆和老虎卵约好见面时间地点后，马上给派出所的郑重打了电话。

审讯在派出所进行，郑重也参加了审讯。

老虎卵真名叫黄胜林，四十二岁。人长得白净，边分头，戴黑框眼镜，有诗人气质。初次见面，的确很难把这个斯文的中年男子与“老虎卵”这个生猛的绰号画上等号，刚开始江枫心里也犯嘀咕，有没有搞错？万一抓错人，麻烦就大了。警察错抓好人，倘若媒体得到这样的猛料，还不高兴死。

刚进派出所时，老虎卵当然是装聋作哑，大呼冤枉。江枫什么都不说，把雷仁和刘红的照片甩到他面前，让他自己慢慢想。老虎卵立刻傻眼，以为二人已经落网。人赃俱获，再抵赖下去显得很不明智。他想了半天，抽完半包烟，长叹一声，就一五一十说了。

老虎卵供述，他的确卖过毒品给雷仁，交货的时间、地点，毒品的种类、数量，都和刘红的供述一致。他还一再赌咒发誓，保证只贩过这一次毒，全都交代清楚了，请求从轻处理。郑重当然不信，哪有这么倒霉的人，第一次干坏事就被抓到。不过也没办法，办案要靠证据说话，只能查到一起算一起，没查到的算他走运。

做完笔录，已到深夜，双方都松了口气，审讯室已没了刚开始的高压气氛。江枫拿出钥匙，给老虎卵的手铐松了两个齿，他活动几下酸痛的手腕，眼神流露出感激。

“怎么跑得那么快？”白天抓捕时，江枫没跑赢他，心里一直耿耿于怀，想找出原因。

“干我们这行的，必须具备四种过硬的素质。”老虎卵伸出四根手指。

“哪四种？”

“军人的勇敢，商人的奸诈，间谍的洞察力，运动员的体质。”

江枫不禁笑了，果然是遇到高人，今天输得不丢人。

因为未能扩大战果，郑重深感遗憾。他并不知道，对于困境中的江枫，能查实这起贩毒案，已经是巨大的战果。刘红的供述得到了证实，纠缠江枫多日的疑问，现在已经明朗。

12 月 24 日下午，李莉芳在东风市被人谋杀。与此同时，雷仁正在千之里外的深圳贩毒。当警方怀疑雷仁杀妻时，他是“哑巴吃黄连，有苦说不出”，不得不编造谎言，掩盖真实行踪。雷仁没有作案时间，杀妻嫌疑排除。

那么，雷仁死前留下的遗言，该如何解释呢？

第八章 | 抉　择

1

3 月 21 日，春分。

阳春三月，草长莺飞。

林小砚站在半山腰，一身户外运动装扮。紫色冲锋衣，白色棒球帽，脚穿登山鞋，肩上背着登山包，把她娇小的身躯衬托得英姿飒爽。

漫山遍野的樱花开得轰轰烈烈，如敲锣打鼓，声震山谷。

“哇，好美的樱花！”林小砚兴奋得手舞足蹈，从登山包里拿出手机和自拍杆，不断变换角度，对着自己一阵乱拍。

“没想到樱花是这样子的，我还以为和桃花差不多。”江枫恍然大悟的样子。

“你连樱花都不认识？”林小砚大感意外，“别使诈。”

“你这么聪明，我哪敢骗你。”江枫说，“我是花盲。”

“樱花柔美，叶片层层叠叠，叶缘弯弯曲曲，像女人的柔肠一样百转千回。”

“你比樱花更美！”江枫看着她说。

掉井岭位于东风市郊西面，海拔不到一千米，对于本地市民，却显得弥足珍贵。东风市地处平原，水网纵横，山却少得可怜。每到春天，来这里登山踏青的人络绎不绝。今天是星期六，天气晴好，山上游人如织。

连续攀登了两个多小时，林小砚已脸色苍白，两腿发软。

“真不行了，歇会儿再走吧。”林小砚两腿如灌铅，大口喘着粗气，用乞求的眼神看着江枫。依靠登山杖的支撑，她才能勉强站立，随着体力的消耗，刚开始的兴奋劲也没了。

“加油，快到山顶了，到了山顶再休息，那里景色更美。”一路上江枫都在为她加油鼓劲。

“又说快到山顶。你都说了好多遍了，到底哪句才是真的？”

“这次是真的。”

七八个学生模样的人有说有笑，步履轻盈地从林小砚身后超了上去，林小砚抬头看了看前面陡峭的山路，咬咬牙又迈动了双腿。这条上山的路线，完全是前赴后继的登山爱好者用脚踩出来的，蜿蜒而上，一直延伸到密林深处。全程都是羊肠小道，对面来人必须侧身让开才能过去，脚下是泥巴路，要防止打滑，还要时刻提防头顶的树枝。

半个小时后，终于看到一块巨石，上面刻着“掉井岭”三个红色大字。林小砚扔掉登山杖，背靠着巨石，拿出手机对准自己。

“好开心，又征服了一座山头！”

“一只蚂蚁爬上了你的头顶，你能说它征服了人类吗？”江枫冷不丁冒出一句。

林小砚摇头：“不能。”

江枫笑道：“有的人爬上一个小山包，就大言不惭地说征服了大自然，真可笑。”

“好啊，你敢笑话我！”绕了一大圈，林小砚才发现上当，柳眉倒竖。

“我的意思是说，大自然岂是那么容易征服的？”

“那应该怎么说？”林小砚一脸不服气。

“不是我们征服了大自然，是大自然放过了我们。”

“好吧，算你对了。”林小砚没心思跟他斗嘴，伸出剪刀手，嘟起嘴，连续按动快门。

山风吹拂，送来阵阵花香和青草的味道，温柔地拂过脸颊，让人想起小时候妈妈的手。此时此刻，沐浴在浩荡的春风里，让人觉得上山时所有的艰苦付出都是值得的。

林小砚摘下棒球帽，迎风而立，情不自禁张开双臂大声朗诵起来：“树在，山在，大地在，岁月在，我在。你还要怎样更好的世界？”

“我突然觉得你入错行了。”江枫笑道。

“什么？”林小砚扭头看他。

“其实你应该当作家。”

“你怎么知道？”林小砚眼睛睁得大大的，一脸的不可思议，“其实我有两个梦想，除了当洒水车司机，就是当一名作家。如果你敢欺负我，我就把你写进我的小说里，让你遗臭万年。”

“别，千万别，借我一千个胆子都不敢。”江枫赶紧求饶。

“哼，这还差不多。”林小砚摆出胜利者的姿态。

两人找了个视野开阔的位置，拿出防水垫铺在草地上，席地而坐。

林小砚从登山包里拿出水壶，喝了口水，顿觉通体凉爽。她指着石头上的三个大字说：“掉井岭，这个名字好奇怪，是掉到井里的意思吗？明明是一座山，干吗起个峡谷的名字？听名字像是一个坑。”

江枫被她逗笑了：“当记者的想象力就是丰富，不愧是编故事的高手。”

林小砚白了他一眼：“难道我猜得不对？”

“你肯定猜不到。”江枫说，“这座山原来叫吊颈岭，上吊的‘吊’，颈椎的‘颈’，就是上吊自杀的意思。”他边说边用双手比画，做了个套脖子上吊的动作，然后两眼翻白，舌头吐出一大截。

“咦，干吗取这么吓人的名字？”林小砚顿时觉得全身鸡皮疙瘩都起来了。

“这个名字说起来还有一段来历。”江枫说，“我去年听一个老作家讲的，不知道是真是假。”

“说来听听。”听说有故事可听，林小砚兴致大增。

江枫说：“话说在民国初年时，附近有个姓周的商人，在山上办了个茶厂，起初生意红火，就借了许多钱扩大规模，几年后茶厂经营不善倒闭了。商人借的都是父老乡亲的钱，无力偿还，他觉得无颜再见父老乡亲，在一个月黑风高的晚上，就跑到这里上吊自杀了。这件事情在当时很轰动，附近十里八乡没有不知道的，久而久之，人们就把这个山头称为吊颈岭了。”

林小砚换了个坐姿，双手抱膝，歪着头问：“那为什么又改了名字呢？”

江枫喝了口水：“改名是十几年前的事，当地政府要发展旅游，考虑到‘吊颈岭’这个名字太恐怖，也不大吉利，于是取谐音改为‘掉井岭’。音没变，意思却完全不同了。”

林小砚说：“还是原来的名字好，一听就知道有故事，很吸引人。别的景区为了吸引眼球，不惜花高价请人写故事编传说。这帮官员倒好，有现成的好故事不用，真可惜。”

江枫把目光转向远方，若有所思。“很多事情都是这样，当你决定做一件事的时候，自以为无比正确，实际上可能错得离谱。”江枫想起死去的雷仁，原以为他就是杀人凶手，没想到全错了。

“最讨厌你们这些当警察的，说起话来云山雾罩，似是而非，就没一句明白话。”林小砚刚才被江枫揶揄，终于逮到机会反击。

江枫说：“警察要以事实为依据，以法律为准绳，没查证属实的事，我们可不敢乱说，所以有时只能说半句话了。哪像你们当记者的，捕风捉影的事提起笔就敢写。写错了也不用负责，反正也没人敢惹你们。”

“我想换掉这个倒霉的工作。”林小砚像是被触动了心事。

“跟你开玩笑呢，你还当真了？”江枫慌忙解释。

“我真的想过。”

“你这种情况叫职业倦怠症，不奇怪，每天干同样的事，见同样的人，天长日久就会心生厌倦。”江枫安慰道。

“喜新厌旧恐怕是全人类的本性。”林小砚幽幽地说。

“是的。”江枫随口应道。

“那你将来看我看久了，是不是也会讨厌？”

“怎么可能？一辈子都看不够。”

江枫吓了一跳，仿佛站在悬崖边上悠然欣赏美景时，突然被人往外推了一把。好大一个坑，险些就掉进去了，江枫暗自庆幸。他研究犯罪心理这么多年，自信洞察人心，却永远搞不清女人心里到底想什么，不知道她们的思维是如何运行的。

林小砚抿嘴一笑：“就算是假话，我也爱听。”

“你今天约我出来，就是想知道我会不会讨厌你？”江枫把话题又抛了回去。

“不是。”林小砚说，“昨天社里发了正式通知，要公开竞聘新闻中心主任，明天开始报名。想请男神给我拿主意，我要不要报名？”

“报，为什么不报？”江枫说，“为了这个机会你都准备这么久了。”

“可是我现在还在取保候审，法律意义上还是犯罪嫌疑人，资格审查首先就通不过。”林小砚脸上露出深深的忧虑。

“什么时候进行资格审查？”江枫问。

“报名期限是半个月，报名截止后统一进行资格审查。”

“还有半个月时间，来得及。”江枫顿了顿，“你先报名，做好竞聘准备，到了资格审查时，案子可能就破了。抓到真凶，你的嫌疑就洗清了，自然可以通过资格审查。”

林小砚伤感起来：“你不用安慰我，谁叫我命苦，摊上这种破事，我认命，任何结果都能接受。”

“还没到最后一刻，干吗要放弃？我不同意。”

林小砚扑哧笑了：“行，听你的。我的男神不同意，我就不同意。”

“这就对了，凡事多往好处想，就会越来越好。”

林小砚单手托住下巴，痴痴地望着江枫：“知道我最喜欢你身上哪一点吗？”

江枫眼睛一亮：“快告诉我。”

“你总是那么乐观自信，永不言弃。”

江枫抓住她的手：“小砚，我向你保证，半个月内一定破案，还你清白。”

林小砚娇嗔道：“好啦，别弄得这么悲壮，我的男神压力太大，本姑娘会心疼的。”

“案子已经有了重大进展，相信离破案不远了。”江枫目光坚毅。

“真的？”林小砚黯淡的眼神一下又明亮起来。

“刘红落网了。”江枫把抓获刘红和老虎卵的经过，以及他们的供词大致说了一遍。最后他说：“雷仁不是杀人凶手，他没有作案时间，这一点已确凿无疑。”

林小砚的眼神再次黯淡下去：“查不出杀死李莉芳的凶手，我的嫌疑恐怕永远洗不清了。”老虎卵的供述，对她来说，实在是一个坏消息。

江枫说：“虽然雷仁不是杀人凶手，但是我们离真相更近了。”

“这么自信？”林小砚并不掩饰内心的失望，“你们查来查去，最后发现雷仁与李莉芳的死毫无瓜葛。我真心觉得，你们离真相越来越远了。”

“雷仁的死与李莉芳被杀其实有极大的关联。”

“有什么关联？”

江枫正在考虑该从哪里说起，肚子很合时宜地咕咕作响起来，他撸起袖子看了下手表，时间已过了中午12点。“肚子有点饿了，先吃东西吧，吃饱了再告诉你。”江枫说。

江枫打开登山包，拿出野炊垫铺开，捡了几块小石头，压住四个角。林小砚的包里装的全是吃的，水果、面包、饼干、巧克力、鸭脖子、凤爪、卤蛋……像摆地摊似的，各种零食，应有尽有。

江枫对零食没什么兴趣，随便吃了几块面包，林小砚却吃得津津有味。

“刚才你说，雷仁的死与李莉芳被杀有关？”林小砚啃着鸭脖问。

“还记得雷仁的遗言吗？”江枫说。

“大概意思还记得。”

江枫拿出手机，调出那个短信给林小砚看：

“李莉芳是我杀的，一命还一命，孩子是无辜的，照顾好子慧。雷仁绝笔。”

“雷仁明明没有谋杀李莉芳，却在遗言中承认自己杀了她。”江枫直视林小砚，“你不觉得奇怪吗？”

“是很奇怪。”林小砚不自觉地点头。

“如果遗言不是雷仁的真实本意，或者根本就不是雷仁写的，这就说得通了。”

“短信的确是从雷仁的手机里发出来的，这一点你们早就查实了。”

“没错。”江枫说，“短信是从雷仁的手机里发出来的，不等于就是雷仁亲手写的，有可能是别人代写的，或者是在受到诱骗或威胁的情况下写的。”

“我被你绕晕了。”林小砚一脸茫然。

“听我分析你就明白了。”江枫站起来说，“如果我没猜错的话，当时的情况有两种可能：一是雷仁从楼顶坠落之后，有人用他的手机写了这条短信，发给了死者的母亲韩秀英；二是雷仁在楼顶上遭到胁迫或被人诱骗，写了这条短信。”

“这又能说明什么？”林小砚问。

“在雷仁坠楼时，楼顶上至少还有一个人！”

“谁？”

“我不知道他是谁。”江枫摇了摇了头，“姑且叫他‘神秘人’吧。”

“神秘人？”林小砚左脸一个大大的问号，右脸一个惊叹号。

江枫说出了自己的想法：“如果雷仁是跳楼自杀，或意外坠楼死亡，作为目击证人，按照常理，这个神秘人应该第一时间打电话报警才对。但是此人没有报警，而是用雷仁的手机发了一条短信，伪造遗言。所以，雷仁不是自杀，也不是意外坠楼，而是死于他杀。杀死雷仁的凶手，就是这个神秘人。”

江枫喝了口水，继续说道：“神秘人和雷仁在楼顶见面时，趁其不备，将雷仁推下楼顶。发完短信后，他把手机扔到楼下，悄悄离开现场。

伪造遗言，就是为了制造雷仁畏罪自杀的假象，迷惑警方。”

“这个神秘人会是谁？”林小砚不禁倒吸一口凉气，完全没料到，雷仁的死因竟然会如此离奇。

“如果我知道他是谁，今天就没时间陪你登山了。”江枫笑道，“不过，现在已经可以把这个人框在很小的范围内了。深更半夜能和雷仁在偏僻的楼顶见面，陌生人巧遇的可能性微乎其微，他们应该是事先约好时间地点才见面的。能趁雷仁不备，将他推下楼，说明雷仁对此人毫无防范。这两点都指向同一个方向：雷仁是被熟人推下楼摔死的！”

“此人为什么要杀雷仁？”林小砚又冒出一个问题。

“如果能解开这个谜，案子就破了。”江枫向前走出几步，抱起胳膊，凝视远方。这个神秘人为何要置雷仁于死地，动机是什么？财杀、情杀、还是仇杀？会不会跟贩毒案有关，刘红值得信任吗？

此人究竟是何方神圣？有一点是可以肯定的，不管此人是谁，都是从未遇到过的强大对手。江枫感觉自己就像趴在玻璃窗上的一只苍蝇，明明看见前途一片光明，却怎么也冲不出去。

气氛变得有些沉闷，林小砚站了起来：“不说这些了，怪瘆人的，弄得我食欲全无。难得出来，别辜负了良辰美景。”

天空湛蓝，明媚的阳光透过斑驳的树叶，洒在江枫宽阔的肩膀上，仿佛镀上了一层金光。

林小砚喃喃自语道：“只要我闭上眼睛，就仿佛还能看到你站在那里，沐浴着黎明的曙光。”

这是电影《一天》里的经典台词，江枫当然知道，转身朝她笑道：“可惜现在不是黎明，过不了多久天就黑了。”

“没情调。”林小砚佯嗔，“多美的景色，从你嘴里出来就变了味，大煞风景。”

林小砚迎风伫立，风吹乱她的长发。江枫从背后环住她的腰，对着她的耳朵呢喃道：“小砚，不管外面的风景有多美，你永远是我的女神艾玛。

我要让你天天快乐，绝不准任何人伤害你。”

林小砚转过身，点着他的鼻子说：“我要你保证，不许做德克斯特。”

“我保证！”江枫抱紧了她。德克斯特和艾玛是《一天》里的男女主角，艾玛爱他爱得发狂，德克斯特偏偏是个“花心大萝卜”，处处留情，伤透了艾玛的心。

“时间不早了，该下山了。”江枫提议。

“好吧。”林小砚恋恋不舍道。

二人收拾装备，继续往前走，看到一个分岔路口，按照简易路牌的指示找到下山的路。还是羊肠小道，依然崎岖难行，却比上山时要轻松得多。对面有人从下往上爬，隔五六米远就能听到对方粗重的呼吸。

不到五点，他们就到了山脚下。

从树林中出来，还要走一段下坡路，但已变成了平坦的水泥路。马路上有成群结队的游人，都是刚从山上下来的，一个个有气无力，歪歪斜斜、摇摇晃晃地走着，像失去灵魂的丧尸。有的把上衣解开，有的把外套脱下系在腰间，几个人走着走着，就倒在路边的草丛中不肯起来了，仿佛刚打了败仗从战场上逃出来的散兵游勇。

林小砚的状况也不乐观，冲锋衣拉链敞开着，衣衫不整，满头大汗，头发也乱了。江枫看了看她，不知想到了什么，突然大笑起来。

“什么事这么好笑？”林小砚莫名其妙地问。

“瞧咱俩这副德行，像不像刚从山上偷完情下来？”江枫一脸坏笑。

“去，有色心没色胆！”林小砚推了他一掌。

江枫不敢接话，赶紧闭嘴，拉着她的手闷声向前走。

远处，一个年轻的交警站在路口指挥车辆。林小砚突然挣脱江枫的手，一路小跑到交警跟前，塞给他一瓶水：“警察大哥，辛苦啦！”

“不辛苦，应该的，应该的。”年轻警察慌忙立正敬礼，一副受宠若惊的样子。

江枫立在原地，远远地看着，等她回来，问道：“遇到熟人了？”

“我不认识他。”林小砚说。

“哦。”这回轮到江枫莫名其妙。

“现在只要一看到街上穿警服的，我的心就会忍不住狂跳起来。”

“哎，都怪我。”江枫一脸自责，扶着她的肩膀说，“小砚，你没干过坏事，不用怕警察，可能还是那件事对你造成了心理创伤，哪天有空我陪你去看心理医生吧。”

“不怪你怪谁，我真要是疯了，你要负全部责任！”林小砚凝视他的眼睛，“江枫，你知道吗？自从那天晚上喝醉被你抱过之后，第二天醒来，我忽然觉得全世界的警察都特别可爱，看见街上穿警服的就想上去抱抱。以前我怎么也想不通，为什么有人会爱屋及乌，现在我能理解了，原来真有这回事。”

江枫将她揽入怀中：“除了我谁都不准抱。”

穿过第二个十字路口，往左拐，再走几十米，就到了停车场。那辆深灰色思域静静地守在原地，等候主人的召唤。江枫走到车旁，按动遥控钥匙，车灯闪烁三下。车门打开，两人上了车。

晚霞把天空烧得通红，思域欢快地奔驰在宽阔的柏油马路上。夕阳西下，远山含黛，青瓦白墙的民房点缀大地，错落有致。公路两边是大片大片的油菜花，黄澄澄的，随风摇曳。江枫把车窗和天窗全部打开，呼呼的风灌进来，送来醉人的花香。

江枫打开了音乐，琴声悠悠，如山间清泉蜿蜒流淌。清澈的男声，有淡淡的伤感，是鹿先森乐队的《春风十里》：

我在二环路的里边想着你

你在远方的山上春风十里

今天的风吹向你下了雨

我说所有的酒都不如你

……

进入市区，思域也变得没了脾气，跟随车队蜗行。

前面的路越开越无聊，江枫不自觉又想起天台上的神秘人。也许，从一开始，自己就被这个人牵着鼻子走，掉进了一个巨大的圈套。一个念头猛地闪现：杀死李莉芳和雷仁的人，会不会是同一个凶手？

目光重新聚焦到路面时，江枫突然发现前面红灯亮起，一脚急刹，车头猛地沉了一下，前轮几乎压线。

坐在副驾驶座的林小砚毫无防备，由于惯性作用身体往前冲，额头差点磕到前面的挡风玻璃。她双手撑在中控台上，发出一声惊呼："发生什么事了？"

"对不起，刚才有点走神。"江枫扭头看她，脸上带着歉意。

"开车别想事情，别让我担心，好吗？"

"好。"江枫笑笑，"范永胜你认识吗？"他还在分神。

"你是问范院长？"

"是的。"

"以前在我爸的办公室碰见过几次，印象不是很深。"林小砚若有所思，"咦，怎么突然问起范院长，跟这个案子有关系吗？"

"没，我一个同学的车和他的奥迪剐蹭了一下，已经调解了。"红色的数字信号变为零，绿灯亮起，江枫平视前方，脚尖轻点油门，思域轻快地穿过十字路口。

江枫把林小砚送到小区楼下。

"祝男神早日破案。"林小砚向他挥手再见。

"快了。"江枫露出自信的微笑，嘴角略歪。

"先说好，破了案必须给我独家消息。"

"没问题。"

话说完了，林小砚站着没动，似乎在等待什么。江枫看看左右没人，冲上去在她脸上亲了一口，然后迅速打开车门钻了进去，像一个熟练的小偷。

回到家里，江枫痛痛快快地洗了个热水澡。照例先看《熊出没》，他向往那片宁静祥和的东北原始森林。那里空气清新，鲜花盛开，草木葳蕤。虽然冲突不断，却无性命之忧，永远不会发生凶杀案，每个人都很快乐。

接下来是阅读时间，霍金的《时间简史》。这本书断断续续读了快半个月，虽然难啃，却不想轻易放弃。江枫始终谨记曾国藩的读书心法："一书不尽，不读新书。"他翻到折角的那一页，第10章"虫洞和时间旅行"：

"你坐在这台机器里，它发射升空，加速到接近于光速，继续一段时间，然后返回……当你步出，你将发现在地球上流逝的时间比你度过的更久。你已经旅行到未来。但是你能返回过去吗？"

广义相对论、时空弯曲、黑洞、虫洞……江枫看得云山雾罩，似懂非懂，却饶有趣味，仿佛走进了浩瀚深邃的外太空。

合上书本，时间已接近11点。江枫拿过挎包，想拿手机出来充电，拉开拉链，发现上午给母亲买的新手机还在包里。那是一部红色的老年手机，字体大，声音洪亮，里面还有母亲喜欢的采茶戏和广场舞。

母亲这时已经睡了，明天早上再给她吧，江枫心里想，顺手把老年手机压在书本上。

熄了灯，躺在床上，脑子却停不下来。可能是白天陪林小砚登山太兴奋，也有可能是刚才看书看得过于投入，江枫越分析原因越无法入睡。思绪已不受控制，模模糊糊的画面在脑海里快速闪动，像过电影一样，一个斯大林式的大背头突然跳了出来。

2

江枫决定再去找韩秀英。以前可能忽视了某些东西，李莉芳年轻时的社会关系并不十分清楚，她以前有没有跟什么特别的人交往过，现在并不是很清楚。

韩秀英家住在乡下，从分局开车过去大约一个多小时车程。出城之后，路况越来越差。上半年雨水多，原本就坑坑洼洼的路面，被雨水长时间浸泡后更加难走。离城市越远，路上的车辆就越少，一辆蓝色小货车不紧不慢地跟在后面，让江枫觉得自己还没有被文明世界遗弃。

一个多小时后，走进一条山路，四周杳无人烟，江枫才意识到迷路了，可能是前面那条岔道走错了。他把车停下，打开手机查地图，却发现手机没信号。他努力回忆刚才走过的路，继续往前开了约一公里，找到一个可以调头的地方，原路返回。

回头的路上，江枫有点奇怪，怎么会迷路？

半个小时后，江枫终于确定走在正确的路上。前面有个大坑，江枫减慢车速，全神贯注盯着路面，准备过坑。思域底盘不高，容易托底，他必须小心翼翼。正在此时，身后突然传来“砰”的一声巨响，汽车完全失控，猛地向前蹿出十多米，横在了马路上。

追尾了！江枫立即反应过来，不用问，肯定是后面的蓝色小货车司机开小差了。

安全带瞬间锁止，把江枫的身体牢牢勒住。他摸了摸安全带，又看了看自己身上，还好没受伤，车子肯定伤得不轻。江枫不禁心疼起来，伸手去解开安全带锁扣，打算下车查看。江枫瞥了一眼反光镜，发现蓝色小货车正在缓缓向后倒车。

他想逃逸？江枫脑子里刚闪过这个念头，就看到蓝色小货车停住了，突然加速向前，朝自己猛冲过来。江枫的左手食指已勾住车门把手，想打开车门下车，却来不及了。

又是一声巨响。

第二次撞击是致命的，这次是从车身腰部横撞过来，思域被顶出几十米远，连续翻滚后，落在马路边的旱地里，四轮朝上。

一阵天旋地转之后，江枫试图爬出驾驶室时，马上就绝望了，腹部和小腿被变形的方向盘死死顶住，一寸都挪不动。他感觉到肋骨断了好几根，但不觉得痛，想呼救却张不开嘴。

意识还非常清醒。

江枫听到急促的脚步声，有人正在向自己靠近。一个斯大林式的大背头探进来，头发往后梳，根根如铁丝。那双小眼睛，还有那张笑容可掬的脸太熟悉了，分明是范永胜。

“江警官，敬酒不吃非要吃罚酒，我叫你不要再调查，为什么不听我劝？”范永胜笑眯眯地说。

江枫说不出话，只能怒目而视，狠狠盯着那张狰狞的面孔。

范永胜掏出芝宝打火机，点着一根烟：“我知道你很愤怒，可是生气也没用。此地离最近的医院至少有一个小时车程，等过路的人发现你时，你已经因失血过多而死。这个鸟不拉屎的地方真他妈好，过路的人少，又没有监控，等你的同事们赶来，会发现又是一起交通肇事逃逸案。”

江枫有些后悔，早应该想到范永胜的，可是为时已晚。鲜红的血，从他的腹部汩汩地流出来，衣服染红了一大片。江枫感到身体正在被掏空，可能随时会昏过去。

“对了，你的手机我必须暂时替你保管一下。在你临死之前，如果给你的同事打个电话，那就前功尽弃了，我岂不是要坐穿牢底？袭警的罪名可不小。”范永胜蹲下，把手伸进他的上衣口袋，摸出一部智能手机，然后站起来，用力甩出老远。

“再见，江警官！”范永胜拍拍身上的灰尘，向蓝色小货车走去。

江枫听到货车关门的声音，接着是引擎发动声，挂挡、起步、加速，声音渐渐远去。

那个棕色小挎包还在，伸手刚好够得着，江枫从包里翻出一部红色老年手机。手机是昨天新买的，早上出门又忘了给母亲，号码是新的，内含五十元话费。他说不出话，手指还能动，立即给王三牛发短信。

字体很大，字迹却越来越模糊，周围的空间开始扭曲变形。江枫感到身体在旋转，慢慢下坠，底下是无边无际的黑洞。他用残存的意识拼命告诉自己，千万不能昏迷，再坚持一分钟，就能把短信发出去。

只需要一分钟……

再次睁开眼睛，江枫发现自己躺在医院的病房里，身上插满了各种透明的塑料管子，鼻腔里充满消毒水的味道。他试图活动手脚，却根本动弹不了。

“谢天谢地！江枫，你总算醒了。”林小砚站在床沿上，脸上露出惊喜，眼角还挂着泪痕。

“老大，我就知道你八字硬，哪有那么容易就挂了。”王三牛凑到床前，依然是一副不正经的样子。

“一张臭嘴，王三牛，你他妈的会不会说话，快给老子滚开！”突然听到打雷般的吼声，江枫觉得分外亲切，分明是光头强。

江枫嚅动嘴唇，喉结滚动了几下，却发不出声音。

“江枫，别说话，我知道你想说什么。你已经昏迷了三天三夜，是林院长亲自给你动的手术。”万志强突然意识到自己声音太大，马上把声音压低，“范永胜已经落网，全部招供了。李莉芳是他杀的，雷仁也是他杀的。他先杀死李莉芳，再制造车祸假象，嫁祸于人。案情已彻底查清了，林小砚是清白无辜的，她也是本案的受害者，我们已经对她解除了取保候审。”

“你肯定想知道雷仁为什么会被杀。雷仁是杀害李莉芳的同谋，为了独吞房产，他和范永胜共同实施了谋杀。雷仁这个无赖，后来又想以此敲诈范永胜，却被范永胜骗到楼顶，从楼顶上被推下来摔死。他妈的，范永胜这个人渣太凶残了，他发现你开始怀疑他，竟然对你先下了毒手。江枫，你现在的任务就是好好养伤，不把伤给我养好，看老子怎么收拾你。”说到后面，万志强竟哽咽起来，偏又想挤出笑容，那模样真够滑稽。

江枫很想对他说“你笑比哭还难看”。真想不到，这个脾气火爆的老上司，居然也有如此柔软的一面。谜底终于被揭开，真凶归案，小砚的嫌疑也洗清了，自己的努力总算没有白费，他感到一阵欣慰。

“大家都出去吧，江枫现在还很虚弱，需要休息。”

江枫听出来这是林建国的声音，心里踏实多了。他无法预料未来会怎样，也许会康复，也许会落下终身残疾，甚至危险期还没过。只要能找出真相，无论付出什么代价，他觉得都是值得的。

母亲，母亲来了没有？突然想起母亲，江枫的心仿佛被什么狠狠地揪了一下，他想起了李东平烈士的母亲。倘若自己有个三长两短，母亲一个人怎么过？

江枫感到眼皮越来越沉重，努力想睁开眼睛，却提不起半点力气，仿佛有一块千斤巨石压在胸口，连呼吸都变得很困难。

“儿子，醒醒，快醒醒！”朦胧中他似乎听到母亲的呼唤，迷迷糊糊又感到有人在摇晃自己的肩膀。

江枫猛地翻身坐起，发现自己坐在卧室的床上。明晃晃的阳光穿过落地窗，蹑手蹑脚地爬上了床头，那本《时间简史》静静地躺在床头柜上，上面压着一部红色老年手机，在阳光照射下发出耀眼的光泽。

母亲坐在床沿上，拉着他的手，柔软的目光中溢满了怜爱。

“儿子，你刚才做噩梦了。”

“哦。”江枫大口喘着气，发现全身都湿透了。

“是不是工作压力太大？”

“妈，我给你买了部新手机。”江枫拿起床头柜上的手机。

“傻儿子，我要那么多手机干什么，一天也没几个电话。”

“里面有采茶戏，还有广场舞。”

“哦，还有这么多功能？”

“开机试试。”

“别老是转移话题。跟你说过多少次了，公安局又不是我们家开的，干活别太卖命，老实人吃亏。”母亲还是放心不下。

“妈——我真的没事。”

母亲轻轻地敲了下他的脑袋：“还说没事，你看你，这两个月都瘦成什么样子了……”

江枫不再反驳，默默地听母亲唠叨，像欣赏古典音乐。

他觉得这是世界上最美妙的声音。

纤细的手指夹着细长的香烟，黄色的过滤嘴送进嘴里。刘红深吸一口，双目微闭，然后睁开，朱唇微启，徐徐吐出一团白色烟雾。即使戴着手铐，刘红抽烟的姿势依然优雅，从容不迫，仿佛在品一杯红酒。

看守所提审室，隔着黑色的铁栏杆，江枫静静地看着刘红吞云吐雾，不由得暗自惋惜。上天待她不薄，给了她一张漂亮的脸，可惜被她浪费了。

江枫对这次提审并未抱任何希望。李莉芳死了，雷仁也死了，与这个案子最密切的只有刘红，只好“死马当活马医”了。耐心地等她抽完一根烟，江枫才开口：“在里面过得还习惯吧？”

刘红苦笑：“不习惯又能怎样？”再次见到江枫，她的心情很好。犯人一旦被关进号子，立刻与世隔绝，最盼望的就是警察来提审，这是他们获得外界信息的唯一渠道。

“缺什么生活用品可以跟我说，我尽量办到。”

“不缺了，谢谢！”

“那就好。”

“警官，像我这种情况，会判几年？”

“现在不好说，警察只负责调查取证，定罪量刑是法官的职责，要等法院开庭审判才知道。”几乎每一个刚关进来的犯人都会问这种问题，江枫不用经过脑子就能回答，答案是标准化的。

“以你的办案经验，你估计我会判几年？”刘红还不死心，急于想知道自己未来的命运。

“不好估计。如果你能主动检举揭发警方尚未掌握的情况，经查证属实，就可以认定为立功情节，我们会向法官申请，依法对你从轻或减轻处罚。”这个也是标准化答案。

“我知道的都说了，没什么可检举的。”刘红有些失望，低头看手指。

“雷仁是什么时候知道李莉芳死了的？”江枫问。

“李莉芳死的第二天，雷仁就知道了，是李莉芳的母亲打电话告诉他的。接电话时，雷仁正好和我在一起。”

“雷仁当时什么反应？”

“他很高兴，说老天爷帮忙，谢天谢地。”

“人渣！”江枫在心里骂了一句。

江枫又问：“你们为什么要突然躲起来？”

“雷仁说，警察已经开始怀疑我们了，迟早要查到我们贩毒的事，所以要赶紧逃走。”

“你们逃到哪去了？”

“我们不敢住酒店，租了一间民房，一直住在那里。”

“你最后一次见到雷仁是什么时间？”

“1 月 23 日晚上。”

“他去了哪里？”

“不知道。”

“出门前雷仁跟你说过什么吗？”

“那天他回家去拿换洗衣服，回来告诉我说，他在家里找到一件宝贝，能换很多钱，一拿到钱，明天就带我远走高飞。”

“什么宝贝？”江枫眼前一亮。

“我也很想知道。”刘红凄然一笑，“我问了，他不肯说，叫我什么都别问，收拾好衣物准备明天走。我太天真了，真以为他会带我走，没想到他扔下我一个人跑了。”

“为什么不早说？”江枫问。

“你没问，我怎么说？”

“知道雷仁现在在哪里吗？”

“这个没良心的，天知道他死哪去了，最好出门被车撞死。”刘红恨恨地说道。

江枫拿出一张一寸的小照片：“这个人见过吗？”照片上是一个中年

男子的头像，留着斯大林式的大背头，特征很明显。

刘红接过照片看了一眼，摇头道："没见过。"

"别急，你再仔细看看。"

"不用看了，我从没见过这个人。"

江枫很不甘心地把照片收回来："雷仁说找到了能换钱的宝贝，那你看见他出门时带了什么东西或包裹吗？"

"没有。"刘红说，"他只换了件外套，空着手出去的。"

"你觉得他会出去干什么？"

"应该是去见一个人吧。"刘红幽幽地说，"出门之前，我听到他打了一个电话。"

"见谁？"江枫身体前倾，目光灼灼。

"不知道。"

"雷仁在电话里说了什么？"

"他躲在卫生间打电话，听不清。"

"这个电话很重要，你立功的机会到了。"江枫又给她点上一根烟，以示奖励，"别急，你认真回想一下，哪怕是听到一两个字也行。"

刘红报以感激的眼神，贪婪地吸了几口烟，目光移向墙壁："我好像听到他叫对方'园长'还是什么的，也有可能是我听错了，不敢肯定。我哪知道他会一个人偷偷跑掉，就没留心去听。"

"园——长……园——长……"江枫反复咀嚼这两个字，忽然一个激灵，"院长？"

3

三月的细雨，绵绵无绝期。雨下了整夜，直到天亮才停。

江枫一大早就开车出门，一路上泥浆飞溅，他有点后悔昨天洗车。车子开到村口时，已全身“包浆”，连牌照都看不清了。车停在村口，江枫步行进村。

江枫突然造访，韩秀英颇感意外，却不再像前几次那么激动。韩秀英并未招呼江枫坐下，似乎希望他说完马上就走。

“警察同志，请你不要再来烦我了。”

“就几句话，说完我就走。”

“我女儿女婿都死了，事情已经过去了，还有什么好说的？”

“你不想知道你女儿是怎么死的吗？”

韩秀英愣了下，不说话。

江枫说：“我说出来，你可能会感到很突然，一时无法接受。但是无论如何，请你听我说完。”

韩秀英的态度稍有缓和：“你说吧。”

江枫说：“李莉芳并非死于车祸，而是被人注射过量胰岛素而死。你可能不知道胰岛素是什么，我现在也没时间细说，你只要相信我说的是事实就行。实际上，在车祸发生的六个小时之前，李莉芳已经死了。那天晚上交通事故是凶手故意伪造的，林院长的女儿也是被人陷害，在法医查明李莉芳的真实死因后，我们才把林小砚放了。”

即使已有心理准备，韩秀英还是觉得很突然，花了好几秒钟才把这些信息消化：“为什么不早说？”

“对不起！”江枫低头致歉，“那时候时机还不成熟，为了尽快查出凶手，不得已我们才对你保密的。”

“唉，都是我害了芳芳，当初我就不该同意她嫁给雷仁那个畜生。”韩秀英叹息道。

“李莉芳不是雷仁杀的。”江枫提醒。

“雷仁死前给我发过短信，他自己都承认了。”

“那条短信不是雷仁发的，很可能是别人用雷仁的手机发给你的。”

“什么？”韩秀英露出迷茫的眼神。

“案发当日，雷仁根本不在东风市，而是远在千里之外的深圳，他没有作案时间。关于这一点，我们已经掌握了足够的证据，你不必怀疑。”江枫顿了顿，“杀害李莉芳的是另一个人。”

“谁？”韩秀英尖声问道。

“目前还不知道，不过，我感觉快找出这个人了。”

“雷仁没有杀人，那他为什么要自杀？”韩秀英对这个答案明显感到失望。

“雷仁也是被人谋杀的，并非自杀。”

“啊！”

“我们怀疑，杀死李莉芳和雷仁的，应该是同一个人。”

“这个人是谁？”

“这就是我今天来找你的目的。”

“我知道凶手？”韩秀英指着自己反问道。

江枫没理会她的问题：“李莉芳生前和什么人结过仇吗？”

“这孩子从小就很乖，从不惹是生非，不会跟别人结仇。”

“那她是否跟什么人有过特殊关系？”

“特殊关系？”

“凡是有过债务关系、大额金钱来往，或者男女关系的都算，请你仔细回忆一下，这个问题很关键。”

“应该没有吧。”韩秀英迟疑道，“我想不起来。”

“凶手应为男性，职业可能是医生，或从事过医疗行业，会开车，与李莉芳有过特殊关系。而且，此人与李莉芳、雷仁都认识。”江枫进一步提醒。

“难道是他？”韩秀英情不自禁地用手捂了下嘴巴，突然意识到失态，马上又放下了。

“谁？”江枫直视她的眼睛。

“我不能说。”韩秀英躲开江枫的目光。

江枫拿出一张照片："是这个人吗？"

韩秀英沉默了，接过照片的手微微颤抖起来。照片上的人是范永胜。

"坐下说话吧。"韩秀英拉过一条长凳，叫江枫坐下。她捋了捋额前散乱的头发，十几年前的记忆缓缓复苏。

韩秀英育有一儿一女，女儿比儿子大两岁。儿子完全继承了丈夫的性格，懦弱无能，"八棍子打不出一个响屁"，她只好把全部希望寄托在女儿李莉芳身上。李莉芳果然不负众望，考上了卫校，毕业后被分到第二医院当了一名护士。对于当时的农村家庭，子女能通过读书进城工作，无疑是巨大的荣耀。那段时间，她感觉腰杆硬了不少，在村里走家串户的次数也多了起来。

"女人年轻就是资本，老了就没人要了。"每当李莉芳回家，韩秀英就苦口婆心，催促她赶紧谈对象。李莉芳性格外向，长相不错，韩秀英希望她能在城里找个好丈夫，将来自己老了也有个依靠，儿子是决计靠不住的。

一年后，李莉芳谈了一个对象。当她吞吞吐吐说出男方的身份时，韩秀英差点晕过去。这个男人就是范永胜，当时是科室主任，比李莉芳大二十一岁，还是有妇之夫。更要命的是，女儿肚子里还怀了人家的孩子。李莉芳说很喜欢这个男人，坚决要嫁给他，而且范永胜已经对她承诺，会与老婆离婚。

"你要嫁给他，我就死给你看！"韩秀英以死相逼。女儿要嫁给一个有老婆有孩子的二手老男人，一个比自己大一岁的男人将来要管自己叫妈，想到这里，她就觉得生不如死，似乎已经看到左邻右舍嘲笑的目光。这要是传出去，哪还有脸见人。

在母亲的威逼下，李莉芳悄悄打掉了孩子，与范永胜断绝来往。不久后，李莉芳开始与雷仁交往，当她第一次把雷仁带回家时，韩秀英虽然有点小小的失望，却没有反对。雷仁虽然个子小点，长得寒碜了点，起码人家有正式工作，有房子，比起那个比自己大一岁的男人强一万倍。

为了防止李莉芳与范永胜死灰复燃，韩秀英催促他们赶快结婚。结婚之后，韩秀英才发现这个女婿品行不端，还打老婆，女儿过得并不幸福。韩秀英后来猜测，李莉芳当时也许是跟自己赌气，才嫁给雷仁的。每次李莉芳向她哭诉，她总是劝女儿忍耐，看在孩子的分上，凑合过下去。事已至此，又能怎样呢？

说完这些，韩秀英已泪流满面，声音哽咽。

“李莉芳和范永胜之间的事，还有其他人知道吗？”江枫问。

“家丑不可外扬，这种事我们哪会对外宣扬。”韩秀英想了想说，“范永胜就更不会说出去，否则他当不上院长。”

“李莉芳后来与范永胜交往过吗？”江枫补充道，“我指的是男女方面的关系。”

“这我就不知道了，芳芳后来从没在我面前提起过他。”

“你提供的线索非常重要，不要告诉任何人。”江枫起身告辞。

“这个我懂。”韩秀英的眼神又凌厉起来，“如果真是他害死了我女儿，我要他偿命！”

“请放心，法律会公正处理的。”

回来的路上，江枫按下车窗，清冷的风灌进来，脑子顿时清醒了不少。那些零零散散的细节，渐渐连成一条线。

范永胜与李莉芳曾有过不伦之恋，可能多年后又恢复了地下关系，也许他们之间发生了不可调和的矛盾，以至于范永胜必须让她消失。于是，他用胰岛素杀死了李莉芳，然后制造一起“车祸”，转移视线。范永胜是医院院长，获取胰岛素不用吹灰之力，“车祸”的灵感，则来自于他与黄品源在钓鱼塘发生的那起小事故。

案发一个月后，雷仁潜回家中拿衣服，可能无意中发现了范永胜与李莉芳的秘密。他觉得发财的机会来了，想以此敲诈范永胜一笔钱，于是约范永胜在紫金苑小区楼顶见面。雷仁没拿到钱，反而被推下楼顶灭口。

当然，这一切都是假设，到目前为止，并未掌握直接证据。

午饭之前，江枫回到分局，马上把王三牛找来。有几个细节，江枫觉得还不是很清晰，需要再碰撞一下。

“宝贝，什么宝贝？”王三牛歪着头问。

“我也想知道。”江枫皱着眉说，“雷仁拿着这件宝贝半夜去见一个人，还说可以换很多钱，基本可以确定是去敲诈。”

“是很大的东西吗？”

“刘红说他是空手出门的，也没带包。”江枫说。

“说不定是纸条或者照片之类的小东西，塞在衣服口袋里就可以带走。”

江枫眼前一亮：“如果是这两种东西，说不定李莉芳家里还存有备份或复制品，以雷仁狡猾的性格，肯定会多留一手的。”

“对，我觉得应该立即对李莉芳家进行搜查。”王三牛说。

“别急。”江枫挥手打断，“李莉芳被害的现场才是最关键的，找不到第一现场，我们还是在外围敲敲边鼓。”真相呼之欲出，江枫反而更加冷静了。

“这还不简单，把姓范的抓起来一审，不就知道了。”王三牛加快语速道。

“你现在凭什么抓人？就算把他抓起来，他不交代怎么办？”江枫连珠炮似的发问，王三牛顿时哑口无言。

江枫抱着胳膊在办公室来回走动：“注射胰岛素杀人，这个过程不会太短，还要把尸体运出去。王三牛，如果是你来作案，会选什么样的地方？”

王三牛想了想，说：“人多眼杂的地方不好办事，起码要有一个独门独院的房子吧？”

江枫点头：“符合这种条件的，要么是高级别墅，要么就是农民自建房。”

“出租房！”二人几乎同时脱口而出。

市区的城中村有很多这样的出租房。如果范永胜与李莉芳还保持地下情的话，在市内租房的可能性是很大的。当然，如果范永胜拥有独栋别墅的话，也应重点排查。

江枫马上做了两项安排：王三牛去查全市出租房登记资料，以李莉芳和范永胜的名字搜索，看二人近期有没有租房记录，同时查询范永胜名下的房产情况；江枫自己打报告去申请搜查证，准备对李莉芳家进行搜查。

晚上10点，江枫申请的搜查证批下来了。王三牛也带来了好消息：李莉芳一年前曾租过房子，地址是刘家庄157号；范永胜名下虽然有多处房产，但是并无别墅。重点是出租房！

“事不宜迟，我们分头行动，你去刘家庄查出租屋，我去李莉芳家搜查。保持联系！”江枫对王三牛吩咐完毕，抓起车钥匙，快步走出门外。

刘家庄是个老旧的城中村，离第二医院不到一公里路程。

村子很大，各种年代的房子都有，建得杂乱无章，完全没有方向感。王三牛在里面转了好几圈，找到了157号。这是一幢一层楼的砖瓦房，上世纪八十年代的建筑风格。门前有一个独立的大院子，用红砖砌成的围墙围起来，从外面能看到两棵柚子树。院墙有铁门，上面挂着铜锁，王三牛沿着围墙绕到西北角，爬上围墙，再顺着柚子树滑下去。

天上没有月光，院内漆黑寂静，只有风吹动树叶的声音。突然传来一声怪叫，像婴儿的啼哭声，王三牛吓了一跳，一只野猫从他脚下迅速穿过。王三牛定了定神，拔出手枪，推弹上膛，高抬腿轻落地，猫着腰向大门接近。

王三牛右手举枪，屏气凝息，侧着身体贴在墙上，伸出左手轻轻敲门，没有动静。又敲了几下，里面依然没有动静。他看了看门口的地形，后退几步，深吸一口气，对着木门猛冲上去，一个正蹬腿。

这一脚运足了力气，“砰”的一声，木门被踹开。

枪口指着房内，里面伸手不见五指，一股潮湿的霉味钻入鼻孔。

王三牛摸出打火机，打着火，找到墙壁上的开关，把灯打开。环视四周，确认室内没人，他才松了口气，把手枪插进枪套。

进门就是厅堂，空荡荡的，左右两侧各有一间厢房。右边厢房是杂物间，他再来到左侧那间，房间大约有二十平方米，地面铺了红色地砖。室内陈设很简单，一张双人床，床上的被子叠得整整齐齐，一张旧木桌，几个红色塑料凳子。桌子上摆着一台电视机，一个不锈钢电热水壶，插头还插在墙壁上的插座上。

桌上有一个一次性纸杯，王三牛走上去。纸杯里有小半杯水，已变成深褐色，残留的茶叶上长出了白色的绒毛。桌面上蒙着厚厚的一层灰，他用手指在桌角轻轻刮了一下，立刻现出一条清晰的指印。这里很长时间没人来过了。

继续搜索，地上有一个蓝色的塑料垃圾桶，王三牛在垃圾桶前蹲下，里面空空如也，似乎被人清理过。王三牛趴在地上，打开手机电筒，往床底下看，发现一个蓝色的小玻璃瓶。伸手够不着，他找到一把扫帚，用扫帚棍把小玻璃瓶拨弄出来。他小心地捏起那个小玻璃瓶，对着灯光观察，淡蓝色的标签写着六个字——胰岛素注射液。

江枫在去李莉芳家的路上，顺便把“急开锁”的老李带上了车。老李已帮江枫开过几次锁了，算是老合作伙伴。老李知道规矩，从不打听案情，他拿出开锁工具，在锁孔里轻轻捅了几下，就听到“咔嗒”一声，锁开了。

江枫叫老李打车先回去，自己推门进去。

李莉芳家是一套两室两厅的房子。江枫打开灯，直奔主卧室，打开衣柜，一件一件衣服搜。雷仁是因为回家拿衣服，才无意中找到那件“宝贝”的，江枫猜测，“宝贝”很可能就藏在衣柜里。

江枫把每一件衣服的口袋都搜遍了，却一无所获，只好扩大搜索范围。他搜遍了屋内所有的抽屉和柜子，连卫生间的马桶盖都打开了，依然没有收获。

“宝贝”会藏在哪呢？江枫坐在客厅的沙发上，目光落在墙角那台亮银色冰箱上。江枫向冰箱走去，当他拉开冷冻箱第二个抽屉时，看到了一个牛皮纸信封！

江枫拿起信封，摸到一个硬邦邦的小物体，倒出来，是一个银色U盘。U盘为什么要放在冰箱里？

江枫感觉心跳在加速。

卧室的书桌上有一台笔记本电脑，江枫马上折回卧室，打开电脑。U盘插进去，里面只有三个图片文件，第一张图片弹出的瞬间，他感觉脑袋轰地炸开，仿佛被卡车撞了一下，抓着鼠标的手指几乎僵硬。

没有任何悬念了，真相就在眼前！

江枫无力地坐在地板上，一阵彻骨的寒冷袭遍全身，仿佛掉进了冰窖。他曾经发誓要侦破此案，找出真凶，既是为了捍卫法律的尊严、职业的荣誉，也是为了守护爱情。于公于私，他都必须一往无前。可是，当最终的谜底揭开时，他却像碰见了瘟疫，拼命想要躲避。

这时，手机响了，来电显示是王三牛。也许是由于高度兴奋，手机里传来王三牛急促的呼吸声："老大，第一现场找到了，发现胰岛素药瓶……"

"知道了。"没等他说完，江枫挂断了电话。

手机铃声再次响起，江枫用眼角瞟了一眼手机屏，还是王三牛。江枫没有接，任凭它固执地叫喊，无动于衷。

江枫无论如何不能接受眼前的事实，事情还没到不可挽回的地步。到目前为止，知道这个秘密的人不超过四个，除了凶手和自己，就只有雷仁和李莉芳，而这两个人都死了。假如这个U盘没有被发现，里面的秘密就会永远被尘封。

对，只要把它毁掉，一切如常，就当什么都没发生过。

江枫想起了范永胜当初的劝告：点到为止。

这个念头像闪电一样在脑际划过，立马就消失了。即便只是一瞬间的念头，还是把江枫吓出了一身冷汗。自从第一天穿上警服起，他就把追求真相作为人生信仰，却从未想到，真相，有时竟如此残酷。

江枫把U盘拔出来，重新装进信封包好，揣进怀里，步履沉重地走出房间。

走出小区大门，夜已深，街道上依旧热闹。一对情侣手挽着手，互相依偎着，从他身边擦肩走过。江枫想给林小砚打个电话，拿出手机，刚拔了两个数字，马上又放弃了。

城市的夜晚灯火璀璨，江枫抬头看天，却看到无边无际的黑暗。

他突然想逃离这座城市。

4

“他妈的，江枫这小子死哪去了？”万志强摔掉话筒，暴跳如雷。从昨天晚上起，他就不停地打江枫的手机，手机一直关机，发短信也不回。

“可能是忘了带手机吧？”王三牛怯怯地说。

“这种可能性不大。”说话的是唐法医，“江枫向来行事严谨，即便是忘了带手机，这么长时间也早该拿到了。”

王三牛说：“也有可能是手机丢了。”

唐法医再次摇头：“也没道理，手机丢了，为什么不来上班？就算不来上班，也可以先打个电话来啊。”

“不会出了什么意外吧？”王三牛终于说出最担心的情况。

万志强狠狠瞪了他一眼：“你他妈的就不能说点吉利的？”王三牛吓得一吐舌头，赶紧闭嘴。

万志强重重地坐在大班椅上，脸色铁青。他从桌上摸起烟盒，给唐法医和王三牛各扔了一根，然后给自己点着：“不管什么原因，挖地三尺也要给我把他挖出来！”

唐法医说：“现在只有等了，也许他出去办什么急事了，说不定过几分钟就会回来。”

明知道是安慰的话，也只能如此了。三个人默默地抽烟，都不说话，办公室里暂时安静下来。

从去年平安夜发案到现在，三个多月过去了，“12 · 24”故意杀人案终于取得突破性进展。

昨天晚上，王三牛找到刘家庄 157 号出租房，发现一个胰岛素注射液药瓶。他立即向大队长万志强报告，并通知了唐法医和技术科的同事。随后，唐法医带领几名技术员赶到出租房，进行现场勘查，拍照取证，并在床单上分别提取到了疑似男性和女性的毛发。房间内没有发现指纹，说明现场被人仔细清理过。

这间出租房是以死者李莉芳的名字登记出租的。尸检报告显示，李莉芳死于过量注射胰岛素，出租房内发现了疑似胰岛素注射液药瓶，现场物证与法医鉴定相吻合。

到今天下午为止，各项痕迹物证分析和 DNA 鉴定工作正在紧张进行之中，虽然最终结果还没出来，但是最重要的信息已经明确了，刘家庄 157 号出租房就是“12 · 24”故意杀人案的第一现场。

在所有的杀人案中，凶手最想隐藏的信息，通常就是对警方破案最有价值的线索。隐瞒死者身份的，只要查明死者的真实身份，案子就破了一半。隐匿犯罪现场的，只要找到原始犯罪现场，离破案也就不远了。

真凶呼之欲出，偏偏在这个节骨眼上，主办刑警江枫却失踪了。

昨天晚上，王三牛在现场给江枫打过一个电话，一句话没说完就挂断了，之后就再也没有打通过。老大忽然不见了，王三牛心里急得冒火，就差登寻人启事了。他一方面为江枫担心，一方面还要在上司面前拼命帮他编理由，怕他回来没法交差。

万志强问唐法医：“DNA 鉴定结果什么时候能出来？”

唐法医说：“上午已经派人把毛发等样本送到了市局刑科所，我会盯紧，催他们尽快拿出结果。”

万志强满意地点了点头，左手搭在光头上，按顺时针方向转动。王三牛知道，这个动作是表示他要下命令了。

“死了张屠夫，不吃混毛猪，不能再等了。”万志强把烟蒂摁进烟灰缸，“王三牛，这个案子暂时由你全权接管，有情况及时汇报。”

“请领导放心，坚决完成任务！”王三牛肃然起立，迈开步子往门外走去。

“等一下。”万志强又把王三牛叫住，“找到江枫，叫他立刻回我电话。”

就在万志强等人急得冒火时，江枫登上了由东风市开往上海的列车。

“旅客们，欢迎乘坐 D3126 次和谐号动车组。本次列车终点站为上海虹桥车站，到站时间为 6 点……”

下午 2 点 45 分，列车准点发车。车轮缓缓启动，如果不是广播提示，几乎感觉不到车厢在移动。几分钟后，列车开始加速，两旁的树木和山丘飞速向后倒退。

江枫不再看窗外，把座椅靠背调低，开始闭目养神。他已极度疲惫，却毫无睡意。

昨晚回到家里，江枫把手机关掉了，他不想被任何人打搅，只想暂时逃离这个千疮百孔的世界。那张照片，就像一枚钢钉扎入心脏，痛得他彻夜无眠。江枫面临着人生中最艰难的抉择：勇敢面对，还是逃避？

如果逃避可以解决问题，世上就没有问题了。

唯有面对而已，用男人的方式。

江枫决定天亮后去上海。他拿起手机准备订票，刚要开机，忽然想到，手机里可能有一长串未接电话，又把手机放下了。他从床上爬起来，打开笔记本电脑，输入“D3126”搜索列车行程表，搜索结果在屏幕上整齐排列。

江枫刚要打开列车行程表，目光却被一条新闻吸引住了：

强台风“海马”将在广东沿海登陆，多省将有大到暴雨。据悉，台风“海马”可能正面袭击深圳。深圳市政府决定启动防台风和防汛 I 级应急响应，自 24 日零时起全市范围内实施停工停市停课。此外，受台风“海马”影响，12 月 24 日北京西至深圳北 G79 次、G71 次、D901 次、D903 次；深圳北至上海虹桥 D3126、D3108 次列车停运。随着台风临近和登陆，受影响的铁路线路可能进一步增多，铁路部门将密切关注台风动态，并及时调整列车运行方案……

去年的新闻，怎么这么眼熟？江枫拧紧了眉头。

最后一个谜团解开了，江枫感觉自己在黑洞里继续下坠。

列车在铁轨上飞速奔驰，发出有节奏的咔嗒声。江枫终于沉沉睡去，再次睁开眼睛时，发现列车正在减速。

“旅客们，本次列车即将到达终点——上海虹桥车站，请收拾行李物品，做好下车准备……”列车广播再度响起，把江枫从思绪中拉回现实。

列车到站，停靠在上海虹桥车站。离开座位前，江枫看了一眼手表，6 点整。火车高速长途奔驶，居然可以做到分秒不差，时间控制之精准，叹为观止。

下了火车，江枫没有出站，走到地下停车场排队等候出租车。等了十多分钟，上了一辆蓝色出租车。

“去哪？”司机目不斜视。

“海悦国际酒店。”江枫目光投向窗外。

路上车多拥堵，司机双手敏捷地转动方向盘，在车流中左冲右突，嘴上也没闲着，一路上骂骂咧咧，仿佛一肚子怨气没处撒。江枫听不懂他的方言，也没心思去听。五十多分钟后，出租车终于开进海悦国际酒店大院，在大厅门口停下。

江枫付了车费下车，穿过自动旋转门，向酒店前台走去。

酒店大厅灯火通明，装饰得富丽堂皇。柜台内一个长发美女迎了上来，笑容甜美，恰到好处地露出八颗牙齿：“先生，您好！请问是要办理住宿吗？请出示您的身份证。”

江枫掏出警察证，递了上去：“麻烦你，我想查一下去年 12 月 24 日的住宿登记。”

5

人逢喜事精神爽，林建国今天特意穿上了笔挺的藏青色西装，配上白衬衫，蓝色斜条纹领带。整个人显得容光焕发，神采奕奕，看上去年轻了十岁。

上午 9 点，东风市第二医院多功能会议室已坐满了人，全院中层以上干部会议在这里召开。市卫生局的何局长端坐主席台正中央，林建国、范永胜以及其他院领导班子成员分列左右，次序井然。

虽然昨天的通知并未说明会议内容，参会人员看到何局长坐在台上，都已猜得八九不离十。昨天是林建国担任院长公示期的最后一天，今天何局长亲临会场，目的不言而喻：正式宣布对林建国的职务任命。

会场气氛很轻松，林建国却不敢把内心的喜悦表露出来，尖瘦的脸上甚至有些不合时宜的严肃。从公示名单贴出来的那天起，他的手机就没停过，各种祝贺电话和短信差点把手机打爆。

这几天，林建国还有一个强烈的感受，院里职工看自己的眼光同以前不一样了。

今天早晨上班，林建国在楼下等电梯时，放射科的马主任忽然从身后冲上来，抢先一步按下电梯开关。电梯轿门打开，马主任迅速伸出右臂挡住轿门，防止轿门闭合，然后侧身让开通道，左手做出一个“请”的动作：“林院长，您先请。”马主任的姿势有些别扭，脸上的笑容却无比真诚。林建国很不适应这种热情，又不好推辞，冲马主任点头笑了笑，先进了电梯。

何局长洪亮的嗓音把林建国拉回现实。“同志们，今天我代表局党组正式宣布，由建国同志担任第二医院院长。首先向建国同志表示祝贺！”说完，何局长带头鼓掌，台下随即响起热烈的掌声。

何局长清了清嗓子，继续说道：“对于建国同志的任命，是局党组在广泛征求意见的基础上，经过慎重考虑作出的决定。建国同志年富力强，业务水平高，医德高尚，而且长期担任副院长，既熟悉工作业务，又有丰富的领导经验，由他来担任院长一职，的确是众望所归。我相信，在建国同志的带领下，第二医院的工作一定会更上一层楼。我就不多说了，还是请建国同志说两句吧。”

台下又响起一阵热烈的掌声。

林建国站起来，向台下深深鞠了一躬：“尊敬的何局长，同志们，我现在的心情非常激动，感谢局党组和全院干部职工对我的厚爱，今后我一定竭尽所能，认真履行职责，决不辜负同志们对我的信任……”

掌声雷动，林建国当院长的确是众望所归。

会议开得简短而隆重，不到半个小时就结束了。林建国亲自把何局长送到停车场，目送何局长的车驶出大门，才上楼返回办公室。从电梯出来，他松了松领带结，忽然看见江枫站在办公室门口。

“小江，你怎么来了？”林建国有点意外。

“想跟您聊点事。”江枫双手插在蓝色牛仔裤兜里。

“等了很久吧，怎么不先打个电话？”林建国边说边拿出钥匙开门。

“刚来一会儿，听说您在开会，就没打搅您。”

门打开，林建国向立在墙角的饮水机走去：“小江，你先坐，我给你泡杯茶。”

“不用了，说完我就走。”

“急什么，会开完了，反正我上午也没安排别的事。”林建国满面春风道，拿出两个玻璃杯和茶叶罐。

江枫便不再推辞，站在窗前，目光投向窗外。

泡好了两杯茶，林建国发现江枫还站着，便说：“坐啊，愣着干什么，到我这还用得着客气。”

江枫转过身，紧咬着嘴唇，脸色凝重。林建国这才发现他神色不对，问道：“找我有事？”

江枫低头不语，仿佛在犹豫，该从哪里说起。

林建国走到江枫身边，双手搭在他的肩上，把他按在椅子上："我说小江，今天是怎么啦？跟中了邪似的，有天大的事先坐下来再说。"

江枫依然沉默。

"是不是跟小砚闹矛盾了？"林建国回到自己的座位上，抿了口茶，"别急，有我给你撑腰，回去我就批评她。"

江枫迎着他的目光说："我不知道您遇到了什么难题，但是我始终相信，解决问题的方法有无数种，最笨的一种就是使用暴力。"

林建国放下茶杯，呵呵笑道："今天怎么神神叨叨的，不像你平日的作风啊。"

江枫凛然道："林叔叔，您曾经是我最敬重的人。"

林建国嘴角抽搐了一下，推开椅子站起来："小江，我看你今天情绪有点紊乱，先回去休息，有什么事情明天再说。"

"今天不说，我怕以后就没有机会了。"江枫上身挺直，坐着纹丝不动，并没有离开的意思。

"说吧，什么事？"林建国摊开双手，很不情愿地坐回到椅子上。

"为什么要杀人？"

"我不明白你在说什么。"

"李莉芳怎么死的，您最清楚。"

"我怎么会知道？"林建国再次站起来，挥手送客，"你走吧，我马上还有个会要开。"

江枫也站了起来，双手撑在桌上："我今天是来调查案件的。"

"查什么案？"两人隔着办公桌，目光对视，几乎能互相听到心跳声。

江枫从包里拿出两张照片，扔到桌上："这是我在李莉芳家里找到的，你自己看吧。"

林建国拿起照片，眼神瞬间变得灰暗，像快要耗尽电池的手电筒。照片上，李莉芳头枕在林建国的胳膊上，冲镜头露出甜蜜的笑容，林建国正在熟睡中。

林建国颓然跌坐在椅子上，忽然感到一阵口干舌燥，端起面前的茶杯喝了两大口。定了定神，他把手指插进头发里，叹了口气说："我承认，是我做错了事，对不起小砚她妈。"

"为什么要杀人？"

"我没有杀人！"

"去年12月24日下午，你在哪里？"江枫目光锐利，居高临下逼视他的眼睛，完全进入了刑警的角色。

"早就告诉过你，那天我去上海开会了。"林建国避开他的目光。

"请你把当天的行程再说一遍。"

"好吧，既然你想听，那我就再说一遍。"林建国端起茶杯，又喝了口茶，已完全感觉不到茶香，"那天下午，我坐2点45分的动车去上海开会，晚上6点到达上海虹桥车站，当晚就住在海悦国际酒店，因为会议就在那里开。够详细了吧？"

"你坐的是哪趟车？"

"D3126次动车。"

"没记错？"

"当天的火车票保留在财务科，如果你不相信，可以去查。"

"不用查了。"江枫目光如炬，"那趟车根本到不了上海。"

"不可能！"林建国大声反驳。

江枫拿出手机，找到一条消息，再把手机递给林建国。林建国接过手机，看到一条新闻：

强台风"海马"将在广东沿海登陆，多省将有大到暴雨。据悉，台风"海马"可能正面袭击深圳。深圳市政府决定启动防台风和防汛Ⅰ级应急响应，自24日零时起全市范围内实施停工停市停课。此外，受台风"海马"影响，12月24日北京西至深圳北G79次、G71次、D901次、D903次；深圳北至上海虹桥D3126、D3108次列车停运。随着台风临近和登陆，受影响的铁路线路可能进一步增多，铁路部门将密切关注台风动态，并及时调整列车运行方案……

林建国放下手机，一言不发。

江枫说："D3126次动车始发站是深圳北，途经东风市开往上海，12月24日受台风影响停运了。你犯了一个致命的错误，你以为只要买到了这张车票，这班车就必然会准点发车。本来我早就应该发现这个破绽，我也犯了一个致命的错误，想当然地认为，你能出示D3126次车票就必然上了这趟车。"

林建国端起面前的茶杯，杯沿靠在嘴唇上，才发现杯子已经空了。

"可是你知道吗？"江枫说，"深圳市为了应对这次强台风，全市总动员，做好了最充分的准备，学校停课，火车停运。最后发现是虚惊一场，台风并未登陆，什么都没有发生。"

"天意！"林建国想到两个字。

江枫接着说："昨天我去了上海，查到了海悦国际酒店的住宿登记，你办理入住的时间是25日凌晨5点。从虹桥车站到酒店的路程约一个小时，说明你大约在凌晨4点左右到站。我查了列车时刻表，凌晨1点刚好有一班从东风市始发去上海的动车，到站时间是4点15分。我没有猜错的话，你买了两张去上海的车票，而你实际乘坐的是凌晨1点那班车。林小砚与李莉芳的车相撞，是在24日晚11点40分左右，从事故地点到火车站，即使步行，一个小时也够了。你有足够的作案时间！李莉芳是你杀的，雷仁也是你杀的，要我继续说下去吗？"

"不必了。"林建国挥手打断，勉强挤出一丝笑容，"江枫，我没有看错你，你的确是个天才。现在你可以抓我了。"

"投案自首吧，争取从轻处罚。"江枫痛苦地说。

"从轻？"林建国凄然一笑，眼神空洞，"两条人命，你觉得能从轻多少？"

江枫回答不出，空气渐渐凝固，把两人冻住。半分钟后，江枫抓起手机，快步走出办公室。

门打开，又关上。林建国蜷缩在椅子里，像一块被拧干的抹布。从那个下着滂沱大雨的晚上起，他就隐隐感觉到，这一天迟早会到来，只是没想到来得这么快，会以这样的方式画上句号。

从报考医学院的那天起，他就立志要悬壶济世，救死扶伤。他从不怀疑，医生是这个世界上最伟大的职业，每当从死神手里抢回一个人，都会带给他巨大的成就感。这种满足感，是任何物质享受都无法带给他的。他不知疲倦地刻苦钻研，治病救人，并不是为了让自己变得多么崇高，只是太享受这份工作。

林建国从椅子上坐直，拿起桌上的全家福，用衣袖轻轻擦拭相框上的灰尘。林小砚笑得那么灿烂，他曾不止一次想过，什么时候江枫会加入到这张全家福中来。

在认识江枫之前，林建国对警察并无好感，就像许多人对医生存有误解一样。当江枫第一次走进他的办公室，他开始相信，人与人之间的确是要讲究缘分的。有的人在一间办公室同坐三十年都形同陌路，有的人却一见如故，会让你无条件信任。这种感觉其实毫无理性，却真实存在。

院里新来的几个年轻医生，眼高手低，脾气比本事大得多，连一份病历都写不好，偏偏都认为自己怀才不遇。江枫身上没有这些毛病，他热情谦逊，乐观自信，头脑却异常冷静，行事低调内敛，有着远远超出年龄的沉稳。林建国打心眼里欣赏这个年轻人，从江枫身上，他仿佛又看到了自己年轻时的影子。假如江枫没当警察，而是学医的话，将来的成就想必会在自己之上。

当林小砚告诉他，她与江枫在谈恋爱时，他毫无思想准备，脑子里冒出的第一个念头，就是要阻止女儿与江枫交往。可是他想了一夜，实在找不出合适的借口，何况自己已经走到了这一步，如果再去破坏女儿的幸福，自己将更加罪无可赦。

他又开始心存幻想，江枫并未接触到案件的核心，只是在外围敲敲打打，案子拖久了，也许就会不了了之。公安局不是有很多悬而未破的案子吗，也不在乎多这一起。如果是这样，林小砚与江枫走到一起，是他乐意看到的最好结局。

然而，事态的发展超出了预料。当雷仁坠楼而亡，所有人都认为雷仁是畏罪自杀，偏偏是江枫提出了疑问。这种质疑对其他人而言无非是多一种不同的观点，对于林建国却相当可怕。他意识到自己低估了这个年轻人，江枫虽然步履缓慢，但是每一步都在坚定地朝目标接近，照这样下去，迟早会查出真相。

他必须抛弃幻想，马上采取行动，阻止江枫继续调查。那段时间，刚好听到市纪委扩编招人，他觉得这是千载难逢的好机会，如果能劝说江枫转行，事情就会朝另一个完美的方向发展。他把江枫约到家里，一番促膝长谈之后，才发现自己又一次低估了这个年轻人。

这种感觉，林建国太熟悉了。理想和爱情一样，都是世界上最没道理的事情，却最让人陶醉。自己当年与慧君结婚，拼了命考医学院，与江枫现在的选择并无二致。

这就是命！

林建国走到窗前，推开玻璃窗，任凭冷风吹打在脸上。两年前，这幢新门诊大楼是由他一手主导建起来的，后面就是大型露天停车场。他当时提出的设计理念是三十年不落后，希望自己退休之后，仍然以此为骄傲。

从十八楼向下俯视，一排排的汽车就像是玩具，一切看起来都不真实。林建国回想起与李莉芳交往的一幕一幕，仿佛是一个噩梦。

第九章 | 风烟俱净

1

李莉芳虽然来自农村，却不沾一丁点儿泥土气息，人长得漂亮，而且气质出众。她刚到第二医院工作时，就倾倒了院里一批单身汉，其中就有内科医生雷仁。

李莉芳相当低调，并未表现出对谁有特别的好感，有人猜测她已经有了男朋友，但是从没人见过。时间长了，几个追求者渐渐就死心了。直到两年后，李莉芳与雷仁开始谈恋爱，所有人都大跌眼镜。

“麻雀虽小，五毒俱全”，这是范永胜对雷仁的评价。雷仁的朋友圈相当复杂，私生活丰富多彩，泡夜店、酗酒、嗑摇头丸、赌博，各种玩法没他不精通的。他舍得为女人花钱，出手阔绰，甜言蜜语张嘴就来，这些手段对女人的杀伤力无疑是致命的。李莉芳生在农村，家境不算富裕，哪见过这种阵势，很快就被豪爽大方、见过世面的雷仁俘获了芳心。

男人不坏女人不爱，残酷的现实再次证明了这个真理。其他几个竞争失败者看见李莉芳挽着雷仁的胳膊出双入对，只有一声叹息，说不清是嫉妒还是惋惜。心里说，等着瞧吧，跟了这种男人，迟早有你苦头吃的。

不出所料，结婚后，雷仁的另一个特点很快就暴露出来了——打老婆。他高兴的时候喜欢喝酒，不高兴的时候也喜欢喝酒，逢喝必醉，喝醉了就打老婆。李莉芳被打了，只好向院领导求助，林建国代表组织找雷仁谈过几次，雷仁每次都痛心疾首，表示坚决悔改。但是过不了多久，又旧病复发。

婚后第三年，雷仁在夜总会跟人打架，用凳子把对方打成脾破裂，犯故意伤害罪被法院判了两年刑，公职也丢了。出狱后，雷仁更加无所忌惮，变本加厉，吃喝嫖赌，夜不归宿，在外面搞女人，回家就打老婆。

一天晚上，李莉芳值夜班，雷仁醉醺醺地走进护士值班室，伸手问她要钱。李莉芳不给，雷仁当着众人的面，揪住李莉芳的头发拳打脚踢。几个同事实在看不下去了，上前劝架。雷仁忽然从裤兜里掏出一把明晃晃的弹簧刀，红着眼睛说："都走开。这是我的家事，我管自己的老婆，关你们卵事！"刀都亮出来了，哪还有人敢惹祸上身，围观人群立即散开。有的打 110 报警，有的跑去报告值班领导。

林建国闻讯赶到，二话不说，先给了雷仁两个耳光，紧接着又是一脚："你是不是男人，打老婆算什么本事？"雷仁被踹倒在地，当即被震住，酒醒了大半，瞪着血红的眼睛看着林建国，显然没想到这位面善的老上司居然有如此凌厉的一面。

"滚！"林建国又补了一脚。雷仁吓得屁都不敢放，乖乖爬起来，捂着火辣辣的脸走了。

从那以后，雷仁再没来医院闹过事。

李莉芳业务水平过硬，工作能力强，做事认真负责。几年后，在林建国的大力推荐下，她被提拔为护士长。她的婚姻生活并无改善，依然经常遭到家暴。男怕入错行，女怕嫁错郎，这种事情能跟谁说呢？林建国是她唯一可以倾诉的对象。清官难断家务事，林建国除了言语安慰，鼓励她认真工作，也拿不出更好的办法。"宁拆十座庙，不毁一桩婚"，总不能劝人家离婚吧。

自从当了护士长后，李莉芳进林建国办公室的次数越来越频繁，除了汇报工作，有时也会聊到婚姻家庭。不知从哪一天开始，林建国突然发现，她的眼神变得深不可测。

如果不是两年前的那个冬夜，事情也许不会发展到这一步，林建国有时会这么想。

那天晚上，林建国在医院值夜班，快接近零点时，忽然接到李莉芳的电话。她没头没脑地说："林院长，你说人活着到底是为了什么？"电话里传来呼呼的风声，还听到一两声汽车喇叭响。林建国心里一紧："你在哪？"

"东风大桥。"

"几个人？"

"一个人不可以吗？"

深更半夜，一个女人跑到大桥上干什么？不用问也能猜到，林建国抓紧话筒说："不管发生了什么事，都有办法解决，千万别干傻事。待在原地别动，我马上到。"放下电话，他抓起外套，冲出了办公室。

林建国在门口拦了一辆出租车，赶到东风大桥。李莉芳双手搭在栏杆上，眺望江面，身上只穿着单薄的睡衣，脚上趿着拖鞋。听到背后有人喊她的名字，李莉芳才慢慢转过身，目光呆滞，神情恍惚。

林建国赶紧脱下外套，披在她身上，这时才发现她的脸和手背上有淤紫，小腿上也有伤痕。林建国问："他又打你了？"李莉芳不说话，算是默认。

"走，先跟我回去再说。"林建国不由分说，抓住她的手，就往回拉。李莉芳没有反抗，顺从地跟着他上车。

回到办公室，已将近凌晨 1 点。

林建国拿出碘伏和棉签，让李莉芳半躺在沙发上，小腿架在茶几上。林建国边为她擦拭伤口边说："家家有本难念的经，以前遇到这种事，就算明知道人家两口子过不下去了，我总是劝合不劝离。一方面是觉得能凑合总比离了好，另一方面也是为自己留条退路，万一人家没离，日子越过越好了，日后岂不是要埋怨我，幸亏当初没听那个姓林的话，好好的家差点被他拆散了。"

林建国抬头看李莉芳，她依旧双唇紧闭。从大桥上见面到现在，她自始至终没说一句话。

空调风速开到最高档，呼呼的热气往外吹，温度上升很快。林建国把旧棉签扔进垃圾桶，换了一根新棉签，继续说道："今天我就说句蠢话。不管你将来会不会埋怨我，我还是要说，实在过不下去，那就离了吧。为孩子考虑是没错，也总得为自己想想，人这一辈子不长，别太委屈自己。你还年轻……"

突然，林建国感到不对劲，嘴巴像被什么堵住了，一股电流贯穿全身，瞬间从头发丝传到脚趾尖，手里的棉签掉到地上，那是一双温热的唇！

林建国意识到大事不好，心中仿佛有千军万马在厮杀。他想把她推开，指尖刚碰到那柔软的细腰，却像中了吸星大法，全身的力气瞬间被吸光。

像一块巨石扔进了静谧的深潭，又像一根点燃的火柴丢进了枯草堆。林建国内心那片已枯萎多年的荒原，立刻被点燃，他想要扑灭，却无能为力，只能任由熊熊大火把自己吞噬。那一刻，他宁愿烧成灰。

二人倒在沙发上，越过了最后一道防线。

林建国对李莉芳有好感，但他心里十分清楚，这种好感与爱无关，自己只是在贪恋年轻女人的身体。每次激情过后，伴随而来的都是深深的罪恶感，觉得对不起深爱的妻子。他常常后悔自责，却又无法抵挡那种诱惑，像一个被毒品控制的瘾君子。

男人可以把肉欲与情感分开，泾渭分明，女人却很难做到。李莉芳已完全坠入爱河，她羡慕林建国的才华，敬佩他的人品，视他为偶像和保护神。

为了方便约会，李莉芳在附近的刘家庄租了一套民房。刘家庄离第二医院不到一公里，房子是独门独院，位置也很隐蔽。

这种地下关系维持了一年，林建国越来越感到担忧。当李莉芳提出要和他结婚时，林建国终于意识到，事情正在向最坏的方向发展。

“如果明天就是世界末日，你最想见的人是谁？”李莉芳枕着林建国的胳膊问。

“2012 年早就过了，哪有什么世界末日。”林建国顾左右而言他。

“我最想见的人就是你，所以那天我在桥上最绝望的时候，只想到给你一个人打电话。”

“哦。”

“我想好了，尽快同雷仁离婚。我净身出户，财产都归他，我只要孩子。”

“你一个女人，还带着孩子，日子会过得很艰难的。”林建国提醒她。

“有你我就不会艰难，我们结婚吧。”

“跟你说过多少遍，以后别开这种玩笑。”林建国板着脸说。

“谁跟你开玩笑，我是认真的。”李莉芳用手肘支起下巴，看着林建国的眼睛。

“不行。”

“怎么不行？”

“我不能抛弃慧君。”

“我没让你抛弃老婆，如果你真是那种无情无义的人，我也不会看上你。你们本来就只有夫妻之名，并无夫妻之实，这对你太不公平了。”

在二十多年前的那场车祸中，林建国的妻子陈慧君丧失了性功能，这件事林建国只告诉过李莉芳一个人。

林建国没理她，不想再讨论这个话题。李莉芳继续说道：“我们结婚之后，你可以继续照顾你老婆，按月给她生活费。”对一个女人来说，这套方案已作出了极大的牺牲和让步，李莉芳显得胸有成竹。

“这种事想都别想，我已经做错了，不能再做对不起慧君的事。”林建国斩钉截铁地说。

这次交谈不欢而散，事情发展到现在，林建国隐隐有些后悔。看得出来，李莉芳不像是随口说说，而是经过深思熟虑过的，他没想到李莉芳会如此固执。

第二天上午，11 点半过后，最后一拨人出去了，办公室终于清静下来。林建国把杯子里的茶叶残渣倒掉，重新泡了一杯绿茶，以最放松的姿势靠在椅子上，然后拿起手机。他看到李莉芳在微信朋友圈晒了一张照片，直接从椅子上弹了起来。

那是李莉芳的自拍照。她头枕在林建国的胳膊上，冲镜头露出甜蜜的笑容，林建国显然在熟睡中，毫不知情。虽然身上盖着毯子，也看得出来，他们是赤身裸体睡在一起。

林建国只觉得头晕目眩，仿佛大地在脚下裂开。他立刻给李莉芳打电话，“你疯了！这种照片怎么能发朋友圈？”他努力压低声音，却无法掩饰心中的愤怒。

“一张照片就把你吓成这样。”李莉芳“咯咯”笑道，“放心，我没那么蠢。这条微信设了分组可见，除了我和你，没人看得到。”

“那也不行，赶紧删掉。”

“行，说你爱我。”

“别闹。”林建国的口气缓和下来。

“我要你现在说：你——爱——我。”

“我爱你。”当林建国低声说出这三个字时，突然感到一阵恶心。

李莉芳很快把照片删掉了，危机过去。林建国无力地靠在椅子上，右手掌支撑住脑门，这才发现自己惊出一身冷汗。

这哪是晒恩爱，分明是赤裸裸的要挟，他低估了这个女人的心计，李莉芳在有计划地控制自己。这只是一次演习，只要哪天她不高兴，随时可以把照片发到网上，布告天下。更加可怕的是，他根本不知道这张照片是什么时候拍的，她手里还有多少张。想到这，他就不寒而栗。

林建国把名声看得比命还重要。“树活一张皮，人活一张脸”，要是没了名声，活着还有什么意思。他曾有过一两次冲动，想主动去向纪委说明情况，然后辞职。他甚至想到过自杀，可是转念一想，自己死了倒是解脱了，慧君怎么办，谁来照顾她？

无论如何，必须和那个女人彻底了断，林建国下定决心。

在这之后，林建国又和李莉芳谈了好几次，为和平分手作最后的努力。但是毫无效果，还发生过几次激烈争吵。林建国最后提出，可以给她一笔钱，了断二人的关系。李莉芳斩钉截铁地说："想让我放弃爱你，除非我死！"

说者无心，听者有意。这句话让林建国彻底绝望，却也提醒了他。在妻子和情人之间，如果必须让一个人死，毫无疑问，死的人只能是李莉芳。对他来说，这个选择题太简单了。让她死倒是不错的出路，这个念头一旦破土发芽，便开始无可抑制地疯长，一个大胆的计划渐渐成形。

他告诉自己，别急，慢慢来，一定要冷静，必须万无一失。

2

从林建国的办公室出来，江枫步履沉重。他多么希望林建国为自己辩解，把自己驳得体无完肤。可是他没有。

走出门诊大楼，绕到大楼后面去取车。江枫走到思域旁边，刚按下遥控钥匙，猛听到身后"砰"的一声巨响，仿佛有人从高空扔下一个沙袋。

江枫吓了一跳，循着声音看去，身后十多米远的水泥地上，赫然躺着一个人。

"有人跳楼了！"不知谁喊了一声，周围的人迅速围拢过来。

江枫朝人群聚集的方向跑去。一名身穿藏青色西装的男子趴在血泊中，脑浆迸裂，血肉模糊。殷红的鲜血顺着尸体汩汩地往外流，一条领带反搭在瘦削的肩膀上，已被染成红色，只露出一角蓝色的斜条纹。

刹那间，江枫只觉得摇摇欲坠，"扑通"坐在地上，钥匙从手中滑落。他见过无数死于非命的死亡现场，却从未像今天这样恐惧，那一片耀眼的红色，刺得他几乎睁不开眼睛。无声的泪水决堤而下，仿佛年久失修的龙头，再也止不住。

一个身穿白大褂的中年女人挤进人群，伸长脖子朝地上看了一眼，立刻失声尖叫起来："妈呀，是林院长！"

江枫似乎想起了什么，猛地从地上爬起来，瞪着血红的双眼，冲着女医生大吼："你他妈还站着干什么，快叫救护车啊！"女医生吓得一哆嗦，赶紧往后退缩。

江枫又转向其他人："快叫救护车啊！快叫救护车！快！"

他忘了，这里就是医院，他忘了，即使是全世界最优秀的医生也有无力回天的时候。江枫撕心裂肺地呼喊，很快就耗尽了全身力气，直至嗓音沙哑。围观的人摇头叹息，纷纷后退散开。

没人理会这个疯狂的年轻人，更没有人能体会他心里的痛。

林建国跳楼自杀的消息很快就传开了。

第二天早上刚上班，李局长就把万志强叫到办公室。"今天的报纸看了没？"他把办公桌上的一份报纸推到万志强面前。

这是全省发行量最大的《东风都市报》，第二版用了半版篇幅刊登林建国死亡事件，标题十分抓人眼球：《院长就职当日坠楼身亡，据传事发前曾被警方调查》。正文分了五个小标题，图文并茂，极尽渲染之能事，还说要继续追踪报道云云。

万志强匆匆扫完小标题，就把报纸扔到一边："他妈的，这帮记者就是吃饱了饭没事干，见风就是雨，哪里出了天灾人祸，就高兴得睡不着，一天到晚唯恐天下不乱！李老板，别信这些人瞎写的文章。"

李局长皱了下眉头，慢条斯理道："纪委和督察室的同志已经向我作了详细汇报，这件事舆论影响很大，从昨天开始，我的手机就没停过，省市媒体都在关注，我们请求了市局宣传处的同志出面协调，才暂时压了一压。刚才卫生局也打来电话过问了，这件事必须尽快妥善处理。"

"处理什么？"万志强一脸茫然，两只手插进两边的裤兜里，左摸右摸，半天摸出一根烟来。

李局长知道他装聋作哑，并不挑明。“我让办公室通知了所有在家的局领导，今天上午召开党委会，研究对江枫的处分问题。”他抬眼瞟了一下对面墙上的挂钟，“还有半个小时开会，我想先听听你的意见。”

“既然局长都定了，还问我干什么？”万志强双手不停，像变戏法似的，又摸出一个一次性塑料打火机。

李局长听出了弦外之音，脸露不悦：“现在不是给你说话的机会吗？”

“非要让我说，那我就说两句吧。”万志强清了清嗓子，“现在案情已经全部查明，李丽芳和雷仁都是林建国杀的。江枫是侦破此案的最大功臣，我建议局里给他申报专案三等功。这就是我的意见。”说完，他把打火机放在桌上，像法官作结案陈词。

“你说得没错，江枫的确破案有功，这是事实。”李局长说话很有艺术，明明要反驳你，偏要先赞成你。

万志强看着他的眼睛不说话，等着他说“但是”。

“但是！”李局长果然话锋一转，“由于他的工作失误，导致犯罪嫌疑人非正常死亡，要不要负责任？出了这么大的事，局里对上面总得有个交代吧？”李局长说话依然不紧不慢，火药味已经很浓了。

万志强说：“怎么向上面交代是你的事，我的人只负责破案。再说林建国两条人命在身，抓住也是死刑，早死晚死没多大区别。”

李局长纵然再有涵养，这时也忍不住发火了，声音提高了八度：“万志强，我提醒你，注意自己的身份，你是刑警大队长，不是梁山好汉！”

万志强阴阳怪气道：“我他妈的算什么好汉，连自己弟兄都保不住。”那根没点着的烟，一直夹在手上。

李局长绷着脸问：“什么意思？”

万志强说：“没什么意思，我敬重梁山好汉，个个都是有情有义的汉子。”

李局长推开椅子，腾地站起来，椅子脚与地板激烈摩擦，发出刺耳的响声。他拍桌子道：“少在我面前谈江湖义气，你敢无法无天？”

“我他妈的无法无天？”万志强只觉得血往上涌，也站起来拍桌子，“简直是黑白颠倒，还他妈的有没有天理？你看看这幢大楼里，有多少拿工资不干活的，不做事的永远不会出问题，辛苦干活的却要受处分。是非不分，赏罚不明，今后谁来为你破案？”

万志强说的是事实。如今执法环境恶劣，一线民警办案的积极性越来越低，许多人都抱着多一事不如少一事的态度，不求有功，但求无过，平安混到退休就知足了。如果下面的人都不干活，最头痛的当然是他这个一把手。

这句话戳到了李局长的软肋。李局长重新坐下，语气缓和下来：“老万啊，你年纪也不小了，这臭脾气也该改改。我就挑明了说吧，这件事必须有人负责。”

万志强说：“既然一定要处分人，我请求党委处分我。我是大队长，负有直接领导责任。”

“黄副局长到了年龄，下个礼拜就要退居二线，你是知道的。你是最合适的接替人选，局里已经把你列为考察对象，组织部很快就要下来考察。在这个节骨眼上，你千万要想清楚，对这个位置有想法的人可不只你一个。”李局长打出了最后一张王牌。

万志强浑身一震，仿佛被人捏住了七寸，立刻清醒了大半。

见时机已到，李局长口气缓和了下来：“我这么做也是迫不得已，现在新闻媒体盯得很紧，如果让检察院介入调查，事情恐怕会更糟。咱们现在快刀斩乱麻，给江枫一个处分，对上面有一个交代，没人再追究，这件事就算处理完了。这也是为了保护我们的同志啊。”说完，他把水晶烟灰缸推到万志强面前。

万志强不说话，拿起打火机，把烟点着，猛吸了两口。

大局已定，李局长站了起来，双手按在桌上，这是他送客的标准动作：“你的心情我完全理解，先回去冷静一下，好好想想。”

万志强像被缴了械的俘虏，垂头丧气地走出局长办公室。

上午10点，局里召开党委会，通过了对江枫的处分决定。消息很快就传了出来，王三牛大步流星闯进万志强的办公室："万大，我刚听说局里要处分江枫。有这回事吗？"

万志强正对着电脑看新闻，面无表情道："我也是刚听说。"

"这么说你同意了？"

万志强的目光落在显示屏上，不置可否。

王三牛双目圆睁："凭什么处分江枫，这不公平！"

万志强并未抬头，眼珠上翻看着他，冷冷说道："公不公平，你说了不算，我说了也不算，这是局党委的决定。"

王三牛上前一步，突然目露凶光："光头强，少在老子面前打官腔。"

"强哥不发威当我是病猫，你他妈的想造反？"万志强用力拍桌子，"霍"地站起来，"王三牛，我警告你，别在老子面前胡来，你以为你是梁山好汉？注意你的身份！"

王三牛毫不示弱，跟着拍桌子："什么狗屁身份，不就是个小警察，你以为老子稀罕？真他妈窝囊！"

"东北佬，信不信老子埋掉你！"万志强的食指几乎戳到王三牛脸上，鼻孔里喷着粗气，脸涨得通红，从来没人敢这样当面挑战他的权威。

"妈了个巴子，老子不干了，爱咋咋地。"王三牛把肩上的警衔扯下来，狠狠摔在地上，踩上两脚，又吐了两口唾沫。不等万志强开口，他用手背抹了把眼泪，摔门而去。

万志强重重地靠在大班椅上，点着一根烟，仰面朝天，两眼直直地盯着天花板。小兔崽子，有点老子当年的风采，想到这，他的怒气顿时消了大半，对王三牛的好感竟又增加几分。

傍晚下班之前，分局在公安内网下发了通知，给江枫的处分是行政记大过。江枫扫了一眼通知的标题，就把电脑关了。王三牛极力鼓动他去找领导申诉，江枫谢绝了他的好意，倒是希望处分更重一些，这样或许能减轻心中的内疚。

江枫不知道怎样去面对林小砚。

3

“你说我倒不倒霉？司机都下了车，车子居然自己动起来，还把我的车给撞了。真他娘的活见鬼！”范永胜眉飞色舞，像一个老练的说书艺人。谈起座驾受伤，范永胜并无半点心痛，反而很开心的样子。

“那就奇了怪了，怎么回事？”林建国猜测，他多半是又准备换车了，有钱就是任性。

“无人驾驶。”范永胜说，“斜坡上空挡停车，还不拉手刹，车屁股直接就溜到我车头上了。”

“肯定是个女司机。”林建国笑道。

“女司机我就不跟她计较了。”范永胜拍掌大笑，“偏偏是个男的，你说我能轻饶他吗？”

“不能。”林建国附和道。

范永胜退二线已进入倒计时，在院里待的时间越来越少。只要他到了医院，就会抽空到林建国的办公室坐上几分钟，闲聊几句，有时还会带点茶叶。既是加强沟通，也是表示尊重，这是他做人的独到之处。

范永胜喝光纸杯里的茶，起身告辞：“老林，你先忙。公司还有事，我走了。”

“慢走。”

范永胜走后，林建国端起茶杯走到窗前，凝视窗外。

为了不引起别人注意，最近几个月，林建国采取蚂蚁搬家的办法，积少成多，已收集到了足够剂量的胰岛素。前几天接到通知，12 月 24 日要去上海参加学术研讨会，会期四天。这天正好是李莉芳轮休，如果自己在上海开会期间，李莉芳突然死了，应该不会有人怀疑到自己头上。

大致计划已经成形，还差最后一个环节未定：让她“自杀”，还是“意外死亡”？哪种方式更安全，警察会相信吗？

门诊大楼后面是露天停车场，密密麻麻停满了车。林建国站在十八楼，像上帝一样俯瞰地面上的世界，一部车子正在缝隙里左腾右挪，一寸一寸地艰难挪动。他心中一动，既然可以无人驾驶，为什么不可以让死人开车？

12 月 22 日上午，林建国叫办公室主任去附近的代售点帮他买了一张去上海的火车票，发车时间是 24 日下午 2 点 45 分。当日下午，他自己又在网上买了一张车票，发车时间是 25 日凌晨 1 点。现在，他手里有两张去往上海的火车票。

买好车票，林建国把李莉芳叫到办公室，告诉她：“明天下午 3 点半，记得打个电话给我。”

“什么事，不可以现在说吗？”李莉芳问。

“现在还不方便告诉你，反正你记得打电话就是。”

“好。”李莉芳满口答应。

24 日中午，林建国连做了两台手术，然后拎起旅行箱走出医院。他没有去火车站，而是去了刘家庄的出租屋，等待李莉芳的电话。天气预报显示，晚上可能会下雨，他在路上买了一套分体式雨衣。

下午 3 点半，林建国的手机响了，是李莉芳打来的。林建国马上接通电话：“我在刘家庄等你，你现在就过来。”

“你不是去上海开会了吗？”

交往这么久，林建国还是头一次主动提出约会，李莉芳大喜过望。

“会议推迟了，刚接到的通知，别告诉任何人。”

“可是，等下我要去社区诊所打点滴。”李莉芳显得左右为难。

“什么情况？”林建国有些意外，“怎么以前没听你说过，为什么不在院里打？”

“女人病。院里都是同事，怪不好意思的，所以就利用休息时间躲在外面打了。”

林建国放心了。“这好办，你把药带过来，我给你打。”他又补充道，“开车过来，晚上我们去江边散散步。”

“好的，我马上就到。”李莉芳开开心心地挂掉了电话。

不到一个小时，李莉芳带上药，开车到了出租屋。她是护士长，棉签、绷带等各种器具一应俱全。

刚见面，李莉芳就扑了上去，把林建国推倒在床上，林建国只好硬着头皮应战。事毕，李莉芳自己配好药，让林建国给她打上点滴。

李莉芳心满意足地躺下，刚才已经折腾得筋疲力尽，没过几分钟就发出均匀的鼾声。林建国轻声呼喊她的名字，叫了几声，没有回应。他戴上手术手套，拿出事先准备好的胰岛素，用注射器注入吊瓶中。

时间过得格外漫长，李莉芳终于停止了呼吸。林建国拔掉针管，有条不紊地清理现场，把垃圾篓里的药瓶和注射器全部装入一个塑料袋。所有可能留下指纹的地方，都用毛巾仔细擦拭过。

做完这一切，外面下起了大雨。林建国静静地守在床边，耐心等待。他是经验丰富的外科医生，见惯了尸体，并无半点恐惧感。

在原先的计划中，本来是先在开水中掺入安眠药，等李莉芳熟睡之后，再注射胰岛素。现在连这一步都省了，林建国觉得这是天意，头脑里开始再次演练抛尸计划的各个步骤和细节。

手表时针指向11点，林建国开始实施第二步计划。李莉芳的车就停在门口，他从李莉芳的手袋里找到车钥匙，打开车门，把尸体搬到汽车后座上。然后，他把李莉芳的手袋和垃圾袋带上车，发动汽车，冲入雨中。走到半路，他把垃圾袋扔进了路边的水沟里。

半个小时后，到达预定地点。

林建国把车停在斜坡上方，方向盘打正，关掉所有灯光，拉紧手刹，推到空挡，熄火，然后下车。他拿出一块砖头，垫住左后轮，再打开后车门，把尸体搬到驾驶座位上，最后松开手刹。这套动作流程，他已在心里演练过无数遍，决不会出现丝毫差错。

车停在高高的陡坡上，车头向下，蓄势待发。只要把砖头抽掉，它就会向下俯冲。老天爷帮忙，如此恶劣的天气，在这样险要的路段，发生一起车祸，没有人会觉得不正常。林建国在焦急地等待对面来车，完成最后一击。

暴雨如注，狂风大作。

没过几分钟，远处隐约出现车灯，林建国能听到自己心跳的声音。灯光越来越近，他的心跳越来越快。看准时机，他抽掉了垫住后轮的砖头，汽车悄无声息地缓慢往下溜。林建国用尽全力在后面猛推了一把，车子加速俯冲下去。

一声巨响过后，林建国长出了一口气。噩梦结束了！

他感到从未有过的平静，头也不回，从容离开现场。

林建国没有在路上打车，他不希望留下任何可能暴露行踪的蛛丝马迹，而是步行前往火车站。这个地点是精心选择的，从这里步行至火车站约需五十分钟。几天前，他到实地来回走过两遍，确保时间上不会出现差错。

到达火车站，林建国把雨衣留在候车室的角落处。凌晨 1 点，他用第二张车票顺利登上了开往上海的火车。

25 日凌晨 4 点 15 分，火车准点到达上海。这张用过的车票当然不能保留，下了车，林建国走进洗手间，把这张车票扔进马桶冲掉了。第二天上午，他准时出现在海悦国际酒店的会场上。

到此为止，一切都是按计划进行，天衣无缝。

林建国万万没料到，昨晚那个倒霉的“肇事司机”，竟是自己的女儿林小砚。世上竟有如此凑巧的事，难道这也是天意吗？这个意外完全不在计划之中，他不知道该怎么办。

从上海回来，林建国把那张没用过的车票给了财务科，作为报销凭证。这张车票至关重要，可以证明他 24 日下午 2 点 45 分就上了火车。果然，财务科长告诉他，警察来查过他的车票。他惊出一身冷汗，幸亏当初想得周全，准备充分。

林小砚涉嫌交通肇事被拘留，只有林建国知道真相。那几天，他陷入了激烈的思想斗争中，恐惧、后悔、自责，几次想去投案自首，证明林小砚是无辜的，可是他实在没有勇气走出这一步。就在天人交战之时，林小砚忽然被取保候审，放出来了。

林建国再没去过出租房。计划实施的半个月前，他叫李莉芳预交了一年的房租，李莉芳以为他回心转意，马上就去办了。现在就算一年没人进去，房东也不会发现异常。

那个地方非常隐蔽，只有他和李莉芳知道，李莉芳已经死了，只要自己不说，警察不可能找得到。退一步说，就算警察找到那里，也不会发现任何痕迹物证，现场已经彻底清理过了。这一点，他相当自信。

正如他所料，案发一个月后，警方调查陷入僵局。

1 月 23 日，林建国忽然收到一条短信，里面是一张照片，竟然是他和李莉芳在床上的裸照！就在他惊魂未定时，电话马上就打了过来："老领导，还记得我吗？"

"你从哪弄来的照片？"他听出是雷仁的声音。

"今天我回家拿衣服，没想到找到这个，U 盘里还有几张，你想不想看看？"

"这是诬陷！用电脑合成几张图片太简单了。"

"诬陷？"雷仁干笑两声，"我只要把它交给警察，自然分得清真假。"

"警察正在到处找你，你想自投罗网？"林建国提醒道。

"老子反正是烂命一条，大不了我们一块死。你就不一样了，林院长。"

"你想怎样？"林建国的口气软下来。

"你搞了我老婆，总得付出点代价吧，这也算公平合理。"

"你有什么条件？"事情还没到最坏的地步，林建国狂跳的心渐渐平静。

"二十万，U 盘卖给你。"

"我拿不出那么多钱。"

“我报的是实价，今天晚上就要，过期作废。”雷仁胜券在握，寸步不让。

“行。”林建国咬了咬牙，“钱我想办法去凑，怎么给你？”

“你先准备钱，等我电话。”

放下手机，林建国才发现全身都湿透了。到目前为止，警方已把雷仁列为头号嫌疑犯，而雷仁逃得无影无踪，让案子变得似是而非、悬而未决，这无疑是最好的结局。他暗暗祈祷警方永远别抓到雷仁，没想到会节外生枝，雷仁竟无意中发现了自己和李莉芳的秘密。那张照片就像是一枚核弹，倘若引爆，足以让他粉身碎骨。

像雷仁这样的人渣，就算这次给了他钱，难保以后不会再来敲诈，电子图片要留备份轻而易举。想到这，林建国就不寒而栗，不行，不能这么坐以待毙。他泡了杯茶，坐到办公桌前，强迫自己镇静下来，一个大胆的计划渐渐成形。

林建国先给范永胜打电话，随便编了个理由，问到了韩秀英的手机号码。然后，他出门去银行取钱，留给他的时间不多了，成败在此一举，成功的话就将一劳永逸，永绝后患。挑战与机遇并存，去银行的路上，他想起在大会上常说的这句套话，原来很有道理。

傍晚时分，雷仁再次打来电话。林建国告诉他钱已准备好了，但是坚持交易地点要由自己定，雷仁同意了。

当日深夜，雷仁按照约定的时间，提前到达紫金苑小区 17 号楼楼顶。刚抽完一根烟，林建国就上来了，手里拎着一个黑色旅行包。

“钱带来了，说话算数？”林建国拍了拍手里的旅行包。

“我的为人你还不了解。”雷仁眉开眼笑，“出来混靠的就是信用。”

“好，我相信你。”林建国把旅行包放到地上，推到他面前。

“老领导就是爽快！”雷仁蹲下来，拉开旅行包拉链，粗略点了下，是二十扎钞票。他拿出一扎钞票，放在嘴上亲了一下，然后塞回去，拉上拉链。雷仁站起来，从上衣口袋里拿出一个红色 U 盘，交给林建国。

“钱货两清，没事我先走了。谢啦！”雷仁拎起地上的旅行包，抱在胸前，转身就走。

“等等。”

“你不是想反悔吧？”雷仁讪笑道。

“你有没有留备份？”林建国扬起手里的红色U盘。

“当然不会。我只能这么告诉你，你不信我也没办法。”雷仁似乎早料到他会有此一问。

“你的手机里还有照片。”

“早删了。”

“我还是不放心，手机给我看看。”

“好吧。”雷仁很不情愿地放下旅行包，从怀里掏出手机，打开相册，交给林建国。

林建国接过手机，一抬头，突然脸色大变，指着他身后厉声喝道：“什么人？”

身后有人？事发突然，雷仁只觉得脑后生风，吓得灵魂出窍，不由自主地扭头向后看。

恰在此时，林建国右脚向前跨出，摆了一个弓步桩，双手抵在他的腰间，把全身的力量灌注到双臂，奋力一推。雷仁做梦也没想到会有此一着，毫无防备，哼都没来得及哼一声，就像个布娃娃一样飞了出去。

林建国迅速拿起雷仁的手机，写了一个短信：“李莉芳是我杀的，一命还一命，孩子是无辜的，照顾好子慧。雷仁绝笔。”内容早已背熟，很快就写完了，再输入韩秀英的手机号，然后点击“发送”。

发完短信，林建国走到楼顶边缘，估计了一下雷仁坠落的位置，把手机扔了下去。然后他拎起旅行包，快步下楼。一辆车停在小区大门外的马路上，是他临时租来的。

路过东风大桥，林建国把车靠边停下，将U盘丢进了江心，随后消失在浓重的夜色中。

风烟俱净。

4

太阳出来打了个照面，就早早收工走人了。云层压得很低，天气有些闷热。

上午 11 点，香樟花园咖啡厅还比较冷清，只有零星的几个客人。几个年轻的女服务员站在吧台前闲聊，声音压得很低，偶尔传出“咯咯”的笑声。

江枫和林小砚在靠窗的卡座上坐下。窗外的香樟树已失去了往日的苍翠，江枫不禁想起，新年第一天那个阳光灿烂的午后，他把林小砚从看守所接出来后，正是坐在这个位置。那次见面的每一个细节，都深深印在他的脑海里，历历在目。

几天没见，林小砚明显消瘦了，两眼红肿，左臂上别着黑色袖章。她怔怔地盯着窗外，眼神空洞，苍白的脸上看不出任何表情。

大厅回荡着王菲的《微风细雨》，嗓音清澈空灵，缠绵悱恻：

> 微风吹着浮云
> 细雨漫漫飘落大地
> 淋着我淋着你
> 淋得世界充满诗意
> ……

二人干坐着，相对无语。

服务员端上来两杯咖啡，暂时缓解了尴尬。林小砚低头搅拌咖啡，小勺撞击杯沿，发出清脆的响声。江枫嘴唇嚅动了几下，千言万语却不知从何说起，半天只挤出三个字：“对不起！”

“说对不起的应该是我，你又没做错什么。”

“可是……”江枫欲言又止。

“我爸死得很惨，我是很可怜，但是用不着你同情。”林小砚眼眶湿润，“不管我爸做过什么，在我心目中，他永远是全世界最好的父亲。”

“对不起！”江枫感到一阵刺痛。

“你一直在利用我，接近我爸。”

“我没有。你误会了，小砚。”

“误会？”林小砚抬起头，目光逼视江枫。

“我没想到会是你爸。”

“你明知道我爸与案子有牵连，为什么瞒着我？我爸真是瞎了眼，亏他对你那么好。”

“我也是前几天才知道的。”

“你不往下查，谁知道？”

“对不起！”江枫顿时语塞。

“你今天约我，就是为了说对不起？”

“对了，还有一件事。”江枫如梦方醒，从包里拿出一张A4纸文件，“案子现在已经查清结案了，李莉芳的死与你无关，这份《解除取保候审通知书》是给你的。”

林小砚接过文件，看也没看，直接撕成了碎片。“江枫，你知道吗？我现在多么希望那个女人是被我撞死的。”林小砚再次哽咽，“如果能换回我爸，我宁愿自己去坐牢！”

江枫沉默，无言以对。为了帮林小砚洗清嫌疑，江枫发誓要侦破此案，并曾无数次想象她接到这份通知时欢呼雀跃的样子。他曾想象过一百种可能，却没料到，会是今天这种情景。

林小砚从包里拿出两个牛皮纸信封，推到江枫面前：“昨天整理我爸的遗物时，发现这两封信，一封是写给我的，一封是给你的，你都看看吧。”

江枫接过信封。第一个信封上写着“江枫亲启”，没有封口，里面有四五张信纸，是手写的。江枫展开第一张信纸：

小江，当你看到这封信时，我已经去了另一个世界。我是罪有应得，不值得同情，你不要有任何心理包袱。很多年前，我曾抢救过一个人贩子，被害人家属把我的办公桌都掀翻了，质问我为什么要救一个死有余辜的人。我从不认为我做错了，不管这个人以前做过什么，只要他躺在手术台上，就是我的病人，我必须全力以赴。每一个人来到世上都有自己的使命，我是医生，我的使命就是治病救人，你的使命就是寻找真相。你是个好警察，你干得非常出色。真的！

最近几天，我老在噩梦中惊醒，醒来后大汗淋漓。你每向真相接近一步，我的绝望就加重一分。我知道这一天迟早会来，我写了一份亲笔供词，案件全部经过都在里面，希望对你结案能有帮助，我只能为你做这些了。小砚能遇上你，是她上辈子修来的福分，如果因为我而影响你们的感情，那我将更加罪孽深重。我曾经不止一次幻想，如果我有一个儿子，应该就是像你这样的。江枫，我们今世无缘，来生再见！帮我照顾小砚，拜托！建国绝笔。

江枫鼻子一酸，放下信纸，扭头看窗外，稍稍稳定情绪。后面几页是林建国写的亲笔供词，江枫没有细看，拿起第二个信封，上面写着“爱女小砚亲启”。江枫抬头看林小砚：“写给你的信，我看合适吗？”

“我觉得你应该看看，如果我爸在天有灵，相信他也会同意我这么做的。”林小砚继续低头搅拌咖啡，咖啡已凉透，依然是满的。

江枫不再说话，抽出信纸展开：

小砚，这是我们父女最后一次对话。我没有勇气，也没有脸面再去面对你妈，有些话只能对你说了。别人都以为我是为了报恩，才没有抛弃你妈。可能你也这么认为吧？其实所有人都误解了，只有我自己心里最清楚，我离不开你妈，我对她的需要，远大于她对我的需要。我一辈子没对你妈说过一个“爱”字，现在想来，这应该就是你们年轻人说的爱情吧。

我走到现在这一步，完全是咎由自取，纸是包不住火的，总有一天要真相大白。不要责怪江枫，他没有做错任何事情，所有的错都是我一手造成的。“一失足成千古恨”，我非常后悔，心如刀绞，可是大错已经铸成，现在说这些没有任何意义了。江枫是个好小伙，可以托付终身，请相信你爸的眼光。代我向你妈转达我最深的歉意，我对不起你们！保重！永远爱你的爸爸。

读完信，江枫盯着信纸发呆，嗓子眼像塞了一团棉花，堵得透不过气。他自以为早已洞察一切，却没想到错得离谱。

“我确实误会了林叔叔。”江枫喃喃自语。

“我们的任务都完成了，我可以走了吗，江警官？”不等江枫回答，林小砚拎起包从沙发上站起来，向大门口走去。

“服务员，埋单！”江枫立刻起身，拿出钱包，抽出两张钞票放在茶几上，抓起信纸塞进包里，快步追了出去。

“小砚。”江枫追到大门外。

“还有事吗？”林小砚停下脚步，冷冷地看着他。

“没有。”江枫顿了顿，“照顾好阿姨，需要我的时候，随时打我电话。”

“放心，从今往后，我不会给你增加任何麻烦了。”林小砚说完，转身横穿马路，朝对面走去。

江枫刚追出两步，一辆出租车猛地蹿过来，紧急刹车停在他面前。车头保险杠已挨着他的裤腿，差一点就撞上。

司机吓得面如土色，缓过神来后，马上就把头伸出窗外破口大骂：“妈的，没长眼睛，想死也别害我呀！”江枫的右手按在引擎盖上，连声说“对不起”，目光仍在车流中搜寻。

林小砚走到马路对面，挥手招停一辆红色出租车，打开后座车门，钻了进去。

江枫木然挺立，目光追随林小砚离去的方向，直到红色出租车消失在滚滚车流中。

乌云翻滚，天色暗了下来，眼看一场暴风雨就要来了。

风渐起，吹落花瓣。樱花会在一夜开到极致，开时轰轰烈烈，不管不顾，却又在另一场不远的春风细雨中，甘心一夜尽落。生命或许也是一场花事，不同的只是开落的时间，而来与去的选择，同样不由己。

江枫抬头看天，努力不让泪水漫过眼眶。

佛说，诸行无常。江枫想起自己第一天报到，本来是被分到派出所去的，却阴差阳错进了刑警队。江枫又想起了王三牛，爹妈给他起王犇这个名字时，一定希望这个名字响彻四方，谁料到竟会变成王三牛，真名反而无人知晓。来势汹汹的台风“海马”，同沿海的人们开了个玩笑，却偷袭了千里之外毫不相干的人。

人生总是难以预料，你明明很努力地想干一件事，结果却发生了另外一些事情，有时令你措手不及，有时又让你哭笑不得，不管你乐不乐意，都得照单全收。

春去了还会再来，花谢了依然会重开。可是有些东西，一旦失去，就是永远。

远处传来呜咽的雷声，然后雨一滴一滴落下来，像情人的眼泪。

马路两旁，成排的香樟树笔直向前延伸，像是列队送别远行的人。风更大了，枝条摇摆，发出“簌簌”的响声。树叶来不及向枝头告别，纵身跃下，片片飞舞，百转千回，似乎不甘就此飘零。仿古青砖铺成的人行道上，落叶满地。江枫不禁愕然——樟树原来在春天落叶！

江枫深吸一口气，冒着如烟的细雨，迈步向前走去。这时，他的手机响了。